荆楚文庫

蘇公寓黄集

〔宋〕蘇軾 撰

〔明〕陸志孝 校 〔明〕王同軌 編

李程 整理

歐陽修夷陵集

〔宋〕歐陽修 著

歐陽運森 編

荆楚文庫編纂出版委員會

武漢大學出版社

# 蘇 公 寓 黃 集
## SUGONG　　YUHUANGJI

# 歐陽修夷陵集
## OUYANGXIU　　YILINGJI

**圖書在版編目（CIP）數據**

蘇公寓黃集/（宋）蘇軾撰；（明）陸志孝校；（明）王同軌編；李程整理.
歐陽修夷陵集/（宋）歐陽修著；歐陽運森編.
—武漢：武漢大學出版社，2023.12
ISBN 978-7-307-24154-1

Ⅰ.①蘇…　②歐…
Ⅱ.①蘇…　②歐…　③陸…　④王…　⑤李…　⑥歐…
Ⅲ.古典文學—作品綜合集—中國—宋代
Ⅳ.I214.41

中國國家版本館 CIP 數據核字（2023）第 229679 號

責任編輯：程牧原
整體設計：范漢成　曾顯惠　思　蒙
責任校對：李孟瀟
出版發行：武漢大學出版社
地址：武昌珞珈山
電話：（027）87215822　　　郵政編碼：430072
錄排：武漢大學出版社
印刷：湖北新華印務有限公司
開本：720mm×1000mm　　1/16
印張：14.75　插頁：6
字數：205 千字
版次：2023 年 12 月第 1 版　2023 年 12 月第 1 次印刷
定價：88.00 元

ISBN 978-7-307-24154-1

# 出版説明

　　湖北乃九省通衢，北學南學交會融通之地，文明昌盛，歷代文獻豐厚。守望傳統，編纂荊楚文獻，湖北淵源有自。清同治年間設立官書局，以整理鄉邦文獻爲旨趣。光緒年間張之洞督鄂後，以崇文書局推進典籍集成，湖北鄉賢身體力行之，編纂《湖北文徵》，集元明清三代湖北先哲遺作，收兩千七百餘作者文八千餘篇，洋洋六百萬言。盧氏兄弟輯録湖北先賢之作而成《湖北先正遺書》。至當代，武漢多所大學、圖書館在鄉邦典籍整理方面亦多所用力。爲傳承和弘揚優秀傳統文化，湖北省委、省政府決定編纂大型歷史文獻叢書《荊楚文庫》。

　　《荊楚文庫》以"搶救、保護、整理、出版"湖北文獻爲宗旨，分三編集藏。

　　甲、文獻編。收録歷代鄂籍人士著述，長期寓居湖北人士著述，省外人士探究湖北著述。包括傳世文獻、出土文獻和民間文獻。

　　乙、方志編。收録歷代省志、府縣志等。

　　丙、研究編。收録今人研究評述荊楚人物、史地、風物的學術著作和工具書及圖册。

　　文獻編、方志編録籍以 1949 年爲下限。

　　研究編簡體橫排，文獻編繁體橫排，方志編影印或點校出版。

《荊楚文庫》編纂出版委員會

2015 年 11 月

# 總 目 録

# 蘇公寓黄集

〔宋〕蘇軾 撰

〔明〕陸志孝 校 〔明〕王同軌 編

李程 整理

# 前　　言

　　《蘇公寓黄集》二卷，附録一卷，明王同軌編，陸志孝校。明文部郎陸志孝謫官黄州時，囑文學王同軌搜集蘇軾謫居黄州團練副使期間(元豐三年至元豐七年，1080—1084)所著詩、詞、文彙編成一集。此集收録賦、詞、樂府、古今體詩、雜體、記、序、傳、表、銘、偈、祭文、書啓等共一百五十餘篇。附録爲蘇軾寓黄相關史料。《蘇公寓黄集》初刻於明萬曆十一年(1583)，半葉九行，行十九字，白口，單魚尾，四周雙欄。初刻之後，並無他本流傳。初刻本今存，本整理即以初刻本作爲標點、校勘的底本。

　　自宋至清，蘇軾詩、文和詞的編集刊刻極爲繁盛，呈現出全集、分體、分類和分地、編年等多種豐富而複雜的文本類型和樣貌，各類各本的文字總體相同，又有具體而細微的差異。因此，整理《蘇公寓黄集》，既有進行文字校勘的必要，又有可資校勘的豐富文獻。

　　本次整理所使用的校勘本有：

　　一、明成化四年(1468)程宗吉州刻本《東坡七集》。

　　二、元延祐七年(1320)南阜書堂刻本《東坡樂府》。

　　本次整理的主要工作內容有兩個方面：

　　一、以明萬曆十一年初刻本爲底本，完成《蘇公寓黄集》的文本整理和標點。文本整理中，異體字酌情改爲常用者，以現代標點符號進行標點。

　　二、以兩種蘇軾詩、文和詞的具有版本校勘意義的代表性文獻作爲校本，進行具體細緻的文字校勘，逐條寫成校勘記。

　　《蘇公寓黄集》作爲蘇軾詩文詞歷代編集刊刻流傳之中重要文獻的一

種，迄今尚無標點校勘本。本次整理工作最終完成的《蘇公寓黃集》點校本，可爲學術界研究蘇軾寓黃期間的詩文詞創作提供堅實可靠的文獻基礎。

華中師範大學文學院　李程

2023 年 2 月

# 目　　録

# 蘇公寓黃集序

　　蘇長公之寓黃也，蓋被放云。然長公以文見放，而文益以放著。如兩《赤壁賦》，津津人口者五百餘年。豈其境必烏村，而法必屈、宋、楊、馬哉？而才氣風節有足雄一世，而倡後來人固爭豔之矣。予考長公少聞其母誦《范滂傳》，慨然慕之，母亦大異其志。後雖師其父為文，然性好莊子、賈誼、陸贄書，故其為人俶儻踔絕，一無所回疚，而文絕似之，大都忠獻納似誼而少戀，健論議似贄而少激，至縱翰揮霍、旁若無人似莊而不善藏其用。余以為，當是時，不及黨禍如范滂，幸矣！何但放，夫長公力詆新法，王介父亦心惡其異己而陰擠之，此謂邪正不兩立，雖得禍，甘焉！乃介父每得長公文，與客歡賞不已，至謂司馬子長不能過。李定方媒孽長公詩以為訕上，且下詔獄窮治之，而猶宣言於朝曰："軾奇才也！"嗟乎異哉！豈文能作祟而猶翼其有令名，則余所謂才氣風節足以厭之也。余又竊異，夫長公既放，與人書，亟以詩文為戒，而黃諸作乃獨多，不幾於猩猩嗜酒，且罿且飲乎？古今詞人之癖，有未易以創解者，類如是矣。它日長公自譽其文，謂如萬斛泉，不擇地出，而好事者評其詩又曰如武庫干戈，森然令人神慄，乃其中不無利鈍，長公固善自道，而評亦深知長公哉！嘉興陸仁卿氏自為文部郎，嘗夢與蘇長公遊，已左官量移黃之別駕，會從其長鄒彥吉氏過赤壁，則蘧蘧然夢中事也。因與彥吉共新其祠宇，而使江山增勝已。乃屬王文學行父蒐輯長公寓黃時所為詩文，彙為二卷，附錄一卷。蓋不啻字句琈焉。題之曰《蘇公寓黃集》。使人問序於余，余又稍稍衷益之，而序其端如此。

　　　　　　　　　萬曆癸未立秋日，甀甄洞居士吳國倫撰

# 蘇公寓黃集卷之一

嘉禾陸志孝校　黃岡王同軌編

## 前①赤壁賦

　　壬戌之秋，七月既望，蘇子與客泛舟，遊於赤壁之下。清風徐來，水波不興。舉酒屬客，誦明月之詩，歌窈窕之章。少焉，月出於東山之上，徘徊於斗牛之間。白露橫江，水光接天。縱一葦之所如，凌萬頃之茫然。浩浩乎如馮虛御風，而不知其所止。飄飄乎如遺世獨立，羽化而登仙。於是飲酒樂甚，扣舷而歌之。歌曰："桂棹兮蘭槳，擊空明兮遡流光。渺渺兮予懷，望美人兮天一方。"客有吹洞簫者，倚歌而和之。其聲嗚嗚然，如怨如慕，如泣如訴，餘音嫋嫋，不絕如縷。舞幽壑之潛蛟，泣孤舟之嫠婦。蘇子愀然，正襟危坐而問客曰："何為其然也？"客曰："'月明星稀，烏鵲南飛。'此非曹孟德之詩乎？西望夏口，東望武昌，山川相繆，鬱乎蒼蒼。此非孟德之困於周郎者乎？方其破荆州，下江陵，順流而東也，舳艫千里，旌旗蔽空，釃酒臨江，橫槊賦詩，固一世之雄也，而今安在哉？況吾與子漁樵於江渚之上，侶魚蝦而友麋鹿，駕一葉之扁舟，舉匏尊②以相屬。寄蜉蝣於天地，渺滄海之一粟。哀吾生之須臾，羨長江之無窮。挾飛僊以遨遊，抱明月而長終。知不可乎驟得，托遺響於悲風。"蘇子曰："客亦知夫水與月乎？逝③者如斯，而未嘗往也。盈虛者如彼，而卒莫消長也。蓋將自其變者而觀之，則天地曾不能以一

---

① 《東坡七集》"赤"前無"前"字。
② "尊"，《經進東坡文集事略》作"樽"。
③ "逝"，《東坡七集》作"道"。

瞬。自其不變者而觀之，則物與我皆無盡也。而又何羨乎！且夫天地之間，物各有主，苟非吾之所有，雖一毫而莫取。惟江上之清風，與山間之明月，耳得之而為聲，目遇之而成色，取之無禁，用之不竭，是造物者之無盡藏也，而吾與子之所共適①。"客喜而笑，洗盞更酌。看核既盡，杯盤狼籍。相與枕藉乎舟中，不知東方之既白。

## 後赤壁賦

是歲十月之望，步自雪堂，將歸於臨皋。二客從予過黃泥之坂。霜露既降，木葉盡脫，人影在地，仰見明月。顧而樂之，行歌相答。已而歎曰："有客無酒，有酒無肴，月白風清，如此良夜何！"客曰："今者薄暮，舉網得魚，巨口細鱗，狀似松江之鱸。顧安所得酒乎？"歸而謀諸婦。婦曰："我有斗酒，藏之久矣，以待子不時之需。"於是携酒與魚，復遊於赤壁之下。江流有聲，斷岸千尺，山高月小，水落石出。曾日月之幾何，而江山不可復識矣。予乃攝衣而上，履巉巖，披蒙茸，踞虎豹，登虬龍。攀栖鶻之危巢，俯馮夷之幽宮。蓋二客不能從焉。劃然長嘯，草木震動，山鳴谷應，風起水涌。予②亦悄然而悲，肅然而恐，凛乎其不可留也。反而登舟，放乎中流，聽其所止而休焉。時夜將半，四顧寂寥。適有孤鶴，橫江東來。翅如車輪，玄裳縞衣，戛然長鳴，掠予舟而西也。須臾客去，予亦就睡，夢一③道士，羽衣蹁躚④，過臨皋之下，揖予而言曰："赤壁之遊樂乎？"問其姓名，俛而不答。"嗚呼！噫嘻！我知之矣。疇昔之夜，飛鳴而過我者，非子也耶？"道士顧笑，予亦驚悟。開戶視之，不見其處。

---

① "適"，《東坡七集》作"食"。
② "予"，《東坡七集》作"子"。
③ "一"，《東坡七集》作"二"。
④ "躚"，《東坡七集》作"僊"。

# 詞

## 黃泥坂詞

出臨臯而東鶩兮，並叢祠而北轉。走雪堂之坡陀兮，歷黃泥之長坂。大江洶以左繚兮，渺雲濤之舒卷。草木層累而右附兮，蔚柯丘之葱舊。予①旦往而夕還兮，步徙倚而盤桓。雖信美不可居兮，苟娛予②於一昐。予③幼好此奇服兮，襲前人之詭幻。老更變而自哂兮，悟驚俗之來患。釋寶璐而被縕絮兮，雜市人而無辨。路悠悠其莫往來兮，守一席而窮年。時遊步而遠覽兮，路窮盡而旋反。朝嬉黃泥之白雲兮，暮宿雪堂之青煙。喜魚鳥之莫予④驚兮，幸樵蘇之我慢⑤。初被酒以行歌兮，忽放杖而醉偃。草為茵而塊為枕兮，穆華堂之清晏。紛墜露之濕衣兮，升素月之團團。感父老之呼覺兮，恐牛羊之予踐。於是蹶然而起，起而歌曰："月明兮星稀，迎予往兮餞予⑥歸。歲既晏兮草木腓，歸來歸來兮，黃⑦不可以久嬉。"

## 錢君倚哀辭

大江之南兮，震澤之北。吾行四方而歸兮，逝將此焉止息。豈其土

---

① "予"，《東坡七集》作"余"。
② "予"，《東坡七集》作"余"。
③ "予"，《東坡七集》作"余"。
④ "予"，《東坡七集》作"余"。
⑤ "慢"，《東坡七集》作"嫚"。
⑥ "予"，《東坡七集》作"余"。
⑦ 《東坡七集》"黃"後有"泥"字。

之不足食兮，將其人之難偶。非有食無人之為病兮，吾何適而不可。獨徘徊①而不去兮，眷此邦之多君子。有美一人兮，瞭然而清，頯②然而瘦。亮直多聞兮，古之益友。帶規矩而蹈繩墨兮，佩芝蘭而服明月。載而之世之人兮，世益③悍堅而不答。雖不答其何傷④兮，超彷徉⑤而自得。吾將觀子之進退以自卜兮，相行止以效清濁。子奄忽而不返兮，世混混吾焉則？升空堂而抱遺像兮，弔凝塵於几席。苟律我者之信亡兮，吾居此其何益。行徬徨而無徒兮，悼捨此而奚嚮？豈存者之舉無其人兮，遼遼如星辰⑥之相望。吾比年而三哭兮，堂堂皆國之英。苟處世之恃友⑦兮，幾如是而吾不亡。臨大江而長歎兮，吾不濟其有命。

# 樂　府

## 五禽言　并序⑧

　　梅聖俞嘗作《四禽言》。余謫黄州，寓居定惠院，遶舍皆茂林修竹，荒池蒲葦。春夏之交，鳴鳥百族，土人多以其聲之似者名之。遂用聖俞體作《五禽言》。

使君向蘄州，更唱蘄州鬼。我不識使君，寧知使君死。人生作鬼會不免，使君已老知何晚。王元之自黄移蘄州，聞啼鳥，問其名。或對曰：“此名蘄州鬼。”元之大惡之，果卒於蘄。

---

① “徘徊”，《東坡七集》作“裴回”。
② “頯”，《東坡七集》作“順”。
③ 《東坡七集》“世”後無“益”字。
④ “傷”，《東坡七集》作“喪”。
⑤ “彷徉”，《東坡七集》作“方揚”。
⑥ “星辰”，《東坡七集》作“晨星”。
⑦ “友”，《東坡七集》作“交”。
⑧ “序”，《東坡七集》作“敘”。

南山昨夜雨，西溪不可渡。溪邊布穀兒，勸我脫破袴。不辭①脫袴溪水寒，水中照見催租瘢。士人謂布穀為"脫却破袴"。

去年麥大②熟，挾彈規我肉。今年麥上場，處處有殘粟。豐年無象何處尋，聽取林間快活吟。此鳥聲云："麥飯熟，即快活。"

力作力作，蠶絲百箔。壟上麥頭昂，林間桑子落。願儂一箔千兩絲，繰絲得蛹飼爾雛。此鳥聲云："蠶絲一百箔。"

姑惡姑惡。姑不惡，妾命薄。君不見東海孝婦死作三年乾，不如廣漢龐姑去却還。姑惡，水鳥也。俗云婦以姑虐死，故其聲云。

# 五言古詩

## 子由自南都來陳三日而別

夫子自逐客，尚能哀楚囚。奔馳三③百里，徑來寬我憂。相逢知有得，道眼清不流。別來未一年，洗盡驕氣浮。嗟我晚聞道，欵啟如孫休。至言雖久服，放心不自收。悟彼善知識，妙藥應所投。納之憂患場，磨以百日愁。冥頑雖難化，鐫發亦已周。平時種種心，次第去莫留。但餘無所還，永與夫子遊。此別何足道，大江東西州。畏蛇不下榻，睡足吾無求。便為齊安民，何必歸故丘。

## 正月十八日蔡州道上遇雪，次子由韻二首

蘭菊有生意，微陽回寸④根。方憂集暮雪，復喜迎朝暾。憶我故居

---

① "辭"，《東坡七集》作"詞"。
② "大"，《東坡七集》作"不"。
③ "三"，《東坡七集》作"二"。
④ "寸"，《東坡七集》作"千"。

室，浮光動南軒。松竹半傾瀉，未數葵與萱。三徑瑤草合，一瓶井花温。至今行吟處，尚①餘履舄痕。一朝出從仕，永愧李仲元。晚歲益可羞，犯雪方南奔。山城買廢圃，稿②葉手自掀。長使齊安人，指説故侯園。

鉛膏染髭鬚，旋露霜雪根。不如閉目坐，丹③府夜自暾。誰知憂患中，方寸寓羲軒。大雪從壓屋，我非兒女喧④。平生學踵息，坐覺兩鬢温。下馬作雪詩，滿地鞭箠痕。佇立望原野，悲歌為黎元。道逢射獵子，遥指狐兔奔。蹤跡尚可尋，窟穴何足掀。寄謝李丞相，吾將反丘園。

## 過　　淮

朝離新息縣，初辭⑤一水碧。莫宿淮南村，已渡千山赤。麏麚號古戍，霧雨暗破驛。回頭梁楚郊，永與中原隔。黄州在何許，想像雲夢澤。吾生如寄耳，初不擇所適。但有魚與稻，生理已自畢。獨喜小兒子，少小事安佚。相從艱難中，肝肺如鐵石。便應與晤語，何止寄衰疾。時家在子由處，獨與兒子邁南來。

## 書麈公詩後⑥

過加祿鎮南二十五里大許店，休馬⑦於逆旅祁宗祥家。見壁上有幅紙題詩云：“滿院秋光濃欲滴，老僧倚杖青松側。只怪高聲問不應，嗔余踏破蒼苔色。”其後題云：“滏水僧寶麈。”宗祥謂余，此光黄間狂

---

① “尚”，《東坡七集》作“向”。
② “稿”，《東坡七集》作“槁”。
③ “丹”，《東坡七集》作“舟”。
④ “喧”，《東坡七集》作“萱”。
⑤ “辭”，《東坡七集》作“亂”。
⑥ 《東坡七集》“書麈公詩後”後有“并序”兩字。
⑦ “馬”，《東坡七集》作“焉”。

僧也，年百三十，死於熙寧十年，既死，人有見之者。其①異事甚多。因作②是詩識之。麘公本名清戒，俗謂之戒和尚云。

麘公昔未化，來往淮山曲。壽逾兩甲子，氣壓諸尊宿。但嗟濁惡世，不受龍象蹴。我來不及見，悵望空遺躅。霜顱隱白毫，鎖骨埋青玉。皆云似達摩，隻履還天竺。壁間餘清詩，字勢頗拔俗。為吟五字偈，一洗凡眼肉。

## 遊净居寺　并序③

寺在光縣④南四十里，大蘇山之南，小蘇山之北。寺僧居仁為余言：齊天保中，僧思惠過此，見父老，問其姓，曰蘇氏，又得二山名，乃歎曰：「吾師告我，遇三蘇則住。」遂留結庵。而父老竟無有，蓋山神也。其後僧智顗、見思，於此山而得法焉，則世所謂思大和尚、智大師者⑤是也。唐神龍中，道岸禪師始建寺於其地。廣明庚子之亂，寺廢於兵火，至乾興中乃復，而賜名曰「梵天」云。

十載遊名山，自製山中衣。願言畢婚嫁，携手老翠微。不悟俗緣在，失足⑥蹈危機。刑名非夙學，陷穽損積威。遂恐死生隔，永與雲山違。今日復何日，芒鞋自輕飛。稽首兩足尊，舉頭雙涕揮。靈山會未散，八部猶光輝。願從二聖往，一洗千劫非。徘徊⑦竹溪月，空翠搖煙霏。鐘聲自送客，出谷猶依依。回首吾家山，歲晚將焉歸。

## 定惠顒師為余竹下開嘯軒

啼鳩催天明，喧喧相詆譙。暗蛩泣夜永，唧唧自相弔。飲風蟬至潔，

---

① 《東坡七集》"其"前有"宗祥言"三字。
② 《東坡七集》"作"前無"因"字。
③ "序"，《東坡七集》作"敘"。
④ "光縣"，《東坡七集》作"光山縣"。
⑤ "智大師者"，《東坡七集》作"智者大師"。
⑥ "足"，《東坡七集》作"身"。
⑦ "徘徊"，《東坡七集》作"裵回"。

長吟不改調。食土蚓無腸，亦自終夕叫。鳶貪聲最鄙，鵲喜意可料。皆緣不平鳴，慟哭等語①笑。阮生已疎狂②，孫子亦未妙。道人開此軒，清坐默自照。衝風振河海，不能號無竅。慮③盡吾何言，風來竹自嘯。

## 杜沂遊武昌，以酴醾花菩薩泉見餉，二首

酴醾不爭春，寂寞開最晚。青蛟走玉骨，羽盖蒙珠幰。不粧豔已絕，無風香自遠。凄涼吳宮闕，紅粉埋故苑。至今微月夜，笙簫來翠④巘。餘妍入此花，千載尚清婉。怪君呼不歸，定為花所挽。昨宵雷雨惡，花盡君應返。

君言西山頂，自古流白泉。上為千牛乳，下有萬石鉛。不愧惠山味，但無陸子賢。願君揚其名，庶托文字傳。寒泉比吉士，清濁在其源。不食我心惻，於泉非所患。嗟我本何有，虛名空自纏。不見子柳子，餘愚汙溪山。

## 安國寺浴

老來百事懶，身垢猶念浴。衰髮不到耳，尚煩月一沐。山城足薪炭，煙霧濛湯谷。塵垢能幾何，翛然脫羈梏。披衣坐小閣，散髮臨修竹。心困萬緣空，身安一床足。豈惟忘净穢，兼以謝⑤榮辱。默歸毋⑥多談，此理觀要熟。

---

① “語”，《東坡七集》作“嬉”。
② “疎狂”，《東坡七集》作“粗率”。
③ “慮”，《東坡七集》作“累”。
④ “翠”，《東坡七集》作“絕”。
⑤ “謝”，《東坡七集》作“洗”。
⑥ “毋”，《東坡七集》作“無”。

## 游武昌寒溪寺①

連山蟠武昌，翠竹②蔚樊口。我來已百日，欲濟空搔首。坐看鷗鳥沒，夢逐麏鹿走。今朝橫江來，一葦寄衰朽。高談破巨浪，飛屧輕重阜。去人曾幾何，絕壁寒溪吼。風泉兩部樂，松竹三益友。徐行欣有得，芝术在蓬莠。西上九曲亭，衆山皆培塿。却看江北路，雲水渺何有。離離見吳宮，莽莽真楚藪。空傳孫郎石，無復陶公柳。爾來風流人，惟有漫浪叟。買田吾已決，乳水況宜酒。所須修竹林，深處安井臼。相將踏勝絕，更裹三日糧。

## 曉至巴河口迎子由

去年御史府，舉動觸四壁。幽幽百尺井，仰天無一席。隔墻聞歌呼，自恨計之失。留詩不忍寫，苦淚漬紙筆。餘生復何恨③，樂事有今日。江流鏡面净，煙雨輕羃羃。孤舟如鳧鷖，點破千頃碧。聞君在磁湖，欲見隔咫尺。朝來好風色，旗尾西北擲。行當中流見，笑臉④—作眼清光溢。此邦疑可老，修竹帶泉石。欲買柯氏林，茲謀待君必。

## 聞子由為郡僚所捃恐當去官

少學不為身，宿志固有在。雖然敢自必，用舍置度外。天初若相我，發迹造宏大。豈敢負所付，捐軀欲投會。寧知事大繆，舉步得狼狽。我已無可言，墜甑難追悔。子雖僅自免，雞肋安足賴。低回畏罪罟，黽俛

---

① 《東坡七集》"寺"前有"西山"兩字。
② "竹"，《東坡七集》作"木"。
③ "恨"，《東坡七集》作"幸"。
④ "臉"，《東坡七集》作"眼"。

敢言退。若人疑或使，為子得微罪。時哉歸去來，共抱東坡耒。

## 陳公弼家藏栢石圖，其子季常傳寶之，作詩以為之銘①

栢生兩石間，天命本如此。雖云生之難②，與石相終始。韓子俯仰人，但愛平地美。土膏雜糞壤，成壞幾何耳。君看此槎牙，豈有可移理。蒼龍轉玉骨，黑虎抱金桅。畫師亦可人，使我毛髮起。當年落筆意，正欲譏韓子。

## 大寒步至東坡贈巢三

春雨如暗塵，春風吹倒人。東坡數間屋，巢子誰與鄰。空床斂敗絮，反③竈爇生薪。相對不言寒，哀哉知我貧。我有一瓢酒，獨飲良不仁。未能頮我頰，聊復濡子唇。故人千鍾禄，馭吏醉吐茵。那知我與子，坐作寒蛩呻。努力莫怨天，我爾皆天民。行看花柳動，共享無邊春。

## 東坡八首　并序④

予⑤至黄州二年，日以困匱。故人馬正卿哀予乏食，為予⑥郡中請故營地數十畝，使得躬耕其中。地既久荒為茨棘瓦礫之場，而歲又大旱，墾闢之勞，筋力殆盡。釋耒而歎，乃作是詩，自愍其勤，庶幾來歲之入以忘其勞焉。

廢壘無人顧，頹垣滿蓬蒿。誰能捐筋力，歲晚不償勞。獨有孤旅人，

---

① 《東坡七集》題作"栢石圖詩並敘"，敘曰："陳公弼家藏栢石圖，其子季常傳寶之，東坡居士作詩以為之銘。"
② "難"，《東坡七集》作"艱"。
③ "反"，《東坡七集》作"破"。
④ "序"，《東坡七集》作"敘"。
⑤ "予"，《東坡七集》作"余"。
⑥ "予"，《東坡七集》作"於"。

天窮無所逃。端來拾瓦礫，歲旱土不膏。崎嶇草棘中，欲刮一寸毛。喟焉釋耒歎，我廪何時高。

荒田雖浪漭①，高庳各有適。下濕②種秔稌③，東原蒔棗栗。江南有蜀士，桑菓④已許乞。好竹不難栽，但恐鞭橫逸。仍須卜佳處，規以安我室。家童⑤燒枯草，走報暗井出。一飽未敢期，瓢飲已可必。

自昔有微泉，來從遠嶺背。穿城過聚落，流惡壯蓬艾。去為柯氏陂，十畝魚蝦會。歲旱泉亦竭，枯萍黏破塊。昨夜南山雲，雨到一犁外。泫然尋故瀆，知我理荒薈。泥芹有宿根，一寸嗟獨在。雪芽何時動，春鳩行可膾。蜀人貴芽膾，雜鳩肉作之。

種稻清明前，樂事我能數。毛空暗春澤，鍼水聞好語。蜀人以細雨稻⑥初生時，農夫相語稻鍼水矣。分秧及初夏，漸喜風葉舉。月明看露上，一一珠垂縷。秋來霜穗重，顛倒相撐柱⑦。但聞畦隴間，蚱蜢如風雨。蜀中稻熟時，蚱蜢群飛田間，如小蝗狀，而不害稻。新春⑧便玉⑨甑，玉粒照筐筥。我久食官倉，紅腐等泥土。行當知此味，口腹已吾⑩許。

良農惜地力，幸此十年荒。桑柘未及成，一麥庶可望。投種未逾月，覆塊已蒼蒼。農父告我言，勿使苗葉昌。君欲富餅餌，要須縱牛羊。再

---

① "漭"，《東坡七集》作"莽"。
② "濕"，《東坡七集》作"隰"。
③ "稌"，《東坡七集》作"杜"。
④ "菓"，《東坡七集》作"果"。
⑤ "童"，《東坡七集》作"僮"。
⑥ 《東坡七集》"稻"前有"為雨毛"三字。
⑦ "柱"，《東坡七集》作"拄"。
⑧ "春"，《東坡七集》作"舂"。
⑨ "玉"，《東坡七集》作"入"。
⑩ "已吾"，《東坡七集》作"吾已"。

拜謝苦言，得飽不敢忘。

種棗期可剥，種松期可斲。事在十年外，吾計亦已慤。十年何足道，千載如風雹。舊聞李衡奴，此策疑可學。我有同舍郎，官居在灄岳。李公擇也。遺我三寸柑，照座光卓犖。百栽儻可致，當及春冰渥。想見竹籬間，青黃垂屋角。

潘子久不調，沽酒江南村。郭生本將種，賣藥市西①垣。古生亦好事，恐是押牙孫。家有十畆竹，無時容叩門。我窮交舊絶，三子獨見存。從我如②東坡，勞餉同一飱。可憐杜拾遺，事與朱阮論。吾師卜子夏，四海皆弟昆。

馬生本窮士，從我二十年。日夜望我貴，求分買山錢。我今反累生，借耕輟茲田。刮毛龜背上，何時得成氈。可憐馬生癡，至今誇我賢。衆笑終不悔，施一當獲千。

## 日日出東門

日日出東門，步尋東城遊。城門抱關卒，笑我此何求。我亦無所求，駕言寫我憂。意適忽忘返，路窮乃歸休。懸知百歲後，父老説故侯。古來賢達人，此路誰不由。百年寓華屋，千載歸山丘。何事羊公子，不肯過西州。

## 杭州故人信至齊安

昨夜風月清，夢到西湖上。朝來聞好語，扣户得吳餉。輕圓白曬荔，

---

① "市西"，《東坡七集》作"西市"。
② "如"，《東坡七集》作"於"。

脆釀紅螺醬。更將西庵茶，勸我洗江瘴。故人情義重，說我必西向。一年兩僕夫，千里問無恙。相期結書社故人相約釀錢顧僕夫，一歲再至黄，未怕供詩帳。僕頃以詩得罪，有司移杭取境内所留詩，杭州供數百首，謂之詩帳。還將夢魂去，一夜到江漲江漲乃杭州橋名。

## 和王鞏二首①

君談陽朔山，不作一錢直。巖藏兩頭虺，嶂②落千仞翼。雅宜驩兜放，頗訝虞舜陟。暫來已可畏，覽鏡憂面黑。况子三年囚，苦霧變飲食。吉人終不死，仰荷天地德。我來黄岡下，攲枕江流碧。江南武昌山，向我如咫尺。春蔬黄土軟，凍笋蒼崖坼③。此行我累君，乃反得安宅。遥知丹穴近，爲斸峋嶁石。他年分刀圭，名字掛仙籍。④

少年帶刀劍，但識從軍樂。老大服犁鋤，解佩事⑤一作付鎒鑠。雖無獻捷功，會賜力田爵。敲冰春搗紙，刈葦秋織箔。櫟林斬冬炭，竹塢收夏簜。四時俯有取，一飽天所酢。君生紈綺間，欲學非其脚。左右玉纖纖⑥，束薪誰爲縛。勿令聞此語，翠黛顦將惡。笑我一間茅，婦姑紛六鑿。

## 浚井　即東坡暗井也

古井没荒萊，不食誰爲惻。瓶罌下兩綆，蛙蚓飛百尺。腥風散⑦泥

---

① 《東坡七集》題作"和王鞏六首並次韻"，共六首，此二首爲六首之前二首。
② "嶂"，《東坡七集》作"瘴"。
③ "坼"，《東坡七集》作"拆"。
④ 《東坡七集》此處有公自註："君許惠桂州丹砂。"
⑤ "事"，《東坡七集》作"付"。
⑥ "纖纖"，《東坡七集》作"攕攕"。
⑦ "散"，《東坡七集》作"被"。

滓，空響聞點滴。上除青青芹，下洗鑿鑿石。沾濡愧童僕，盃酒暖寒栗。白水漸泓澄①，青天落寒碧。云何失舊穢，底處來新潔②。井在無有中，無來亦無失。

## 陳季常見過三首

仕宦常畏人，退居還喜客。君來輒館我，未覺雞黍窄。東坡有奇事，已種十畆麥。但得君眼青，不辭③奴飯白。

送君四十里，只使一帆風。江邊千樹柳，落我酒盃中。此行非遠別，此樂固無窮。但願長如此，來往一生同。

聞君開龜軒，東檻俯喬木。人言君畏事，欲作龜頭縮。我知君不然，朝飯仰暘谷。餘光幸分我，不死安可獨。

## 元修菜　并序④

菜之美者，有吾鄉之巢。故人巢元修嗜之，予⑤亦嗜之。元修云：使孔北海見，當復云吾家菜耶？因謂之元修菜。去鄉⑥十有五年，思而不可得。元修適自蜀來，見予⑦於黄。乃作是詩，使歸致其子，而種之東坡之下云。

彼美君家菜，鋪田緑茸茸。豆莢圓且小，槐芽細而豐。種之秋雨餘，擢秀繁霜中。欲花而未萼，一一如青蟲。是時青裙女，採擷何忽忽。烝

---

① “澄”，《東坡七集》作“渟”。
② “潔”，《東坡七集》作“絜”。
③ “辭”，《東坡七集》作“詞”。
④ “序”，《東坡七集》作“敘”。
⑤ “予”，《東坡七集》作“余”。
⑥ 《東坡七集》“去鄉”前有“余”字。
⑦ “予”，《東坡七集》作“余”。

之復湘之，香色蔚其馥。點酒下鹽豉，縷橙芼薑葱。那知雞與豚，但恐放箸空。春盡苗葉老，耕翻煙雨叢。潤隨甘澤化，暖作青泥融。始終不我負，力與糞壤同。我老忘家舍，楚音變兒童。此物獨嫵媚，終年繫予①胸。君歸致其子，囊盛勿函封。張騫移苜蓿，適用如葵菘。馬援載薏苡，羅生等蒿蓬。懸知東坡下，塠鹵化千鐘。長使齊安人，指此說兩翁。

# 戲作種松

我昔少年日，種松滿東岡。初移一寸根，瑣細如插秧。二年黃茅下，一一攢麥芒。三年出蓬艾，滿山散牛羊。不見十餘年，想作龍蛇長。夜風波浪碎，朝露珠璣香。我欲食其膏，已伐百本桑。② 人事多乖迕，神藥竟渺茫。朅來齊安野，夾路髯髾蒼。會開龜蛇窟，不惜斤斧創③。縱未得茯苓，且當拾流肪。釜盎百出入，皎然散飛霜。槁死三彭仇，澡換五穀腸。青骨凝綠髓，丹田發幽光。白髮何足道，要使雙瞳方。却後五百年，騎鶴還故鄉。

# 寒食雨二首

自我來黃州，已過三寒食。年年欲惜春，春去不容惜。今年又苦雨，兩月愁④蕭瑟。卧聞海棠花，泥汙臙脂雪。暗中偷負去，夜半真有力。何殊病少年，病起頭已白。

春江欲入户，雨勢來不已。小屋如漁舟，濛濛水雲裏。空庖煮寒菜，破竈燒濕葦。那知是寒食，但見烏銜紙。君門深九重，墳墓在萬里。也

---

① "予"，《東坡七集》作"余"。
② 《東坡七集》此處有公自註："煮松脂法，用桑柴灰水。"
③ "創"，《東坡七集》作"瘡"。
④ "愁"，《東坡七集》作"秋"。

ﾠ

ﾠ

ﾠ

擬哭塗窮，死灰吹不起。

ﾠ

## 黄　州①

南山一尺雪，雪盡山蒼然。澗谷深自暖，梅花應已繁。使君厭騎從，車馬留山前。行歌招野叟，共步青林間。長松得高蔭，盤石堪醉眠。秖樂聽山鳥，携琴瀉②幽泉。愛之欲忘反，但苦世俗牽。歸來始覺遠，明月高峰顛。

## 問大冶長老乞桃花茶栽東坡

周詩記苦茶③，茗飲出近世。初緣厭梁肉，假此雪昏滯。嗟我五畝園，桑麥苦蒙翳。不令寸地閒，更乞茶子藝。未知饑寒④免，已作大⑤飽計。庶將通有無，農末不相戾。春來凍地裂，紫笋森已銳。牛羊煩訶叱，筐筥未敢睨。江南老道人，齒髮日夜逝。他年雪堂品，尚⑥記桃花裔。

## 魚蠻子

江淮水為田，舟楫為室居。魚蝦以為粮，不耕自有餘。異哉魚蠻子，本非左衽徒。連排入江住，竹瓦三尺廬。於焉長子孫，戚施且侏儒。擘水取魴鯉，易如拾諸途。破釜不着鹽，雪鱗芼無⑦蔬。一飽便酣⑧寢，何

---

① 此詩又見於歐陽修《歐陽文忠公文集》之《居士集》第三卷，題作“遊瑯琊山”，詩作字句全同。
② “瀉”，《東坡七集》作“寫”。
③ “茶”，《東坡七集》作“荼”。
④ “未知飢寒”，《東坡七集》作“飢寒未知”。
⑤ “大”，《東坡七集》作“太”。
⑥ “尚”，《東坡七集》作“空”。
⑦ “無”，《東坡七集》作“青”。
⑧ “酣”，《東坡七集》作“甘”。

異獺與狙。人間行路難，踏地出賦租。不如魚蠻子，駕浪浮空虛。空虛
未可知，會當算舟車。蠻子叩頭泣，勿語桑大夫。

## 吊李臺卿①

> 李臺卿，字明仲，廬州人。貌陋甚，性介不群，而博學強記，罕
> 見其比。好《左氏》，有《史學考正同異》，多所發明。知天文律歷，
> 千歲之日可坐數也。軾謫居黄州，臺卿為麻城簿，始識之。既罷居於
> 廬，而曹光州演甫以書報其亡。②

我初未識君，人以君為笑。垂頭若病鶴，煙雨霾七竅。敝③衣來過
我，危坐若持釣。褚衰④半面新，甈蔑一語妙。徐徐涉其瀾，極望不得
徼。却觀元嫵媚，士固難理⑤料。看書眼如月，罅隙靡不照。我老多遺
亡⑥，得君如再少。縱⑦橫通褓藝，甚博且知要。所恨言無文，至老幽
光⑧耀。其生世莫識，已死誰復吊。作詩遺故人，庶解俗子誚。

## 次韻王郎子立風雨有感

百年一俯仰，寒暑相主客。稍增裘褐氣，已覺團扇厄。不須計榮辱，
此喪彼有獲。我琴終不敗，無攖故無醳⑨。後生不自牧，呻吟空挾策。
揠苗不待長，賣菜苦求益。此郎獨靜退，門外無行迹。但恐陶淵明，每
為饑所迫。凄風弄衣結，小雪穿門席。願君付一笑，造物亦戲劇。朝來

---

① 《東坡七集》題後有"並敘"二字。
② 《東坡七集》敘末多出"臺卿，光州之妻黨也"一句。
③ "敝"，《東坡七集》作"弊"。
④ "衰"，《東坡七集》作"裒"。
⑤ "理"，《東坡七集》作"輕"。
⑥ "亡"，《東坡七集》作"忘"。
⑦ "縱"，《東坡七集》作"從"。
⑧ "光"，《東坡七集》作"不"。
⑨ "醳"，《東坡七集》作"釋"。

賦雲夢，筆落風雨疾。為君裁①春衫，高會開桂籍。

## 劉莘老②

江陵昔相遇，幕府稱上賓。再見明光宮，峩冠揖縉紳。如今三見子，坎坷為逐臣。朝遊雲霄間，欲分丞相茵。莫落江湖上，遂與屈子鄰。了不見喜慍，子豈真可人。邂逅成一歡，醉語出天真。士方在田里，自比渭與莘。出試乃大繆，芻狗難重陳。歲晚多霜露，歸耕當及辰。

## 用舊韻送魯元翰知洛③州

我在東坡下，躬耕三畆園。君為尚書郎，坐擁百吏繁。鳴蛙與鼓吹，等是俗物喧。永謝十年舊，老死三家村。惟君綈袍信，到我雀羅門。緬懷故人意，欲使薄夫敦。新年對宣室，白首代堯言。相逢問前輩，所見多後昆。道館雖云樂，冷卿當復溫。還持刺史節，却駕朱輪軒。黃髮方用事，白鬚宜少存。嗣聖真生知，拯民如拯燔④。初囚羽淵魄，盡返湘江魂。坐憂東郡决，老守思王尊。北流桑柘没，故道塵埃翻。知君一寸心，可敵千步垣。流亡⑤自栖止，老幼忘崩奔。得閒閉閤坐，勿使道眼渾。聊乘應捨栰，直泝無生源。歸來成二老，夜榻當重論。

## 感舊別子由　并序⑥

嘉祐中，予與子由同舉制策，寓居懷遠驛，時年二十六，而子由

---

① “裁”，《東坡七集》作“裁”。
② 《東坡七集》此詩有主標題“廣陵會三同舍各以其字為韻仍邀同賦”，其一為《劉貢父》，其二為《孫巨源》，此詩為其三。
③ “洛”，《東坡七集》作“洺”。
④ “拯燔”，《東坡七集》作“救燔”。
⑤ “亡”，《東坡七集》作“云”。
⑥ 《東坡七集》題作“感舊詩 並引”。

年二十三耳。一日，秋風起，雨作，中夜翛然，始有感槩離合之意。自爾宦遊四方，不相見者，十常八九。夏秋之交，風雨作，木落草衰，輒凄然有所感，蓋三十年矣。元豐中，謫居黃岡，而子由亦貶筠州，嘗作詩以記其事。元祐六年，予自杭州召還，寓居子由東府，數月復出領汝陰，時予年五十六矣。乃作詩，留別子由云①。

床頭枕馳道，雙闕夜未央。車轂鳴枕中，客夢安得長。新秋入梧葉，風雨驚洞房。獨行殘月影，悵然感初涼。筮仕記懷遠，謫居念黃岡。一往三十年，此懷未始忘。扣門呼阿同子由一字同叔，安寢已泰②康。青山映華髮，歸計及春③一作三月粮。我欲自汝陰，徑上潼江章。想見水中盤④，石蜜與柿霜。⑤憐子遇明主，憂患已再嘗。報國何時畢，我心久已降。石蜜、柿霜二物，皆東川所出。⑥

# 和王晉卿⑦

駙馬都尉王詵晉卿，功臣全彬之後也。元豐二年，余⑧得罪貶黃州，而晉卿亦坐累遠謫，不相聞者七年。余⑨既召用，晉卿亦還朝，相見殿門外。感歎之餘，作詩相屬，託物悲慨，阨窮而不怨，泰而不驕。佳其貴公子有志如此，故次其韻。

先生飲東坡，獨舞無所屬。當時挹明月，對影三人足。醉眠草棘間，蟲虺莫予毒。醒來送歸雁，一寄千里目。悵焉懷公子，旅食久不玉。欲書加餐字，遠託西飛鵠。謂言相濡沫，未足救溝瀆。吾生如寄耳，何者為禍福。不如兩相忘，昨夢那可逐。上書得自便，歸老湖山曲。躬耕二

---

① "云"，《東坡七集》作"而去"。

② "泰"，《東坡七集》作"太"。

③ "及春"，《東坡七集》作"三月"。

④ "水中盤"，《東坡七集》作"冰槃中"。

⑤ 《東坡七集》此處有原註："予欲請東川而歸，二物皆東川所出。"

⑥ 《東坡七集》此處無此註。

⑦ 《東坡七集》題後有"並敘"二字。

⑧ "余"，《東坡七集》作"予"。

⑨ "余"，《東坡七集》作"予"。

頃田，自種十年木。豈知垂老眼，對此①金蓮燭。公子亦生還，仍分刺史竹。賢愚有定分，樽②俎守尸祝。文章何足云，執杖③等醫卜。朝廷方西顧，見④虜驕未伏。遥知重陽酒，白羽落黄菊。羨君真將家，浮面氣可掬。袁天罡⑤語竇軌：君語則赤氣浮面，為將勿多殺人。何當請長纓，一戰河湟復。

# 七言古詩

## 過新息留示鄉人任師中

昔年嘗羨任夫子，卜居新息臨淮水。怪君便爾忘故鄉，稻熟魚肥信清美。竹陂雁起天為黑小竹陂在縣北，桐栢煙橫山半紫。⑥ 知君坐受兒女困，悔不先歸弄清泚。塵埃我亦失收身，此行蹭蹬尤堪⑦鄙。寄食方將依白足，附書未免煩黄耳。往雖不及來有年，詔恩儻許歸田里。却下關山入蔡州，為買烏犍三百尾黄州出水牛。

## 定惠院夜月偶出

幽人無事不出門，偶逐東風轉良夜。參差玉宇飛木末，繚繞香煙來月下。江雲有態清自媚，竹露無聲浩如瀉。已驚弱柳萬絲垂，尚有殘梅

---

① "對此"，《東坡七集》作"却對"。
② "樽"，《東坡七集》作"尊"。
③ "杖"，《東坡七集》作"技"。
④ "見"，《東坡七集》作"羌"。
⑤ "袁天罡"，《東坡七集》作"袁天綱"。
⑥ 《東坡七集》此處有公自註："桐北廟在縣南。"
⑦ "堪"，《東坡七集》作"可"。

一枝亞。清詩獨吟還自和，白酒已盡誰能借。不辭①青春忽忽過，但恐歡意年年謝。自知醉耳愛松風，會揀霜林結茅舍。浮浮大瓴長炊玉，溜溜小槽如壓蔗。飲中真味老更濃，醉裏狂言醒可怕。但當謝客對妻子，倒冠落佩從嘲罵。

## 次前韻②

去年花落在徐州，對月酣歌美清夜。去年徐州花下對月，與張君厚、王子中兄弟飲酒，作蘋字韻詩。今年黄州見花發，小院閉門風露下。萬事如花不可期，餘生③似酒那禁瀉。憶昔還鄉泝巴峽，落帆樊口在黄州南岸高桅亞。長江袞袞空自流，白髮紛紛寧少借。竟無五畆繼沮溺，空有千篇凌④鮑謝。至今歸計負雲山，未免孤衾眠客舍。十年幸苦真食蓼，老境⑤清閒如啖蔗。饑寒未至且安居，憂患已空猶夢怕。穿花踏月飲村酒，免使醉歸官長罵。

## 安國寺尋春

臥聞百舌呼春風，起尋花柳村村同。城南古寺修竹合，小房曲檻欹深紅。看花歎老憶年少，對酒思家愁老翁。病眼不羞雲母亂，鬢絲強理茶煙中。遥知二月王城外，玉仙洪福花如海。薄羅勻霧盖新粧，怪⑥馬爭風鳴雜佩。玉川先生真可憐，一生齕酒終無錢。病過春風九十日，獨抱添丁看花發。

---

① “辭”，《東坡七集》作“詞”。
② 《東坡七集》題作“次韻前篇”。
③ “生”，《東坡七集》作“年”。
④ “凌”，《東坡七集》作“陵”。
⑤ “境”，《東坡七集》作“景”。
⑥ “怪”，《東坡七集》作“快”。

## 寓居定惠院之東，雜花滿山，有海棠一樹，土人不知其①貴也

江城地瘴藩②草木，只有花名③苦幽獨。嫣然一笑竹籬間，桃李漫山總麤俗。也知造物有深意，故遣佳人在空谷。自然富貴出天姿，不待金盤薦華屋。朱唇得酒暈生臉，翠袖卷紗紅映肉。林深霧暗曉光遲，日暖風輕春睡足。雨中有淚亦淒愴，月下無人更清淑。先生食飽無一事，散步逍遙自捫腹。不問人家與僧舍，拄杖敲門看修竹。忽逢絕豔照衰朽，歎息無言揩病目。陋邦何處得此花，無乃好事移西蜀。寸根千里不易到，銜子飛來定鴻鵠。天涯流落俱可念，為飲一尊④歌此曲。明朝酒醒還獨來，雪落紛紛那忍觸。

## 王齊萬秀才寓武昌⑤劉郎洑，正與伍洲相對，伍子胥奔吳所從渡江處⑥

君家稻田冠西蜀，擣土⑦揚珠三萬斛。塞江流梯⑧起書樓，碧瓦朱⑨欄照山谷。傾家取樂不論命，散盡黃金如轉燭。惟餘舊書一百車，方舟載入荊江曲。江上青山亦何有，伍洲遙望劉郎藪。明朝寒食當過君，請殺耕牛壓私酒。與君飲酒細論文，酒酣訪古江之瀆。仲謀公瑾不須吊，一酹波神英烈君<sub>杭州伍子胥廟封英烈侯</sub>。

---

① 《東坡七集》無"其"字。
② "藩"，《東坡七集》作"蕃"。
③ "花名"，《東坡七集》作"名花"。
④ "尊"，《東坡七集》作"樽"。
⑤ "寓武昌"，《東坡七集》作"寓居武昌縣"。
⑥ 《東坡七集》"處"後有"也"字。
⑦ "土"，《東坡七集》作"玉"。
⑧ "梯"，《東坡七集》作"林"。
⑨ "朱"，《東坡七集》作"珠"。

## 陳季常自岐亭見訪，郡中及舊州諸豪爭欲邀致之，戲作陳孟公詩一首

孟公好飲寧論斗，醉後關門防客走。不妨閧過左阿君，百謫終為賢太守。老居閭里自浮沉，笑問伯松何苦①心。忽然載酒從陋巷，為愛揚雄作酒箴。長安富兒求一過，千金壽君君笑唾。汝家安得客孟公，從來只識陳驚坐。

## 與子由同遊寒溪西山

散人出入無町畦，朝遊湖北莫淮西。高安酒官雖未上，兩脚垂欲穿塵泥。與君聚散若雲雨，共惜此日相提携。千搖萬兀到樊口，一箭放溜先鳧鷖。層層草木暗西嶺，瀏瀏霜雪鳴寒溪。空山古寺亦何有，歸路萬頃青玻瓈。我今漂泊等鴻雁，江南江北無常栖。幅巾不擬過城市，欲踏徑路開新蹊。路有直入寒溪不過武昌者。却憂別後不忍到，見子行迹空餘悽。吾儕流落豈天意，自坐迂闊非人擠。行逢山水輒羞歎，此去未免懃鹽虀。何當一遇李八百，相哀白髮分刀圭。李八百宅在筠州②。

## 次子由詩相慶

我似老牛鞭不動，雨滑泥深四蹄重。汝如黄犢却走來，海闊山高百程送。庶幾門戶有八慈，不恨居隣無二仲。他年汝曹笏滿床，中夜起舞踏破甕。會當洗眼看騰躍，莫惜癡腹笑空洞。譽兒雖是兩翁癖，積德已是③三世種。豈惟萬一許生還，尚恐九十煩珎從。六子晨耕簞瓢出，衆

---

① "苦"，《東坡七集》作"若"。
② "筠州"，《東坡七集》作"筍門"。
③ "是"，《東坡七集》作"自"。

婦夜緝燈火共。春秋古史乃家法，詩筆離騷亦時用。但令文史還照<sub>一作昭</sub>世，糞土腐餘安足夢。

## 石芝一首① 并序

元豐三年，軾在黃州②，五月十一日癸酉，夜夢遊何人家。開堂西門，有小園、古井，井上皆蒼石，石上紫藤如龍③，枝葉如赤箭。主人言此石芝也。余率爾折食一枝，衆皆驚笑。其味如雞蘇而甘。明日作此詩。

空堂明月清且新，幽人睡息來初匀。了然非夢亦非覺，有人夜呼祈④孔賓。披衣相從到何許，朱欄碧井開瓊户。忽驚石上堆龍蛇，玉枝⑤紫笋生無數。鏘然敲折青珊瑚，味如蜜藕和雞蘇。主人相顧一拊掌，滿堂坐客皆盧胡。亦知洞府嘲輕脱，終勝嵇康羨王烈。神仙⑥一合五百年，風吹石髓堅如鉄。

## 徐使君分新火

臨皋亭中一危坐，三見清明改新火。溝中枯木應笑人，鑽灼⑦不然誰似我。黃州使君憐久病，分我五更紅一朵。從來破釜躍江魚，只有清詩嘲飯顆。起携蠟炬繞空屋，欲事烹煎無一可。為公分作無盡燈，照破十方昏暗鑠。

---

① 《東坡七集》無“一首”二字。
② 《東坡七集》無“軾在黃州”四字。
③ “石上紫藤如龍”，《東坡七集》作“石上生紫藤如龍蛇”。
④ “祈”，《東坡七集》作“祁”。
⑤ “枝”，《東坡七集》作“芝”。
⑥ “仙”，《東坡七集》作“山”。
⑦ “灼”，《東坡七集》作“斫”。

### 書王定國所藏煙江疊嶂圖王晉卿畫

江上愁心千疊山，浮空積翠如雲煙。山耶雲耶遠莫知，煙空雲散山依然。但見兩崖蒼蒼暗絕谷，中有百道飛來泉。縈林絡石隱復見，下赴谷口為奔川。川平山開林麓斷，小橋野店依山前。行人稍度喬木外，漁舟一葉江吞天。使君何從得此本，點綴毫末分清妍。不知人間何處有此境，徑欲往置一①頃田。君不見武昌樊口幽絕處，東坡先生留五年。春風搖江天漠漠，暮雲卷雨山娟娟。丹楓翻鴉伴水宿，長松落雪驚醉眠。桃花流水在人世，武陵豈必皆神仙。江山清空我塵土，雖有去路尋無緣。還君此畫三歎息，山中故人應有招我歸來篇。

### 寄蘄簟與蒲傳正

蘭溪美箭不成笛，離離玉筯排霜脊。千溝萬縷自生風，入手未開先慘慄。公家列屋閒蛾眉，珠簾不動花陰移。霧帳銀床初破睡，牙籤玉局坐彈棋。東坡病叟長羈旅，凍臥饑吟似饑鼠。倚賴春風洗破裘，一夜雪寒披故絮。火冷燈清誰復知，孤舟兒女自噯②呻。皇天何時反炎燠，愧此八尺黃琉璃。願公淨掃清香閣，臥聽風漪聲滿榻。習習還從兩腋生，請公乘此朝閶闔。

### 再和潛師

化工未議蘇群槁，先向寒梅一傾倒。江南無雪春瘴生，為散冰花除熱惱。風清月落無人見，洗粧自趁霜鍾早。惟有飛來雙白鷺，玉羽瓊枝鬭清好。吳山道人心似水，眼淨塵空無可掃。故將妙語寄多情，橫機欲

---

① "一"，《東坡七集》作"二"。
② "噯"，《東坡七集》作"憂"。

試東坡老。東坡習氣除未盡，時復長篇書小草。且撼長條餐落英，忍饑
未擬窮呼昊。

## 郭祥正家醉畫竹石壁上，郭作詩為謝，且遺古銅劍二

空腸得酒芒角出，肝腑①槎牙生竹石。森然欲作不可回，吐向君家
雪色壁。平生好詩仍好畫，書墻涴壁長遭罵。不嗔不罵喜有餘，世間誰
復如君者。一雙銅劍秋水光，兩首新詩爭劍鋩。劍在床頭詩在手，不知
誰作蛟龍吼。

## 武昌銅劍歌 并序②

供奉官鄭文，嘗官於武昌。江岸裂，出古銅劍，文得之，以遺
余。冶鑄精巧，非鍛冶所成者。

雨餘江清風卷沙，雷公蹴雲捕黄蛇。蛇行空中如枉矢，電光煜煜燒
蛇尾。或投以塊鏗有聲，雷飛上天蛇入水。水上青山如削鐵，神物欲出
山自裂。細看兩脅生碧花，猶是西江老蛟血。蘇子得之何所為，蒯緱彈
鋏詠新詩。君不見凌煙功臣長九尺，腰間玉具高拄頤。

## 孔毅甫以詩戒飲酒問買田且乞墨竹次其韻

酒中真復有何好，孟生雖賢未聞道。醉時萬慮一掃空，醒後紛紛如
宿草。十年揩洗見真妄，石女無兒焦穀槁。此身何異貯酒缾，滿輒予人
空自倒。武昌痛飲豈吾意，性不違人遭客惱。君家長松十畝陰，借我一
庵聊洗心。我田方寸耕不盡，何用百頃縻千金。枕書熟睡呼不起，好學
憐君工褾擬。且將墨竹換新詩，潤色何須待東里。

---

① "腑"，《東坡七集》作"肺"。
② "序"，《東坡七集》作"敘"。

## 自興國往筠宿石田驛南二十五里野人舍

溪上青山三百疊，快馬輕衫來一抹。倚山修竹有人家，橫道清泉知我渴。芒鞋竹杖自輕軟，蒲薦松床亦香滑。夜深風露滿中庭，惟見孤雲自開闔。

## 過江夜行武昌山上，聞黃州鼓角

清風弄水月銜山，幽人夜度吳王峴。黃州鼓角亦多情，送我南來不辭①遠。江南又聞出塞曲，半襟江聲作悲健。誰言萬方聲一概，鼉憤龍愁為予②變。我記江邊枯柳樹，未死相逢真識面。他年一葉泝江來，還吹此曲相迎餞。

## 西山  并序③

嘉祐中，翰林學士承旨鄧公聖求，為武昌令。常遊寒溪西山，山中人至今能言之。軾謫居黃岡，與武昌相望，亦常往來溪山間。元祐元年十一月二十九日，考試館職，與聖求會宿玉堂，偶話舊事。聖求嘗作《元次山窪樽銘》，刻之巖石，因為此詩，請聖求同賦，當以遺邑人，使刻之銘側。

春江綠④漲葡萄醅，武昌官柳知誰栽。憶從樊口載春酒，步上西山尋野梅。西山一上十五里，風駕兩腋⑤飛崔嵬。同遊困臥九曲嶺，褰衣獨到吳王臺。中原北望在何許，但見落日低黃埃。歸來解劍亭前路，蒼

---

① "辭"，《東坡七集》作"詞"。
② "予"，《東坡七集》作"余"。
③ 《東坡七集》題作"武昌西山並敘"。
④ "綠"，《東坡七集》作"淥"。
⑤ "腋"，《東坡七集》作"掖"。

崖半入雲濤堆。浪翁醉處今安①在，石臼坏飲無樽罍。爾來古意誰復嗣，公有妙語留山隈。至今好事除草棘，常恐野火燒蒼苔。當時相望不可見，玉堂正對金鑾開。豈知白首同夜直，臥看椽燭高花摧。江邊好②夢忽驚斷，銅環玉鎖鳴春雷。山人帳空猿鶴怨，江湖水生鴻雁來。願③一作請公作詩寄父老，往和萬壑松風哀。

## 西山詩和者三十餘人，再次前韻為謝④

朱顏發過如春醅，胸中梨棗初未栽。丹砂未易掃白髮，赤松却欲參黃梅。寒溪本自遠公社，白蓮翠竹依崔嵬。當時石泉照金像，神光夜發如五臺。飲泉鑒面得真意，坐視萬物皆浮埃。欲收暮景返田里，遠泝江水窮離堆。還朝豈獨羞老病，自歎才盡傾空罍。諸公渠渠若夏屋，吞吐風月清隅隈。我如廢井久不食，古甕⑤缺落生陰苔。數詩往復相感發，汲新除舊寒光開。遙知二月春江闊，雪浪倒卷雲峰摧。石中無聲水亦静，雲何解轉空山雷。欲就諸公評此句⑥一作語，要識憂喜何從來。願求南宗一勺水，往與屈賈湔餘哀。⑦

## 送任伋通判黃州兼寄其兄孜

吾州之豪任公子，少年盛壯日千里。無媒自進誰識之，有才⑧不用

---

① "安"，《東坡七集》作"尚"。
② "好"，《東坡七集》作"曉"。
③ "願"，《東坡七集》作"請"。
④ 《東坡七集》題作"再用前韻"。
⑤ "甕"，《東坡七集》作"甓"。
⑥ "句"，《東坡七集》作"語"。
⑦ 《東坡七集》此處有原註："韋應物詩云：水性本云静，石中固無聲。如何兩相激，雷轉空山驚。"
⑧ "才"，《東坡七集》作"材"。

今老矣。別來十年學不厭，讀破萬卷詩愈美。黃岡①小郡隔谿谷，茅屋數家依竹葦。知命無憂子何病，見賢不薦誰當恥。平泉老令更可悲，六十青衫貧欲死。桐鄉遺老至今泣，潁川大姓誰能箠。因君寄聲問消息，莫對黃鸝矜爪嘴。

## 和王晉卿送梅花②

東坡先生未歸時，自種來禽與青李。五年不踏江頭路，夢逐東風泛蘋芷。江梅山杏為誰容，獨笑依依臨野水。此間風物君未識，白③浪翻天雪相激。明年我復在江湖，知君對花三歎息。

# 五言律詩

## 雨晴後至四望亭魚池上，遂自乾明寺前東岡歸④

高亭廢已久，下有種魚塘。暮色千山入，春風百草香。市橋人寂寂，古寺竹蒼蒼。鸛鶴來何處，號鳴滿夕陽。

## 和王鞏⑤

隣里有異趣，何妨傾盖新。殊方君莫厭，數面自成親。默坐無餘事，回光照此身。他年赤壁下，玉立看垂紳。

---

① “岡”，《東坡七集》作“州”。
② 《東坡七集》題後有“次韻”二字。
③ “白”，《東坡七集》作“花”。
④ 《東坡七集》“亭”後有“下”字，“岡”後有“上”字。此詩共二首，此為其二。
⑤ 《東坡七集》題作“和王鞏六首並次韻”，共六首，此為其四。

## 答任師中次韻　來詩勸以詩酒自娛

閒裹有深趣，常憂兒輩知。已成歸蜀計，誰借買山資。世事久已謝，故人猶見思。平生不飲酒，對子敢論詩。

# 七言律詩

## 正月①十四日與子由別於陳州，五月子由復至齊安，未至，以詩迎之

驚塵急雪滿貂裘，淚洒西風別宛丘。又向邯鄲枕中見，却來雲夢澤南求②。暌離動作三年計，牽挽當為十日留。早晚青山映黃髮，相看萬事一時休。

## 謝陳季常惠一捻③巾

夫子胸中萬斛寬，此巾何事小團團。半升僅漉淵明酒，二寸纔容子夏冠。好帶黃金雙得勝，可憐白紵一生酸。臂弓腰箭何時去，直上陰山取可汗。

---

① 《東坡七集》"正月"前有"今年"二字。
② "求"，《東坡七集》作"州"。
③ "捻"，《東坡七集》作"搯"。

## 莘老葺天慶觀小園，有亭北向，道士山崇①説乞名與詩

春風欲動北風微，歸雁亭邊送雁歸。蜀客南遊家最遠，吳山寒盡雪先晞。扁舟去後花絮亂，五馬來時賓從非。惟有道人應不忘，抱琴無語立斜暉。

## 太守徐君猷、通守孟亨之，皆不飲，戲之②

孟嘉嗜酒桓温笑，徐邈狂言孟德疑。公獨未知其趣爾，臣今時復一中之。風流自有高人識，通介寧隨薄俗移。二子有靈應拊掌，吾孫還有獨醒時。

## 雪後到乾明寺遂宿

門外山光馬亦驚，堦前屐齒我先行。風花誤入長春苑，雲月長臨不夜城。未許牛羊傷至潔③，且看鴉鵲弄新晴。更須携枕④留僧榻，待聽摧簷瀉竹聲。

## 正月二十日，與潘、郭二生出郊尋春，忽記去年是日同至女王城作詩，乃和前韻

東風未肯入東門，走馬還尋去歲村。人似秋鴻來有信，事如春夢了無痕。江城白酒三盃釅，野老蒼顏一笑温。已約年年為此會，故人不用

---

① "崇"，《東坡七集》作"宗"。
② "皆不飲，戲之"，《東坡七集》作"皆不飲酒，以戲之云"。
③ "潔"，《東坡七集》作"絜"。
④ "枕"，《東坡七集》作"被"。

賦招魂。

## 正月二十日，復出東門，用前韻①

亂山環合水侵門，身在淮南盡處村。五畝漸成終老計，九重新掃舊巢痕。豈惟見慣沙鷗熟，已覺來多釣石温。長與東風約今日，暗香先返玉梅魂。

## 和王鞏②

君家玉臂貫銅青，下客何時見目成。勤把鉛黄記宮樣，莫教絃管作蠻聲。熏衣漸歎衙香少，擁髻遥憐夜語清。記取北歸携過我，南江風浪雪山傾。③

## 姪安節遠來夜坐④

南來不覺歲崢嶸，坐撥寒灰聽雨聲。遮眼文書元不讀，伴人燈火亦多情。嗟余潦倒無歸日，今汝蹉跎已半生。免使韓公悲世事，白頭還對短長⑤檠。

## 萬松亭　并序⑥

麻城縣令張毅，植萬松於道周，以芘行者，且以名其亭。去未十

---

① 《東坡七集》題作"六年正月二十日復出東門仍用前韻"。
② 《東坡七集》題作"和王鞏六首並次韻"，共六首，此爲其六。
③ 《東坡七集》此處有原註："君自南江赴任，不一過我。"
④ 《東坡七集》題後有"三首"二字，共三首，此爲其一。
⑤ "長"，《東坡七集》作"燈"。
⑥ "序"，《東坡七集》作"敘"。

年，而松之存者十不及三四。傷來者之不嗣其意也，作是詩云①。

十年栽種百年規，好德無人助我儀。古語云：一年之計，樹之以谷；十年之計，樹之以木；百年之計，樹之以德。縣令若同倉庚氏，亭松應長子孫枝。天公不救斧斤厄，野火解憐冰雪姿。為問幾株能合抱，殷勤記取角弓詩。

## 張先生　并序②

先生不知其名，黄州故縣人，本姓盧，為張氏所養。陽狂垢汙，寒暑不能侵。常獨行市中，夜或不知其所止。往來者欲見之，多不能致。余試使人召之，欣然而來。既至，立而不言，與之言，不應，使之坐，不可。但俯仰熟視傳舍堂中，久之而去。夫熟視傳舍者，是中竟何有乎？然余以有思惟心追躡其意，蓋未得也。

熟視空堂竟不言，故應知我未天全。肯來傳舍人皆悦，能致先生子亦賢。脱屣不妨眠糞屋，流漸争看浴冰川。士廉豈識桃椎妙，妄意稱量未必然。

## 徐君猷挽詞

一舸南遊遂不歸，清江赤壁照人悲。請看行路無從涕，盡是當年不忍欺。雪後獨來栽柳處，竹間行復採茶時。山城散盡樽前客，舊恨新愁只自知。

## 送牛尾狸與徐使君，時大雪中

風捲飛花自入帷，一尊③遥想破愁眉。泥深厭聽雞頭鶻蜀人謂泥滑④為

---

① “作是詩云”，《東坡七集》作“故作是詩”。
② “序”，《東坡七集》作“敘”。
③ “尊”，《東坡七集》作“樽”。
④ 《東坡七集》“滑”前有“骨”字。

雞頭鶻，酒淺欣嘗牛尾狸。通印子魚猶帶骨，披綿黄雀漫多脂。殷勤送去煩纖手，為我磨刀削玉肌。

## 別黄州

病瘡老馬不任羈，猶向君王得敝帷。桑下豈無三宿戀，樽前聊與一身歸。長腰尚載撑腸米，闊領先裁盖瘦衣。投老江湖終不失，來時莫遣故人非。

# 七言排律

## 次韻樂著作野①

老來幾不辨西東，秋後霜林且強紅。眼暈見花真是病，耳虛聞蟻定非聰。酒醒不覺春強半，睡起常驚日過中。植杖偶逢為黍客，披衣閒詠舞雩風。仰看落蕊收松粉，俯見新芽摘杞叢。楚雨還昏雲夢澤，吳潮不到武昌宫黄州對岸武昌縣有孫權故宫。廢興古郡詩無數，寂寞閒窗易始②通。解組歸來成二老，風流他日與君同。

---

① 《東坡七集》"野"後有"步"字。
② "始"，《東坡七集》作"粗"。

# 五言絕句

伯父《送先人下第歸蜀》詩云"人稀野店休安枕，路入靈關穩跨驢"，安節姪①將去，為誦此句，因以為韻，作小詩十四首送之

索漠齊安郡，從來着放臣。如何風雪裏，更送獨歸人。

瘦骨寒將斷，衰髯摘更稀。未甘為死別，猶恐得生歸。

日上氣薰②江，雪時光眩野。記取到家時，鋤櫌吾正把。

月明穿破裘，霜氣澀孤劍。歸來閉户坐，默數來時店。

諸兄無可寄，一語會須酬。晚歲俱黃髮，相看萬事休。

故人如念我，為説瘦欒欒。尚有身為患，已無心可安。

吾兄喜酒人，今汝亦能飲。一杯歸誦此，萬事邯鄲枕。

東阡在何許，寒食江頭路。哀哉魏城君，宿草荒新墓。

---

① 《東坡七集》"安節"後無"姪"字。
② "薰"，《東坡七集》作"暾"。

臨分亦泫然，不為窮途泣。東阡時一到，莫遣牛羊入。

我夢隨汝去，東阡松栢青。却入西州門，永愧北山靈。

乞墦那①足羨，負米可忘艱。莫為無車馬，含羞入劍關。

我坐名過實，讙譁自招損。汝幸無人知，莫厭家山穩。

竹笥與練裙，隨時畢婚嫁。無事若相思，征鞍還一跨。

萬里却來此，一庵仍獨居。應笑謀生拙，團圓②如磨驢。

# 七言絕句

## 南堂五首

江上西山半隱堤，此邦臺館一時西。南堂獨有③西南向，臥看千帆落淺溪。

暮年眼力嗟猶在，多病顛毛却未華。故作明窗書小字，更開幽室養丹砂。

---

① “那”，《東坡七集》作“何”。
② “團圓”，《東坡七集》作“團團”。
③ “有”，《東坡七集》作“自”。

他時雨後①困移床，坐厭愁聲點客腸。一聽南堂新瓦響，似聞東塢小荷香。

山家為割千房蜜，稚子新畦五畝蔬。更有南臺堪著客，不憂門外故人車。

掃地焚香閉閣眠，簟文②如水帳如煙。客來夢覺知何處，挂起西窗浪接天。

## 次韻樂著作送酒

少年多病怯杯觴，老去方知此味長。萬斛羈愁都似雪，一壺春酒若為湯。

## 次韻樂著作天慶觀醮

濁世紛紛肯下臨，夢尋飛步五雲深。無因上到通明殿，只許微聞玉佩音。

## 東　坡

雨洗東坡月色清，市人行盡野人行。莫嫌犖确坡頭路，自愛鏗然曳杖聲。

---

① “後”，《東坡七集》作“夜”。
② “文”，《東坡七集》作“紋”。

## 聞　捷

　　元豐四年十月二十二日，謁王文父齊愈於江南。坐上得陳季常書報："是月四日，种諤領兵深入，破殺西夏六萬餘人，獲馬千十匹。"衆喜忭，各飲一巨觥。

聞說將軍取乞闍，將軍旆鼓捷如神。故知無定河邊柳，得共中原雪絮春。

## 李委吹笛①

　　元符五年十二月十九日，東坡生日也。置酒赤壁磯下，踞高峰，俯鶻巢。酒酣，笛聲起於江上。客有郭、石二生，頗知音，謂坡曰："笛聲有新意，非俗工也。"使人問之，則進士李委，聞坡生日，作新曲曰《鶴南飛》以獻。呼之使前，則青巾紫裘，弄②笛而已。既奏新曲，又快作數弄，嘹然有穿雲裂石之聲。坐客皆引滿醉倒。委袖出嘉紙一幅，曰："吾無求於公，得一絕句足矣。"坡笑而從之。

山頭孤鶴向南飛，載我南遊到九嶷。下界何人也吹笛，可憐時復犯龜茲。

## 武昌酌菩薩泉送王子立

送行無酒亦無錢，勸爾一杯菩薩泉。何處低頭不見我，四方同此水中天③。

---

① 《東坡七集》題後有"並引"二字。
② "弄"，《東坡七集》作"要"。
③ "水中天"，《東坡七集》作"水天中"。

少年①嘗過一村院，見壁上有詩云"夜凉疑有雨，院静似無僧"，不知何人詩也。宿黃州禪智寺，寺僧皆不在，夜半雨作，偶記此詩，故作一絶

佛燈漸暗饑鼠出，山雨忽來修竹鳴。知是何人舊詩句，已應知我此時情。

## 梅花二首

春來幽谷水潺潺，粲②皪梅花草棘間。一夜東風吹石裂，半隨飛雪渡関山。

何人把酒慰深幽，開自無聊落更愁。幸有清溪三百曲，不辭③相送到黃州。

## 題④陳季常所蓄朱陳村嫁娶圖

何年顧陸丹青手，畫作朱陳嫁娶圖。聞道一村惟兩姓，不將門户買崔盧。

---

① 《東坡七集》"少年"後有"時"字。
② "粲"，《東坡七集》作"的"。
③ "辭"，《東坡七集》作"詞"。
④ 《東坡七集》無"題"字，此詩共兩首，此爲其一。

# 雜　　體

## 赤壁懷古詞　念奴嬌

大江東去，浪淘盡、千古風流人物。故壘西邊，人道是、三國周郎赤壁。亂石穿空①，驚濤拍②岸，捲起千堆雪。江山如畫，一時多少豪傑。

遥想公瑾當年，小喬初嫁了，雄姿英發。羽扇綸巾，笑談③間，檣艣④灰飛煙滅。故國神遊，多情應笑我，早生華髮。人生⑤如夢，一樽還酹江月。

## 滿庭芳詞⑥

歸去來兮，吾歸何處，萬里家在岷峨。百年強半，來日苦無多。坐見黃州載閏，兒童盡、楚語吳歌。山中友，雞豚社飲⑦，相勸老東坡。

云何。當此際⑧，人生底事，來往如梭。待閒看秋風，洛水清波。好在堂前細柳，應念我、莫剪柔柯。仍傳語，江南父老，時與曬漁蓑。

---

① “穿空”，《東坡樂府》作“崩雲”。
② “拍”，《東坡樂府》作“裂”。
③ “笑談”，《東坡樂府》作“談笑”。
④ “檣艣”，《東坡樂府》作“強虜”。
⑤ “人生”，《東坡樂府》作“人間”。
⑥ 《東坡樂府》此組詞作共六首，此爲其一，有詞序曰：“元豐七年四月一日，余將去黃移汝，留別雪堂鄰里，二三君子會李仲覽自江東來別，遂書以遺之。”
⑦ “飲”，《東坡樂府》作“酒”。
⑧ “際”，《東坡樂府》作“去”。

# 行香子

清夜無塵。月色如銀。酒斟時、須滿十分。浮名浮利，休①苦勞神。似②隙中駒，石中火，夢中身。

雖抱文章，開口誰親。且陶陶、樂取③天真。幾時歸去，作箇閑人。背④一張琴，一壺酒，一溪雲。

# 臨江仙⑤

九十日春都過了，貪忙何處追遊。三分春色一分愁。雨飜榆莢陣，風轉柳花毬。

閬苑先生須自責，蟠桃動是千秋。不知人世苦厭求。東皇不拘束，肯為使君留。⑥

---

① "休"，《東坡樂府》作"虛"。
② "似"，《東坡樂府》作"歎"。
③ "取"，《東坡樂府》作"盡"。
④ "背"，《東坡樂府》作"對"。
⑤ 《東坡樂府》有詞題曰："惠州改前韻。"
⑥ 《東坡樂府》下闋作："我與使君皆白首，休誇年少風流。佳人斜倚合江樓。水光都眼净，山色揔眉愁。"

# 蘇公寓黄集卷之二

## 勝相院經藏記

元豐三年，歲在庚申，有大比丘惟簡，號曰寶月，修行如幻，三摩缽提，在蜀成都，大聖慈寺，故中和院，賜名勝相，以無量寶、黄金丹砂、琉璃真珠、旃檀衆香，莊嚴佛語及菩薩語，作大寶藏。湧起於海，有大天龍，背負而出，及諸小龍，糾結環繞。諸化菩薩，及護法神，鎮守其門。天魔鬼神，各執其物，以禦不祥。是諸衆寶，及諸佛子，光色馨①香，自相磨激，璀璨芳郁，玲瓏宛轉，生出諸相，變化無窮。不假言語，自然顯見，苦空無我，無量妙義。凡見聞者，隨其根性，各有所得。如衆饑人，入於太倉，雖未得食，已有飽意。又如病人，遊於藥市，聞衆藥香，病自衰減。更能取米，作無礙飯，恣食取飽，自然不饑。又能取藥，以療衆病，衆病有盡，而藥無窮，須臾之間，無病可療。以是因緣，度無量衆，時見聞者，皆爭捨施，富者出財，壯者出力，巧者出技，皆捨所愛，及諸結習，而作佛事，求脱煩惱，濁惡苦海。有一居士，其先蜀人，與是比丘，有大因緣。去國流浪，在江淮間，聞是比丘，作是佛事，即欲隨衆，捨所愛習。周視其身，及其室廬，求可捨者，了無一物。如焦穀芽，如石女兒，乃至無有，毫髮可捨。私自念言，我今惟有，無始已來，結習口業，妄言綺語，論説古今，是非成敗。以是業故，所出言語，猶如鐘磬，黼黻文章，悦可耳目。如人善博，日勝日負，自

---

① "馨"，《東坡七集》作"聲"。

云是巧，不知是業。今捨此業，作寶藏偈。願我人世①，作是偈已，盡未來世，永斷諸業，塵緣②妄想，及諸理障。一切世間，無取無捨，無憎無愛，無可無不可。時此居士，稽首西望，而説偈言曰：我遊衆寶山，見山不見寶。岩谷及草木，虎豹諸龍蛇。雖知寶所在，欲取不可得。復有求寶者，自言已得寶，見寶不見山，亦未得寶故。譬如夢中人，未嘗知是夢，既知是夢已，所夢即變滅。見我不見夢，因以我為覺，不知真覺者，覺夢兩無有。我觀大寶藏，如以蜜説甜。衆生未諭故，復以甜説蜜。甜蜜更相説，千劫無窮盡。自蜜及甘蔗，查梨與橘柚，説甜而得酸，以及鹹辛苦。忽然反自味，舌根有甜相，我爾默自知，不煩更相説。我今説此偈，於道亦云遠，如眼根自見，是眼非我有。當有無耳人，聽此非舌言，於一彈指頃，洗我千劫罪。

## 秦太虚題名記

　　元豐二年中秋後一日，余自吳興道杭，東還會稽。龍井有辯才大師，以書邀余入山。比出郭，日已夕。航湖至普寧，遇道人參寥，問龍井所遣藍輿，則曰“以不時至去矣”。是夕天宇開霽，林間月明，可數毫髮，遂棄舟從參廖杖策並湖而行，出雷峰，度南屏，濯足於惠因澗，入靈石塢，得支徑，上風篁嶺，憩於龍井亭，酌泉據石而飲之。自普寧凡經佛寺十五，皆寂不聞人聲，道傍廬舍，或燈火隱顯，草木深鬱，流水止激悲鳴，殆非人間之境。行二鼓矣，始至壽聖院，謁辯才於潮音堂，明日乃還。③

　　覽太虛題名，皆予昔時遊行處。閉目想之，了然可數。始余與辯才別五年，乃自徐州遷於④湖。至高郵，見太虛、參廖，遂載與俱。辯才

---

① “人世”，《東坡七集》作“今者”。
② “塵緣”，《東坡七集》作“客塵”。
③ 《東坡七集》此處有“高郵秦觀題”五字。
④ “於”，《東坡七集》作“于”。

聞余①至，欲扁舟相過，以結夏未果。太虛、參廖又相與適越，云秋盡當還。而余②倉卒去郡，遂不復見。明年余③謫居黃州，辯才、參廖遣人致問，且以題名相示。時去中秋不十日，秋潦方漲，水面千里，月出房、心間，風露浩然。所居去江無十步，獨與兒子邁棹小舟至赤壁，西望武昌山谷，喬木蒼然，雲濤際天，因錄以寄參廖。使以示辯才，有便至高郵，亦可錄以寄太虛也。

## 子姑神記

元豐三年正月朔日，余④始去京師來黃州。二月朔至郡。至之明年，進士潘丙謂余⑤曰：“異哉，公之始受命，黃人未知也。有神降於州之僑人郭氏之第，與人言如響，且善賦詩，曰：‘蘇公將至，而吾不及見也。’已而，公以是日至，而神以是日去。”其明年正月，丙又曰：“神復降於郭氏。”余⑥往觀之，則衣草木為婦人，而置箸手中，二小童子扶焉，以箸畫字曰：“妾，壽陽人也，姓何氏，名媚，字麗卿。自幼知讀書屬文，為伶人婦。唐垂拱中，壽陽刺史害妾夫，納妾為侍妾，而其妻妒悍甚，見殺於廁。妾雖死不敢訴也，而天使見之，為直其冤，且使有所職於人間。蓋世所謂子姑神者，其類甚眾，然未有如妾之卓然者也。公少留而為賦詩，且舞以娛公。”詩數十篇，敏捷立成，皆有妙思，雜以嘲笑。問神仙鬼佛變化之理，其答皆出於人意外。坐客撫掌，作道調《梁州》，神起舞中節，曲終，再拜以請曰：“公文名於天下，何惜方寸之紙，不使世人知有妾乎？”予觀何氏之生，見掠於酷吏，而遇害於悍妻，其怨深矣。而終不指言刺史之姓名，似有禮者。客至逆知其平生，而終

---

① “余”，《東坡七集》作“予”。
② “余”，《東坡七集》作“予”。
③ “余”，《東坡七集》作“予”。
④ “余”，《東坡七集》作“予”。
⑤ “余”，《東坡七集》作“予”。
⑥ “余”，《東坡七集》作“予”。

不言人之陰私與休咎，可謂智矣。又知好文字而恥無聞於世，皆可賢者。粗為録之，以答其意焉。

## 應夢羅漢記

元豐四年正月二十一日，余將往岐亭。宿於團風①，夢一僧破面流血，若有所訴。明日至岐亭，過一廟，中有阿羅漢像，左龍右虎，儀制甚古，而面為人所壞，顧之惘然，庶幾疇昔所見乎！遂載以歸，完新而龕之，設於安國寺。四月八日，先姚武陽君忌日，飯僧於寺，乃記之。②

## 天篆記

江淮間俗尚鬼。歲正月，必衣服箕帚為子姑神，或能數數畫字，黄州郭氏神最異。余③去歲作何氏録以記之。今年黄人汪若谷家，神猶奇。以箸為口，置筆口中，與人問答如響。曰：“吾天人也。名全，字德通，姓李氏。以若谷再世為人，吾是以降焉。”箸篆字，筆勢奇妙④，而字不可識。曰：“此天篆也。”與余⑤篆三十字，云是天蓬咒。使以隸字釋之，不可。見黄之進士張炳，曰：“久闊無恙。”炳問安所識。答曰：“子獨不記劉苞乎？吾即苞也。”因道炳昔與苞起居⑥言狀甚詳。炳大驚，告予曰：“昔嘗識苞京師，青巾布裘，文身而嗜酒，自言齊州人。今不知其所在。豈真天人乎？”或曰：“天人豈肯附箕帚為子姑神，從汪若谷遊哉？”余以為不然。全為鬼為仙，固不可知，然未可以其所托之陋疑之也。彼誠有

---

① “風”，《東坡七集》作“封”。
② 《東坡七集》文末有“責授黄州團練使眉山蘇某記”十二字。
③ “余”，《東坡七集》作“予”。
④ “奇妙”，《東坡七集》作“甚奇”。
⑤ “余”，《東坡七集》作“予”。
⑥ 《東坡七集》“起居”後有“語”字。

道，視王宮豕牢①一也。其字雖不可識，而意趣簡古，非墟②落間竊食愚鬼所能為者。昔長陵女子以乳死，見神於先後宛若，民多往祠。其後漢武帝亦祠之，謂之神君，震動天下。若疑其所托，又陋於全矣。世人所見常少，所不見常多，奚必於區區耳目之所及，度量世外事乎？③

## 趙先生舍利記

趙先生棠，本蜀人，孟氏節度使廷隱之後，今為④南海人。仕至幕職，官南海。有潘冕者，陽狂不測，人謂之潘盎。南海俚人謂心風為盎。盎常與京師言法華偈頌往來。言云："盎，日光佛也。"先生棄官從盎遊，盎以謂盡得我道。盎既隱去，不知其所終，而先生亦坐化。焚其衣，得舍利數升。我與先生之子昻遊，故得此舍利四十八粒。盎與先生異迹極多，張安道作先生墓誌，具載其事。大者⑤今為大理寺丞，知藤州。元豐三年十一月十五日，以舍利授寶月大師之孫悟清，使持歸本院供養。巴郡蘇某記。

## 黃州安國寺記

元豐二年十二月，余自吳興守得罪，上不忍誅，以為黃州團練副使，使思過而自新焉。其明年二月，至黃。舍館粗定，衣食稍給，閉門却掃，收召魂魄，退伏思念，求所以自新之方，反觀從來舉意動作，皆不中道，非獨今之所以得罪者也。欲新其一，恐失其二。觸類而求之，有不可勝悔者。於是喟然歎曰："道不足以御氣，性不足以勝習。不鋤其本，而耘其末，今雖改之，後必復作。盍歸誠佛僧，求一洗之？"得城南精舍，曰安國寺，有茂林修竹，陂池亭樹。間一二日輒往，焚香默坐，深自省

---

① "牢"，《東坡七集》作"宰"。
② "墟"，《東坡七集》作"虛"。
③ 《東坡七集》文末有"姑藏其書以待知者"八字。
④ "為"，《東坡七集》作"屬"。
⑤ 《東坡七集》"大"後無"者"字。

察，則物我相忘，身心皆空，求罪垢①所從生而不可得。一念清净，染汙自落，表裏翛然，無所附麗。私竊樂之。且往而暮還者，五年於此矣。寺僧曰繼連，為僧首七年，得賜衣。又七年，當賜號，欲謝去，② 余是以愧其人。七年，余將有臨汝之行。連曰："寺未有記。"具石請記之。余不得辭③。寺立於偽唐保大二年，始名護國，嘉祐八年，賜今名。堂宇齋閣，連皆易之新④，嚴麗深穩，悦可人意，至者忘歸。歲正月，男女萬人會庭中，飲食作樂，且祠瘟神，江淮舊俗也。四月六日，汝州團練副使眉山蘇某⑤記。

# 序

## 王定國詩集序⑥

太史公論《詩》，以為"《國風》好色而不淫，《小雅》怨誹而不亂"。以余觀之，是特識變風、變雅耳，烏覩《詩》之正乎？昔先王之澤衰，然後變風發乎情，雖衰而未竭，是以猶止於禮義，以為賢於無所止者而已。若夫發於性⑦，止於忠孝者，其詩豈可同日而語哉！古今詩人眾矣，而杜子美為首，豈非以其流落饑寒，終身不用，而一飯未嘗忘君也歟？今定國以余故得罪，貶海上三年，一子死貶所，一子死於家，定國亦病幾死。余意其怨我甚，不敢以書相聞。而定國歸至江西，以其嶺外所作詩

---

① "垢"，《東坡七集》作"始"。
② 《東坡七集》"欲謝去"後有句："其徒與父老相率留之，連笑曰：'知足不辱，知止不殆。'卒謝去。"
③ "辭"，《東坡七集》作"詞"。
④ "之新"，《東坡七集》作"新之"。
⑤ "汝州團練副使眉山蘇某"，《東坡七集》作"汝州團練副使員外置眉山蘇軾"。
⑥ 《東坡七集》題作"王定國詩集敘一首"。
⑦ "性"，《東坡七集》作"情"。

數百首寄余，皆清平豐融，藹然有治世之音，其言與志得道行者無異。幽憂憤歎之作，蓋亦有之矣，特恐死嶺外，而天子之恩不及報，以忝其父祖耳。孔子曰：“不怨天，不尤人。”定國且不我怨，而肯怨天乎！余然後廢卷而歎，自恨期①人之淺也。又念昔者定國遇余如②彭城，留十日，往返作詩幾百餘篇，余苦其多，畏其敏，而服其工也。一日，定國於③顏復長道遊泗水，登恒④山，吹笛飲酒，乘月而歸。余亦置酒黃樓上以待之，曰：“李太白死，世無此樂三百年矣。”今余老，不復作詩，又以病止酒，閉門不出。門外數步即大江，經月不至江上，眊眊焉真一老農夫也。而定國詩益工，飲酒不衰，所至翺翔徜徉⑤，窮山水之勝，不以阨窮衰老改其度。今而後，余之所畏服於定國者，不獨其詩也。

# 聖散子序⑥

昔嘗覽《千金方·三建散》云：“風冷痰飲，痎⑦癖痞瘧，無所不治。”而孫思邈特為著論，謂⑧此方用藥節度，不近人情，至於救急，其驗特異。乃知神物效靈，不拘常制，至理開感，智不能知。今僕所蓄《聖散子》，殆此類耶？自古論病，惟傷寒最為危急，其表裏虛實，日數證候，應汗下⑨之類。差之毫釐，輒至不救，而用《聖散子》者，一切不問。凡陰陽二毒，男女相易，狀至危急者，連飲數劑，即汗出氣通，飲食稍進，神宇完復，更不用諸藥，⑩其餘輕者，心額微汗，正爾無恙。

---

① “期”，《東坡七集》作“其”。
② “如”，《東坡七集》作“於”。
③ “於”，《東坡七集》作“與”。
④ “恒”，《東坡七集》作“桓”。
⑤ 《東坡七集》無“翺翔徜徉”四字。
⑥ 《東坡七集》題作“聖散子敘一首”。
⑦ “痎”，《東坡七集》作“癥”。
⑧ 《東坡七集》“謂”前有“以”字。
⑨ 《東坡七集》“下”前有“應”字。
⑩ 《東坡七集》“更不用諸藥”後有“連服取差”四字。

藥性微熱，而陽毒發狂之類，服之即覺清凉，此殆不可以常理詰也。若時疫流行，平旦於大釜中煮之，不問老少良賤，各服一大盞，即時氣不入其門。平居無疾，能空腹一服，則飲食快美①，百疾不生。真濟世之具，衛家之寶也。其方不知所從出，得之於眉山人巢君谷②，谷③多學好方，秘惜此方，不傳其子。余苦求得之。謫居黃州，比年時疫，合此藥散之，所愈④活不可勝數。巢初授余，約不傳人，指江水為盟。余竊隘之，乃以傳蘄水人龐君安時，安時以善醫聞於世。又善著書，欲以傳後，故以授之。亦使巢君之名，與此方同不朽也。

# 傳

## 方山子傳

　　方山子，光、黃間隱人也。少時慕朱家、郭解為人，閭里之俠皆宗之。稍壯，折節讀書，欲以此馳騁當世，然⑤不遇。晚乃遁於光、黃間，曰岐亭。庵居蔬食，不與世相聞。棄車馬，毀冠服，徒步往來山中，人莫識也。見其所著帽，方聳⑥而高，曰："此豈古方山冠之遺像乎?"因謂之方山子。

　　余謫居於黃，過岐亭，適見焉，曰："嗚呼，此吾故人陳慥季常也，何為而在此?"方山子亦矍然，問余所以至此者，告之故，俯而不答，仰而笑，呼余宿其家。環堵蕭然，而妻子奴婢，皆有自得之意。余既聳然異之。

---

① "快美"，《東坡七集》作"倍常"。
② "谷"，《東坡七集》作"穀"。
③ "谷"，《東坡七集》作"穀"。
④ 《東坡七集》"所"後無"愈"字。
⑤ 《東坡七集》"然"後有"終"字。
⑥ "聳"，《東坡七集》作"屋"。

獨念方山子少時，使酒好劍，用財如糞土。前十九①年，余在岐下，見方山子從兩騎，挾二矢，遊西山。鵲起於前，使騎逐而射之，不獲，方山子怒馬獨出，一發得之。因與余馬上論用兵，及古今成敗，自謂一世豪士。今幾時②耳，精悍之色，猶見於眉間，而豈山中之人哉！然方山子世有勳閥，當得官，使從事於其間，今已顯聞。而其家在洛陽，園宅壯麗，與公侯等，河北有田，歲得帛千匹，亦足以富樂。皆棄不取，獨來窮山中，豈③無得而然哉？余聞光黃間多異人，往往陽狂垢汙，不可得而見，方山子倘見之與！

# 銘

## 武昌菩薩泉銘　有序④

陶侃為廣州刺史，有漁人每夕見神⑤海上，以白侃。侃使迹之，得金像。視其欵識，阿育王所鑄，文殊師利像也。初送武昌寒溪寺。及侃遷荊州，欲以像行，人力不能動。益以牛車三十乘，乃能至船。船復没，遂以還寺。其後惠遠法師迎像歸廬山，了無艱礙。山中世以二僧守之。會昌中，詔毀天下寺，二僧藏像錦繡谷。比釋教復興，求像不可得，而谷中至今有光景，往往發見，如峨嵋、五臺所見。蓋遠師文集載處士張文逸之文，及山中父老所傳如此。今寒溪少西數百步，別為西山寺，有泉出於嵌竇間，色白而甘，號菩薩泉，人莫知其本末。建昌李常謂余，豈昔像之所在乎？且屬余為銘。銘曰：像在廬阜，宵光屬天。旦朝視之，

---

① “十九”，《東坡七集》作“十有九”。
② “時”，《東坡七集》作“日”。
③ 《東坡七集》“豈”前有“此”字。
④ 《東坡七集》題作“菩薩泉銘一首並敘”。
⑤ 《東坡七集》“神”後有“光”字。

寥寥空山。誰謂寒溪，向有斯泉。盍往鑒之，文殊了然。

## 裙靴銘①

余②在黃州時，夢神考召入小殿賜宴，乃令作《宮人裙銘》，又令作《御靴銘》。

百疊漪漪風皺，六銖縱縱雲輕。獨立含風廣殿，微聞環珮搖聲。

寒女之絲，銖積寸累。天步所臨，雲蒸雷起。

## 乳母任氏墓誌銘

趙郡蘇軾子瞻之乳母任氏，名採蓮，眉之眉山人。父遂，母李③。事先夫人三十有五年，工巧勤儉，至老不衰。乳亡姊八娘與軾，養視軾之子邁、迨、過，皆有恩勞。從軾官於杭、密、徐、湖，謫於黃。元豐三年八月壬寅，卒於黃之臨皋亭，享年七十有二。十月壬午，葬於黃之東阜黃岡縣之北。銘曰：生有以養之，不必其子也。死有以葬之，不必其里也。我祭其從與享之，其魂氣無不之也。

# 偈

## 送海印禪師偈

海印禪師紀公，將赴峨眉，往別太子少保趙公於三衢。公以三詩贈

---

① 《東坡七集》題後有"並序"二字。
② "余"，《東坡七集》作"予"。
③ 《東坡七集》"李"後有"氏"字。

行，復枉道過某於齊安，亦求一偈。公以元臣大老功成而歸，某以非才竊禄得罪而去。禪師道眼，了無分別。迺知法界海惠，照於①萬殊，大小縱②橫，不相留礙。直從巴峽逢僧晏，道到東坡別紀公。當時半破峨眉月，還在平羌江水中。請以此偈附於三詩之末。

# 雜　文

## 怪石供

《禹貢》：“青州有鉛松怪石。”解者曰：怪石，石似玉者。今齊安江上，往往得美石，與玉無辨，多紅黃白色。其文如人指上螺，精明可愛，雖巧者以意繪畫，有不能及③者。豈古所謂怪石者耶？凡物之醜好，生於相形，吾未知其果安在也。使世間石皆若此，則今之凡石復為怪麗④。海外有形語之國，口不能言，而相喻以形。其以形語也，捷於口，⑤ 故夫天機之動，忽焉而成，而人真以為巧也。雖然，自禹以來怪之矣。齊安小兒浴於江，時有得之者。戲以餅餌易之，既而得二百九十有八枚。大者兼寸，小者如棗、栗、菱、芡。其一如虎豹，首有口、鼻、眼處，以為群石之長。又得古銅盆一枚，以盛石，挹水注之粲然。而廬山歸宗佛印禪師適至⑥，遂以為供。禪師常以道眼觀一切，世間混淪空洞，了

① “於”，《東坡七集》作“了”。
② “縱”，《東坡七集》作“從”。
③ 《東坡七集》“及”後無“者”字。
④ “復為怪麗”，《東坡七集》作“覆為怪矣”。
⑤ 《東坡七集》“捷於口”後有“使吾為之，不已難乎”句。
⑥ “適至”，《東坡七集》作“適有使至”。

無一物，雖夜光尺璧，與瓦礫等，而况此石。雖然，願受此供。灌以墨池水，強為一笑。使自今已往，山僧野人，欲供禪師，而力不能辦服食①臥具者，皆得以净水注石為供，蓋自蘇子瞻始。②

# 表

## 到黄州謝表

臣軾言。去歲十二月二十九日，准勑，責授臣檢校尚書水部員外郎充黃州團練副使，本州安置，不得簽書公事，臣已於今月日③到本州訖者。狂愚冒犯，固有常刑。仁聖矜憐，特從輕典。赦其必死，許以自新。祇服訓辭，惟知感涕④。伏念臣早緣科第，誤忝縉⑤紳。親逢睿哲之興，遂有功名之意。亦嘗召對便殿，考其所學之言。試守三州，觀其所行之實。而臣用意過當，日趨於迷。賦命衰窮，天奪其魄，叛違義理，辜負恩私。茫於⑥醉夢之中，不知言語之出。雖至仁屢赦，而衆議不容。按⑦罪責情，固宜伏斧鑕於兩觀，推恩屈法，猶當禦魑魅於三危。豈謂尚玷散員，更叨善地。投畀麏鼯之野，保全樗櫟之生。臣雖至愚，豈不知幸。此蓋伏遇皇帝陛下，德刑並用，善惡兼容。欲使法行而知恩，是用小懲而大戒。天地能覆載之，而不能容之於度外，父母能生育之，而不能出

---

① “服食”，《東坡七集》作“衣服飲食”。
② 《東坡七集》文末有“時元豐五年五月黃州東坡雪堂書”。
③ 《東坡七集》“日”前有“一”字。
④ 《東坡七集》“感涕”後有“中謝”二字。
⑤ “縉”，《東坡七集》作“搢”。
⑥ “於”，《東坡七集》作“如”。
⑦ “按”，《東坡七集》作“案”。

之於死中。伏惟此恩，何以為報。惟當蔬食没齒，杜門思愆。深悟積年之非，永為多士之戒。貪戀聖世，不敢殺身，庶幾餘生，未為棄物。若獲盡力鞭箠之下，必將捐軀矢石之間。指天誓心，有死無易。臣無任①瞻天荷聖，感涕激切屏營之至。謹奉表稱謝以聞。

## 量移汝州謝表②

臣軾言。伏奉正月二十五日誥命，特授臣汝州團練副使，本州安置，不許③簽書公事者。稍從內遷，示不終棄。罪已甘於萬死，恩實出於再生。祗服訓辭④，惟知感涕。臣軾誠惶誠恐，頓首頓首。伏念臣向者名過其實，食浮於人。兄弟並竊於賢科，衣冠或以為盛事。旋從册府，出領郡符。既無片善可紀於絲毫，而以重罪當膏於斧鍼。雖蒙恩貸，有愧平生。隻影自憐，命寄江湖之上，驚魂未定，夢遊縲紲之中。憔悴非人，猖狂失志。妻孥之所竊笑，親友至於絕交。疾病連年，人皆相傳為已死，饑寒併日，臣亦自厭其餘生。豈謂草芥之賤微，尚煩朝廷之紀錄。開其悃悔，許以甄收。此蓋伏遇皇帝陛下，湯德日新，堯仁天覆。建原廟以安祖考，正六宮而修典刑。百廢具興，多士爰集。彈冠結授⑤，共欣千載之逢，掩面向隅，不忍一夫之泣。故推涓滴，以及焦枯。顧惟効死之無門，殺身何益，更欲呼天而自列，尚口乃窮。徒有此心，期於異日。臣無任云云。

---

① 《東坡七集》無"臣無任"後文字。
② 《東坡七集》題作"謝量移汝州表一首"。
③ "許"，《東坡七集》作"得"。
④ "辭"，《東坡七集》作"詞"。
⑤ "授"，《東坡七集》作"綬"。

# 祭　文

## 黃州再祭文與可文

我觀於岐,① 實始識君。碩②口秀眉,忠信而文。志氣方剛,談詞如雲。一別五年,君譽日聞。道德為膏,以自濯薰。積③學之多,蔚如秋菁。脫口成章,粲莫可耘。馳騁百家,錯落紛紛④。使我羞歎,筆硯為焚。再見京師,默無所云。杳兮清深,落其華芬。昔蓻我黍,今熟其饋。啜漓歌呼,得淳而醨。天力自然,不施膠筋。坐了萬事,氣回三軍。笑我皇皇,獨違垢氛⑤。俯仰三州,眷戀桑枌。仁施草木,信及麋麕⑥。昂然來歸,獨立無群。俛焉復去,初無戚欣。大哉死生,悽愴蒿焄。君寂⑦談笑,大鈞徒勤。喪之西歸,我竄江濆。何以薦君,採江之芹。相彼日月,有朝必曛。我在茫茫,凡幾合分。盡此一觴,歸安於墳。⑧

## 祭徐君猷文

惟公蚤厭綺紈,⑨ 富以三冬之學,晚分符竹,藹然兩郡之聲。家世

---

① 《東坡七集》"我觀於岐"前有"年月日從表弟具官蘇軾謹以清酌庶羞之奠昭告于亡友湖州府君與可學士文兄之靈。嗚呼哀哉"句。

② "碩",《東坡七集》作"甚"。

③ "積",《東坡七集》作"蓻"。

④ "紛紛",《東坡七集》作"紛紜"。

⑤ "氛",《東坡七集》作"紛"。

⑥ "麕",《東坡七集》作"麇"。

⑦ "寂",《東坡七集》作"沒"。

⑧ 《東坡七集》"歸安於墳"後有"嗚呼哀哉！尚享"句。

⑨ 《東坡七集》"惟公蚤厭綺紈"前有"故黃州太守朝請徐公猷之靈"句。

名臣，始終循吏。追繼襄陽之耆舊，綽有建安之風流。無鬼高談，常傾滿坐。有功陰德，何止一人。軾以惷愚，自貽放逐。妻孥之所竊笑，親友幾於絕交。爭席滿前，無復十漿而五饋，中流獲濟，實賴一壺之千金。曾報德之未遑①，已興哀於永訣。平生髣髴，尚陳中聖之觴，後②夜渺茫，徒挂初心之劍。③

## 祭陳君式文

猗歟大夫，④ 匪直也人。矯然不隨，以屈莫信。大夫安之，有命在天。十年躬耕，以娛其親。親亡泣血，幾以喪明。免喪復仕，哀哉為貧。從政於黄，急吏緩民。食黄之薇，飲其水泉。我以重罪，竄於江濱。親舊擯踈，我亦自憎。君獨願交，日造我門。我不自愛，恐子垢氛。君笑絕纓，陋哉斯言。憂患之至，期與子均。示我數詩，蕭然絕塵。去黄而歸，即安丘圜。澹然無求，抱潔没身。猗歟大夫，有死有生。如影之隨，如環之循。富貴貧賤，忽如浮雲。孰皆有子，如二子賢。千里一觴，修以斯文。⑤

## 祭蔡景繁文

子之為人，⑥ 清厲孤峻。經以仁義，緯以忠信。才兼百夫，斂以静順。子之事君，悃欵傾盡。挺然不倚，視退如進。持其本心，不負堯舜。子之從政，果毅情慎⑦。緩民急吏，不肅而震。紛紜滿前，理解迎刃。

---

① "遑"，《東坡七集》作"皇"。
② "後"，《東坡七集》作"厚"。
③ 《東坡七集》"徒挂初心之劍"後有"拊棺一慟，嗚呼哀哉！尚享"句。
④ 《東坡七集》"猗歟大夫"前有"故致政大夫君式之靈"句。
⑤ 《東坡七集》"修以斯文"後有"尚享"二字。
⑥ 《東坡七集》"子之為人"前有"嗚呼哀哉"句。
⑦ "果毅情慎"，《東坡七集》作"果藝清慎"。

子之為文，秀整明潤。工於造語，耻就餘餕。詩尤所長，鏘然玉振。壽以配德，天亦何吝。有如子賢，五十而盡。我遷於黃，衆所遠擯。惟子之故，不我籍①鱗。孰云此來，乃柎其櫬。萬生擾擾，寄此一瞬。富貴無能，俯仰埃燼。子有賢子，汗血之駿。幼亦頎然，穎發韶齔。天哀子窮，以是餽贐。我困於旅，愧莫子賑。歌此奠詩，以和虞殯。②

# 書　啓

## 答秦太虛書

軾啓。五月末，舍弟來，得手書勞問甚厚，日欲裁答③，因循至今，遞中復辱教，感愧益甚。比日履茲初寒，起居何如。軾寓居粗遣，但舍弟初到筠州，即喪一女子，而軾亦喪一老乳母，悼念未衰，又得鄉信，堂兄中舍九月中逝去。異鄉衰病，觸目悽感，念人命脆弱如此。又承見諭④，中間得疾不輕，且喜復健。

吾儕漸衰，不可復作少年調度，當速用道書方士之言，厚自養鍊。謫居無事，頗窺其一二。已借得本州天慶觀道堂三間，冬至後，當入此坐⑤，四十九日乃出，自非廢放，安得就此。太虛他日一為仕宦所縻，欲求四十九日閒，豈可復得耶？當及今為之。擇⑥早時所謂簡要易行者，日夜為之，寢食之外，不治他事，但滿此期，根本立矣。此後縱復出從人事，事已則心返，自不能廢矣。此書到日，恐已不及，然亦不須用冬

① "籍"，《東坡七集》作"藉"。
② 《東坡七集》"以和虞殯"後有"嗚呼哀哉"句。
③ "答"，《東坡七集》作"謝"。
④ "諭"，《東坡七集》作"喻"。
⑤ "坐"，《東坡七集》作"室"。
⑥ 《東坡七集》"擇"前有"但"字。

至也。

　　寄示詩文，皆超然勝絕，亹亹焉①來逼人矣。如我輩，亦不勞逼也。太虛未免祿仕②，方應舉求之，應舉不可必。竊為君謀，宜多著書，如所示論兵及盜賊等③，得數十首④，當⑤卓然有可用之實者，不須及時事也。但旋作此書，亦不可廢應舉，此書若成，聊復相示，當有知君者，想喻此意也。

　　公擇近過此，相聚數日，說太虛不離口。莘老未嘗得書，知未暇通問。程公闢須其子履中哀詞，軾本自求作，今豈可食言。但得罪以來，不復作文字，自持頗嚴，若復一作，則決壞藩墻，今後仍復袞袞多言矣。

　　初到黃，廩入既絕，人口不少，私甚憂之。但痛自節儉，日用不得過百五十，每月朔便取四千五百錢，斷為三十塊，掛屋梁上，平旦用畫义⑥挑取一塊，即藏去义⑦，仍以大竹筒別貯用不盡者，以待賓客，此賈耘老法也。度囊中尚不支一歲餘，⑧至時別作經畫，水到渠成，不須預患⑨。以此，胸中都無一事。

　　所居對岸武昌，山水佳絕，有蜀人王生在邑中，往往為風濤所隔，不能即歸，則王生能為殺雞炊黍，至數日不厭。又有潘生者，作酒店樊口，棹小舟徑至店下，村酒亦自醇釀。柑橘椑柿極多，大芋長尺餘，不減蜀中。外縣米斗二十，有水路可致。羊肉如北方，豬、牛、麞、鹿如土，魚、蟹不論錢。岐亭監酒胡定之，載書萬卷隨行，喜借人看。黃州曹官數人，皆家善庖饌，喜作會。太虛視此數事，吾事豈不能濟矣乎！欲與太虛言者無窮，但紙盡耳。展讀至此，想見掀髯一笑也。

---

①　"焉"，《東坡七集》作"為"。
②　《東坡七集》"祿仕"前有"求"字。
③　《東坡七集》"等"後有"數篇"二字。
④　《東坡七集》"得數十首"前有"但以此"三字。
⑤　"當"，《東坡七集》作"皆"。
⑥　"义"，《東坡七集》作"乂"。
⑦　"义"，《東坡七集》作"乂"。
⑧　"不"，《東坡七集》作"可"；"餘"前有"有"字。
⑨　"患"，《東坡七集》作"慮"。

子駿固吾所畏，其子亦可喜，曾與相見否？此中有黃岡少府張舜臣者，其兄堯臣，皆云與太虛相熟。兒子每蒙批問，適會葬老乳母，令勾當作墳，未暇拜書。歲晚苦寒，惟萬萬自重。李端叔一書，託為達之。夜中微被酒，書不成字，不罪！不罪！①

## 上文潞公書②

軾再拜。孟夏漸熱，恭為留守太尉執事候台③萬福。承以元功，正位兵府，備物典冊，首冠三公。雖曾孫之遇，絕口不言，而金縢之書，因事自顯。真古今之異事，聖朝之光華也。有自京師來，傳④示所賜書教一通，行草爛然，使破甑敝帚，復增九鼎之重。

軾始得罪，倉皇出獄，生死未分，六親不相保。然私心所念，不暇及他。但顧平生所存，名義至重，不知今日所犯，為已見絕於聖賢，不得復為君子乎？抑雖有罪不可赦，而猶可改也？伏念五六日，至於旬時，終莫能決。輒復強顏忍恥，飾鄙陋之詞，道疇昔之眷，以卜於左右。遽辱還答，恩禮有加。豈非察其無他，而恕其不及，亦如聖天子所以貸而不殺之意乎？伏讀涵⑤然，知⑥不肖之軀，未死之間，猶可以洗濯磨治，復入於道德之場，追申徒而謝子產也。

軾始就逮赴獄，有一子稍長，徒步相隨。其餘守舍，皆婦女幼稚。至宿州，御史符下，就家取文書。州郡望風，遣吏發卒，圍船搜取，老幼幾怖死。既去，婦女恚罵曰："是好著書，書成何所得，而怖我如此！"悉取燒之。事定⑦，重復尋理，十亡七八矣。到黃州，無所用心，

---

① 《東坡七集》"不罪"後有"不宣，軾再拜"句。
② 《東坡七集》題作"黃州上文潞公書"。
③ "候台"，《東坡七集》作"台候"。
④ "傳"，《東坡七集》作"轉"。
⑤ "涵"，《東坡七集》作"洒"。
⑥ 《東坡七集》"知"後有"其"字。
⑦ 《東坡七集》"事定"前有"比"字。

輒復覃思於《易》《論語》。端居深念，若有所得，遂因先子之學，作《易傳》九卷。又自以意作《論語説》五卷。窮苦多難，壽命不可期。恐此書一旦復淪没不傳，意欲寫數本留人間。念新以文字得罪，人必以為凶衰不詳之書，莫肯收藏。又自非一代偉人，不足託以必傳者，莫若獻之明公。而《易傳》文多，未有力裝寫，獨致《論語説》五卷。公退閒暇，一為讀之，就使無取，亦足見其窮不忘道，老而能學也。

軾在徐州時，見諸郡盜賊為患，而察其人多凶俠不遜，因之以饑饉，恐其憂不止於竊攘剽殺也。輒草具其事上之。會有旨移湖州而止。家所藏書，既多亡軼，而此書本以為故紙糊籠①，獨得不燒，籠破見之，不覺恍②然如夢中事，輒録其本以獻。軾廢逐至此，豈敢復言天下事，但惜此事粗有益於世，既不復施行，猶欲公知之，此則宿昔之心掃除未盡者也。公一讀訖，即燒之而已。

黄州食物賤，風土稍可安，既未得去，去亦無所歸，必老於此。拜見無期，臨紙於邑。惟冀以時為國自重。不宣。軾再拜。③

## 與章子厚書

去歲吳興，④謂當再獲接奉，不意倉卒就逮，遂以至今。即日，不審台候何似？某自得罪以來，不敢復與人事，雖骨肉至親，未肯有一字往來。忽蒙賜書存問⑤，憂愛深切，感歎不可言也。恭聞拜命與議大政，士無賢不肖，所共慶快。然某始見公長安，則語相識云："子厚奇偉絕世，自是一代異人。至於功名將相，乃其餘事。"方是時，應某者皆憮然。今日不獨為足下喜朝之得人，亦自喜其言之不妄也。

某所以得罪，其過惡未易以一二數也。平時惟子厚與子由極口見戒，

---

① 《東坡七集》"籠"後有"篋"。
② "恍"，《東坡七集》作"惘"。
③ 《東坡七集》無"不宣。軾再拜"句。
④ 《東坡七集》"去歲吳興"前有"某頓首再拜子厚參政諫議執事"句。
⑤ 《東坡七集》"存問"後有"甚厚"。

反覆甚苦，而某強狠自用，不以為然。及在囹圄中，追悔無路，謂必死矣。不意聖主寬大，復遣視息人間，若不改者，某真非人也。來書所云："若痛自追悔往咎，清時終不以一眚見廢。"此乃有才之人，朝廷所惜。如某正復洗濯瑕垢，刻磨朽鈍，亦當安所施用，但深自感悔，一日百省，庶幾天地之人①，不念舊惡，使保首領，以從先大夫於九原足矣。某昔年粗亦受知於聖主，使少循理安分，豈有今日。追思所犯，真無義理，與病狂之人蹈河入海者無異。方其病作，不自覺知，亦窮命所迫，似有物使。及至狂定之日，但有慚耳。而公乃疑其再犯，豈有此理哉？然異時相識，但過相稱譽，以成吾過，一旦有患難，無復有相哀者。惟子厚平居遺我以藥石，及困急又有以收恤之，真與世俗異矣。

黃州僻陋多雨，氣象昏昏也。魚稻薪炭頗賤，甚與窮者相宜。然某平生未嘗作活計，子厚所知②。俸入所得，隨手輒盡。而子由有七女，債負山積，賤累皆在渠處，未知何日到此。見寓僧舍，布衣疏食，隨僧一餐，差為簡便，以此畏其到也。窮達得喪，粗了其理，但祿廩③相絕，恐年載間，遂有饑寒之憂，不能不少念。然俗所謂水到渠成，至時亦必自有處置，安能預為之愁煎乎？初到，一見太守，自餘杜門不出。閒居未免看書，擁④佛經以遣日，不復近筆硯矣。會見無期，臨紙惘然。冀千萬以時為國自重。

# 與李方叔書⑤

秋試時，不審從吉未。若可下，文字須望鼎甲之捷也。暑中既不飲酒，無緣作字，時有一二，輒為人取去，無以塞好事之意。亦不願足下如此僻好也。近獲一銅鏡如漆色，光明冷徹。背有銘云："漢有善銅出

---

① "人"，《東坡七集》作"仁"。
② 《東坡七集》"知"後有"之"字。
③ "祿廩"，《東坡七集》作"廩祿"。
④ "擁"，《東坡七集》作"惟"。
⑤ 《東坡七集》此組書札共四首，此為其二。

白陽，取為鏡，清如明。左龍右虎輔之。"字體雜篆隸，真漢時字也。白陽不知所在，豈南陽白水陽乎？"如"字應作"而"字使耳。"左月右日"，皆未甚曉，更閒為考之。

## 與朱康叔書①

某啓，近王察推至，辱書承起居佳勝。方欲裁謝，又枉教勒，益增感愧。數日來，偶傷風，百事皆廢。今日微減，尚未有力，區區之懷，未能盡也。乍暄惟冀以時珍攝，稍健當別上問次。

## 又②

與可船旦夕到此，為之泫然，想公亦爾③。子由到此，須留④住五七日，恐知之。前曾録《國史補》一紙，不知到否？細酒四器⑤，正濟所乏，珍感。生酒暑中不易調停極清，然閔仲叔不以口腹累人。某每蒙公眷念，遠致珍物，勞人重費，豈不肖所安耶！所問凌翠，至今虛位，雲乃權發遣耳。何足掛齒牙，呵呵。馮君方想如所諭，極煩留念，又蒙傳示秘訣，何以當此。寒月得暇，當試之。天覺亦不得書，此君信意簡率，乃其常態，未可以疎數為厚薄也。酒法是用菉豆為麴者耶？亦曾見説⑥，如果佳，録示為⑦幸。

---

① 《東坡七集》此組書札共十七首，此爲其八。
② 《東坡七集》此組書札共十七首，此爲其十二。
③ "爾"，《東坡七集》作"耳"。
④ 《東坡七集》"留"後有"也"字。
⑤ 《東坡七集》"細酒四器"前有"因書略示諭生"六字。
⑥ 《東坡七集》"亦曾見説"後有"來"字，又有"不曾録得方"五字。
⑦ "為"，《東坡七集》作"亦"。

## 又①

見天覺書中言當世云，馮君有一學服硃砂法，甚奇。惟康叔可以得之。不知曾得未？若果得，不知能見傳否？想於不肖不惜也。

## 又②

今日偶讀國史，見杜羔一事，頗與公相類。嗟歎不足。故書以奉寄。然幸勿示人，恐有嫌者。江令乃爾，深可罪，然猶望公憐其才短不逮而已。屢有干瀆，蒙不怪，幸甚。③

## 又④

章質夫求琵琶歌詞，不敢不寄。程⑤安行言有一既濟鼎樣在公處，若鑄造時，幸亦見為作一枚，不用甚大者，不罪，不罪。前日人還，曾附古木叢竹兩紙，必已到。今已寫得經藏碑，附上。令子推官侍下計安勝？何時赴任？未敢拜書也。

## 答言上人書

去歲吳興倉卒為別，至今耿耿。謫居窮陋，往還斷盡。遠辱不遺，尺書見及，感怍殊深。比日法體佳勝，札翰愈精健，詩必稱是，不蒙見示，何也？雪巢清境，發於夢想，此間但有荒山大江，修竹古木，每飲

---

① 《東坡七集》此組書札共十七首，此爲其十四。
② 《東坡七集》此組書札共十七首，此爲其十五。
③ 《東坡七集》"幸甚"後有"其令章憲令日恐到此，知之"句。
④ 《東坡七集》此組書札共十七首，此爲其十七。
⑤ "程"，《東坡七集》作"呈"。

村酒醉後，曳杖放脚，不知遠近，亦曠然天真，與武林舊游，未見議優劣也。何時會合？一笑，惟萬萬自愛。

## 與王慶源

竄逐以來，日欲作書為問。舊既懶惰，加以閒廢，百事不舉，但慙怍而已。即日體中何如？眷愛各佳？某幼累並安，但初到此，喪一老乳母，七十二矣，悼念久之，近亦不復置懷。寓居官亭，俯迫大江，几席之下，雲濤接天，扁舟草履，放浪山水間。客至，多辭以不在，往來書疏如山，不復答也。此味甚佳，生來未嘗有此，適知之，免憂。近文郎行寄紙筆具叢郎，到甚遲也。未緣會面，惟萬萬自愛。

## 與陳季常①

柴炭已領，感怍！感怍！東坡昨日立木，殊耽耽也。

## 又②

王家人力來，及專人，並獲二緘。及承雄篇，贊詠異夢，證成仙果，甚喜幸也。某雖竊食靈芝，而君為國鑄造，藥力縱在君前，陰功必在君後也。呵呵。但累書聽流言以誣平人，不得無所損也。懸弧之日，請一書示諭，當作賀詩。切祝！切祝！比日起居佳否？何日決可一游郡城？企望日深矣。臨皋雖有一室，可憩從者，但西日可畏。承天極相近，或門前一大舸亦可居，到後相度。未間，萬萬以時自重。

---

① 《東坡七集》此組書札共九首，此為其二。
② 《東坡七集》此組書札共九首，此為其三。

## 又①

欲借《易》家文字及《史記》索隱、正義。如許，告季常為帶來。季常未嘗為王公屈，今乃特欲為我入州，州中士大夫聞之聳然，使不肖增重矣。不知果能命駕否？春甕但惜，不須臾為恨也。

## 又②

鄭巡檢到，領手誨。具審到家尊履康勝，羈孤結戀之懷，至今未平也。數日前，率然與道源過江，游寒溪西山，奇勝殆過於所聞。獨以坐無狂先生，為深憾耳。呵呵。示諭武昌田，曲盡利害，非老成人，吾豈得聞此。送還人諸物已領。《易》義須更半年功夫練之，乃可出。想秋末相見，必得拜呈也。近得李長吉二詩，錄去，幸秘之。目疾必已差，茂木清陰，自可愈此。餘惟萬萬順時自重。

## 又③

示諭武昌一策，不勞營為，坐減半費，此真上策也。然某所慮，又恐好事君子，便加粉飭④，云擅去安置所而居於別路，傳聞京師，非細事也。雖復往來無常，然多言何所不至。若大霈之後，恩旨稍寬，或可圖此。更希為深慮之，仍且密之為上。

---

① 《東坡七集》此組書札共九首，此爲其四。
② 《東坡七集》此組書札共九首，此爲其五。
③ 《東坡七集》此組書札共九首，此爲其六。
④ "飭"，《東坡七集》作"飾"。

# 又①

疊辱來貺，且喜尊體已全康復。然不受盡言，遂欲聞公，何也？公②養生之效，歲有成績，今又示病彌月，雖使皐陶聽之，未易平反。公之養生，正如小子之圓覺，可謂"害脚法師鸚鵡禪，五通氣毬黄門妾"也。至禱。

# 答參寥書

去歲倉卒離湖，亦以不一別太虛、糸寥為恨。留語於僧官，不識能道否？到黄已半年，朋游希③少，思念公不去心，懶且無便，故不奉書。遂承差問④，殷勤累幅，所以開諭將⑤勉者至矣。僕罪大責輕，謫居以來，杜門念舊而已。雖平生親識，亦斷往還，理固宜爾。而釋老數公，反復千里致問，情義之厚，有加於平日，以此知道德高風，果在世外也。見寄數詩及近編，得一詳味，洒然如接清顏、聽軟語也。比已焚筆硯、斷作詩故，無緣屬和。然時復一開，以慰孤寂，幸甚。筆力愈老健清熟，過於向之所見。此於至道，殊不相妨，何為廢之邪！更當⑥磨揉以追配彭澤，未間自愛。

# 答吳子野⑦

濟南境上為別，便至今矣。其間何所不有，置之不足道也。專人來，

---

① 《東坡七集》此組書札共九首，此為其八。
② 《東坡七集》"公"後有"之"字。
③ "希"，《東坡七集》作"常"。
④ "差問"，《東坡七集》作"差人致問"。
⑤ "將"，《東坡七集》作"奬"。
⑥ "當"，《東坡七集》作"與"。
⑦ 《東坡七集》此組書札共四首，此為其一。

忽得書，且喜居鄉安穩，尊體康健。某到黃已一年半，處窮約，故是宿昔所能，比來又加便習。自惟罪大罰輕，餘生所得，君父之賜也。躬耕漁樵，真有餘樂。承故人千里問訊，憂恤之深，故詳言之。何時會合，臨紙惘惘。

# 又①

承三年廬墓，蓻事誠盡，又以餘力葺治園亭，教養子弟，此皆古人之事業，所望於子野也。復覽諸公詩文，益增愧歎。介夫素不識之，筆力乃爾奇逸耶？僕所恨近日不復作詩文，無緣少述高致，但夢想其處而已。子由不住，得書無恙。寄示墓誌及諸刻，珎感。虞直講一帖，不類近世筆迹，可愛！可愛！近日始解畏口慎事，雖已遲，猶勝不悛也。奉寄書簡，且告勿入石，至懇！至懇！

# 又②

每念李六丈之死，使人不復有處世意。復一覽其詩，為涕下也。黃州風物可樂，供家之物，亦易致。所居江上，俯臨斷岸，几席之下，即是風濤掀天。對岸即武昌諸山，時時扁舟獨往。若子野北行，能迂路兩③程，即可相見也。

# 答蘇子平先生輩④

違別滋久，思詠不忘。中間累辱書教，久不答，知罪，知罪。遠煩

---

① 《東坡七集》此組書札共四首，此爲其二。
② 《東坡七集》此組書札共四首，此爲其四。
③ 《東坡七集》"兩"前有"一"字。
④ 《東坡七集》題作"答蘇子平先輩"，共兩首，此爲其一。

專使手書勞問，且審比日起居佳安，感慰殊甚。書詞華潤，字法精美，以見窮居篤學，日有得也。某凡百粗遣，厄困既久，遂能安之。昔時浮念褻好，掃地盡矣。何時會合？尉①此惘惘。

## 答任德翁

自蒲老行後，一向冗懶，不作書。子姪來，領手教，感愧無量。仍審尊體佳勝為慰。昆仲首捷，聞之欣快，起我衰病矣。當遂冠天下士，蔡州未足云也。陳季常歸，又得動止之詳，小四乃能爾，師中不死矣。此間凡事可問，更不覶縷②。未期會晤，萬萬自愛。

## 與蔡景繁③

自聞車馬出使，私幸得託迹部中，欲少布區區，又念以重罪廢斥，不敢復自比數於士友間，但愧縮而已。豈意仁人矜閔，尚賜記録，手書存問，不替疇昔，感悚不可言也。比日履茲煩暑，尊體何如？無緣少奉教誨，臨書悵惘，尚冀以時保頤，少慰拳拳。

## 又④

凡百如常。至後杜門壁觀，雖妻子無幾見，況他人乎⑤。然雲藍小袖者，近輒生一子，想聞之一拊掌也。惠及人參，感感。海上奇觀，恨不與公同遊。東海縣一帆可到，聞益奇瑋，曩恨不一往也。公常往否？大篇或可追賦，果寄示，幸甚！幸甚！

---

① "尉"，《東坡七集》作"慰"。
② 《東坡七集》"更不覶縷"前有"大小"二字。
③ 《東坡七集》此組書札共十四首，此爲其一。
④ 《東坡七集》此組書札共十四首，此爲其六。
⑤ "乎"，《東坡七集》作"也"。

## 又①

黃陂新令李籲，到未幾，其聲藹然。與之語，格韻殊高。比來所見，從②小有才，多俗吏。儔輩如此人殆難得。公好人物，故輒不自外耳。近葺小屋，強名南堂，暑月少紓。蒙德殊厚，小詩五絕，乞不示人。

## 又③

辱書，復④承尊體佳勝。驚聞愛女遽棄左右，切惟悲悼之切，痛割難堪，奈何！奈何！情愛著人，加⑤黐膠油膩。急手解雪，尚為沾染，若又反復尋繹，便⑥纏繞人矣。區區，願公深照，一付維摩、莊周，令處置為佳也。劣弟久病，終未甚清快。或傳已物故，故人皆有書驚問，真爾猶不恤，況謾傳耶？無由面談，為耿耿耳。何時當復迎謁？未間，惟萬萬為國自重。

## 與幾道宣義

久放江湖，務自屏遠，書問之廢，無足深訝。比日侍奉之暇，起居何如？某凡百如舊。向者以公擇在舒，時蒙相過，既去，索然無復往還，每思檻泉之遊，宛在目前。聞河決陽武，歷下得無有曩日之患乎？得暇，遣數字慰此窮獨。

---

① 《東坡七集》此組書札共十四首，此爲其十一。
② "從"，《東坡七集》作"縱"。
③ 《東坡七集》此組書札共十四首，此爲其十二。
④ "復"，《東坡七集》作"伏"。
⑤ "加"，《東坡七集》作"如"。
⑥ "便"，《東坡七集》作"更"。

# 與江惇禮秀才①

罪廢屏居，忽辱示問，累幅粲然，覽之茫然自失。比日侍奉外，起居無恙。僕雖晚生，猶及見君之王父也。追想一時風流賢達，豈可復夢見哉！得所惠書，知②詞章溫雅，指趣近道，庶幾昔人，三復獨恨稱道過當，③舉非其實，想由相愛之深，不覺云耳。④

## 又⑤

向示《非國語》論，鄙意素不然之，但未暇為書爾。所示甚善。柳子之學，大率以禮樂為虛器，以天人為不相知云云。雖多，皆此類⑥。此所謂小人無忌憚者，君正之大善。至於《時令》《斷刑》《貞符》《四維》之類皆非是，前書論之稍詳。冗迫⑦粗陳其略，須見乃盡。然迂學違世，不敢自是，因君意合，偶復云爾。

## 又⑧

特承寄惠奇篇，伏讀驚聳。李白自言"名章俊語，絡繹間起"。正如此耳。謹已和一首，并藏笥中，為不肖光寵，異日當奉呈也。坐廢已來，不惟人嫌，私亦自鄙。不謂公顧待如此，當何以為報。冬至後，便杜門

---

① 《東坡七集》此組書札共五首，此為其一。
② 《東坡七集》無"知"字。
③ 《東坡七集》"三復"後有"甚喜"二字，"稱道"前有"所"字。
④ 《東坡七集》"不覺云耳"後有"自是可略之也。久不得貢父翁書，因家信略為道意，無緣面言，臨紙惘惘"句。
⑤ 《東坡七集》此組書札共五首，此為其二。
⑥ 《東坡七集》"類"後有"爾"字。
⑦ 《東坡七集》"冗迫"前有"今"字。
⑧ 《東坡七集》此篇為《與蔡景繁》十四首其八。

謝客，㐱居小室，氣味深美。坐念公行役之勞，以增永歎。春間行部若果至此，當有少要事面聞。近見一僧甚異，其所得深遠矣。非書所能一一。

## 答湖守滕達道

忽復中夏。永日杜門，思仰無窮。比來起居何如？張奉議來，稍獲聞問，甚慰所望。府第已成，雄冠荆楚，足使來者想見公之風度。無緣一寓目，但有企想。

## 答李昭玘

無便，久不奉書。王子中來，且出所惠書，益知動止之詳，為慰無量。比日尊體何如？既拜賜雪堂新詩，又獲觀負日軒諸詩文，耳目眩駭，不能窺其淺深矣。老病廢學已久，而此心猶在，觀足下新製，及魯直、無咎、明略等諸人唱和，於拙者便可格筆，不復措辭。近有李豸者，陽翟人，雖狂氣未除，而筆墨瀾翻，已有漂沙走石之勢，當識之否？子中殊長進，皆左右之賜也。何時一笑？未間，惟萬萬自重。

## 答范蜀公①

李成伯長官至，辱書。承起居佳勝，甚慰馳仰。新居已成，池囿勝絕，朋舊子舍皆在。人間之樂，復有過此者乎？某凡百粗遣，春夏間，多患瘡及赤目，杜門謝客，而傳者遂云物故，以為左右憂。聞李長官説，以為一笑，平生所得毀譽，殆皆此類也。何時獲奉几杖，臨書憒憒。

---

① 《東坡七集》此組書札共四首，此爲其一。

# 又①

承別紙示諭："麴糵有毒，平地生出醉鄉，土偶作祟，眼前妄見佛國。"公欲哀而救之，問所以救者。小子何人，固不敢不對。公方立仁義以為城池，操詩書以為干楯，則舟中之人，盡為敵國，雖公盛德，小子亦未知勝負所在。願公宴坐靜室，常作是念，當觀彼能惑之性，安所從生，又觀公欲救之心，作何形段。此猶不立，彼復何依？雖黃面瞿曇，亦須斂衽，而況學之者耶！聊復信筆，以發千里一笑而已。

# 又②

顛仆罪戾，世所鄙遠，而丈猶③收錄。欲令撰先府君墓碑，至為榮幸，復何可否之間。而不肖平生不作墓誌及碑者，非特執守私意，蓋有先戒也。反覆計慮，愧汗而已。仁明洞照，必深識其意。所賜五體書，謹為子孫之藏，幸甚！幸甚！無緣躬伏門下，道所以然者，皇恐之至。

# 答通禪師

謫居窮僻，懶且無便，書問曠絕，故人不遺。兩辱手教，具審比來法體甚輕安，感慰深至。僕晚聞道，照物不明，陷於吏議，愧我道友。所幸聖恩寬大，不即誅殛，想亦大善知識法力冥助也。祿廩既絕，因而布衣蔬食，於窮苦寂澹之中，却粗有所得，未必不是晚節微福。兩書開諭周至，常置座右也。未緣展謁，萬萬以時自重。

---

① 《東坡七集》此組書札共四首，此為其三。
② 《東坡七集》此組書札共四首，此為其四。
③ "丈猶"，《東坡七集》作"丈丈獨"。

## 與李公擇

知治行窘用不易。僕行年五十,始知作活。大要是慳爾,而文以美名,謂之儉素。然吾儕為之,則不類俗人,真可謂澹而有味者。又《詩》云:"不戢不難,受福不那。"口體之欲,何窮之有,每加節儉,亦是惜福延壽之道。此似鄙吝,且出之不得已也。然自謂長策,不敢獨用,故獻之左右。住京師,尤宜用此策也。一笑。

## 又

示及新詩,皆有遠別惘然之意,雖兄之愛我厚,然僕本以鐵心石腸待公,何乃爾耶?吾儕雖老窮,而道理貫心肝,忠義填骨髓,直須談笑死生之際,若見僕困窮便相憐,則與不學道者大①相遠矣。兄造道深,中必不爾,出於相愛好之篤而已。然朋友之義,專務規諫,輒以狂言廣兄之意爾。雖懷坎壈於時,遇事有可尊主澤民者,便忘軀為之,禍福得喪,付與造物。非兄,僕豈發此!看訖便火之,不知者以為訕病也。

## 答李寺丞

久別渴詠,逓中辱書,且審起居清勝,至慰!至慰!某謫居粗遣,廢棄之人,每自嫌鄙,況於他人。君獨收恤,有加平素,風義之厚,足以愧激頹靡也。未緣會見,萬萬以時自愛。

## 又

遠蒙分輟清俸二千,極愧厚意。然長者清貧,僕所知也。此不敢請,

---

① 《東坡七集》"大"後有"不"字。

又重違至意，輒請至年終、來春，即納上，感愧不可言也。僕雖遭憂患狼狽，然譬①如當初不及第，即諸事易了，荷憂念之深，故以解懸慮。

## 與佛印禪老書

軾啟。歸宗化主來，辱書，方欲裁謝，棲賢遷師處又得手教，眷與益勤，感怍無量。數日大熱，緬想山門方適清和，法體安穩。雲居事迹已領，冠世絕境，大士所廬，已難下筆，而龍居筆勢，已自超然，老拙何以加之。幸稍寬假，使得欸曲抒思也。昔人一涉世事，便為山靈勒回俗駕，今僕蒙犯塵埃，垂三十年，困而後知返，豈敢便②玷涴名山。而山中高人皆未相識，而迎許之，何以得此？豈非宿緣也哉。向熱，順時自愛。不宣。軾再拜。

收得美石數百枚，戲作《怪石供》一篇，以發一笑。開却此例，山中齋粥今後何憂，想復大笑也。更有野人於墓中得銅盆一枚，買得以盛怪石，並送上結緣。

## 答畢仲舉書

軾啟。奉別忽十餘年，愚瞀頓仆，不復自比於朋友，不謂故人尚爾記錄，遠枉手教，存問甚厚，且審比來起居佳勝，感慰不可言。羅山素號善地，不應有瘴癘，豈歲時適爾。既無所失亡，而有德於齊寵辱、忘得喪者，是天相子也。僕既③任意直前，不用長者所教，以觸罪罟，然禍福要不可推避，初不論巧拙也。黃州濱江帶山，既適耳目之好，而生事百須，亦不難致，早寢晚起，又不知所謂禍福果安在④？偶讀《戰國

---

① "譬"，《東坡七集》作"匹"。
② "豈敢"，《東坡七集》作"豈來"。"便"，《東坡七集》作"使"。
③ 《東坡七集》"既"後有"以"字。
④ 《東坡七集》"在"後有"哉"字。

策》，見處士顏斶①之語"晚食以當肉"，欣然而笑。若斶②者，可謂巧於居貧者也。菜羹菽黍，差饑而食，其味與八珍等，而既飽之餘，芻豢滿前，惟恐其不持去也。美惡在我，何與於物。所示讀佛書及合藥救人二事，以為閒居之賜甚厚。佛書舊亦嘗看，但闇塞不能通其妙，獨時取其粗淺假說以自洗濯，若農夫之去草，旋去旋生，雖若無益，然終愈於不去也。若世之君子，所謂超世③玄悟者，僕不識也。往時陳述古好論禪，自以為至矣，而鄙僕所言為淺陋。僕嘗語述古，公之所談，辟之飲食，龍肉也，而僕之所學，豬肉也，豬之與龍，則有間矣，然公終日說龍肉，不如僕之食豬肉，實美而真飽也。不知君所得於佛書者果何耶？為出生死、超三乘，遂作佛乎？抑尚與僕輩俯仰也？學佛老者，本期於靜而達，靜似懶，達似放，學者或未至其所期，而先得其所似，不為無害。僕常以此自疑，故亦以為獻。來書云處世何④安穩無病，粗衣飽飯，不造冤業，乃為至足。三復斯言，感歎無窮。世人所作，舉足動念，無非是業，不必刑殺無罪，取非其有，然後為冤業也。無緣會⑤論，以當一笑而已。

# 答上官長官

專人至，辱書及詩文二册。捧領驚喜，莫知所從得。伏觀書詞，博雅純健，有味其言。次觀古律詩，用思深妙，有意於古作者。卒讀《莊子論》，筆勢浩然，所寄深矣，非淺學所能到。自惟無狀，罪戾汩没，不緣半面，獲此三覞，甚幸！甚幸！⑥老謬荒廢，不近筆硯，忽已數年，顧視索然，無以為報，但藏之巾笥，永以為好而已。適病中，人還，草率。

---

① "斶"，《東坡七集》作"蠋"。
② "斶"，《東坡七集》作"蠋"。
③ "世"，《東坡七集》作"然"。
④ "何"，《東坡七集》作"得"。
⑤ "會"，《東坡七集》作"面"。
⑥ "甚幸！甚幸"，《東坡七集》作"幸甚！幸甚"。

## 又

詩篇多寫洞庭君山景物，讀之超然神馳於彼矣。見教作詩，既才思拙陋，又多難畏人。不作一字者，已三年矣。所居臨大江，望武昌諸山如咫尺，時復加扁舟①縱游其間，風雨雲月，陰晴旦暮，態狀千萬，恨無一語略寫其仿佛耳。②

## 與子明兄

兄才氣何適不可，而數滯留蜀中。此回必免衝替。何似一入來，寄家荊南，單騎入京，因帶少物來，遂謀江淮一住計，亦是一策。試思之，他日子孫應舉游宦，皆便也。弟亦欲如此③，但先人墳墓無人照管，又不忍與子由作兩處。兄自有三哥一房鄉居，莫可作此策否？又只恐亦不忍與三哥作兩處也。吾兄弟俱老矣，當以時自娛。世事萬端，皆不足介意。所謂自娛者，亦非世俗之樂，但胸中廓然無一物，即天壤之內，山川草木蚩魚之類，皆是供吾家樂事也。如何！如何！記得應舉時，見兄能謳歌，甚妙。弟雖不會，然常令人唱，為作④詞。近作得《歸去來引》一首，寄呈，請歌之。送長安君一盞，呵呵。醉中，不罪。

## 與王元直

黃州真在井底。杳不聞鄉國信息，不審比日起居何如，郎娘各安否？此中凡百粗遣，江上弄水挑菜，便過一日，每見一邸報，須數人得罪下

---

① "加扁舟"，《東坡七集》作"葉舟"。
② 《東坡七集》此句後又有"會面未由，惟萬萬以時珍重，何時美解，當一過我耶"句。
③ "如此"，《東坡七集》作"如是"。
④ "作"，《東坡七集》作"何"。

獄。方朝廷綜核名實，雖才者猶不堪其任，況僕頑鈍如此，其廢棄固宜。但有少望，或聖恩許歸田里，得歟叚一僕，與子衆丈、楊宗文①之流，往來瑞草橋，夜還何村，與君對坐莊門喫瓜子炒豆，不知當復有此日否？存道奄忽，使我至今酸辛，其家亦安在？人還，詳示數字。餘惟萬萬保愛。

## 答寶月大師

近遞中兩奉書，必達。新歲，想法體康勝。無緣會集②，悵望可量。屢要經藏碑本，以近日斷作文字，不欲作，既遠書丁寧，又悟清日夜煎替，遂與作得寄去。如不嫌罪廢，即請入石。碑額見令悟清持書往安州干滕元發大字，不知得否？其碑不用花草欄界，只鑴書字一味，已有大字額，向下小字，但直寫文詞，更不須寫大藏經碑一行及撰人、寫人姓名，即古雅不俗。切祝！切祝！又有小字行書一本，若有工夫，更入一小橫石，亦佳。黃州無一物可充信。建茶一角子，勿訝塵浼。餘惟萬萬保練。適冗中，清師行，奉啓草草。

## 又

此間諸事，但問清師即詳也。清又游禮，練事多能，可喜！可喜！海惠及隆大師，各計安勝。每念鄉舍，神爽飛去。然近來頗常齋居養氣，自覺神凝身輕。他日天恩放停，幅巾杖履，尚可放浪於岷峨間也。知吾兄亦清健，髮不白，更請自愛，晚歲為道侶也。餘附清師口陳，此不覼縷。

---

① "楊宗文"，《東坡七集》作"楊文宗"。
② "會集"，《東坡七集》作"集會"。

## 又

有吳道子絹上畫釋迦佛一軸，雖頗損爛，然妙迹如生，意欲送院中供養。如欲得之，請示一書，即為作記，并求的便附去。可裝在版子上，仍作一龕子。此畫與前來菩薩天王無異，但人物小而多耳。

## 答濠州陳章朝請①

錢塘一別，如夢中事。爾後契闊，何所不有。置之不足道也。獨中間述古捐館，有識相吊，矧故人僚吏相愛之深者。然終無一字以解左右，蓋罪廢窮奇，動輒累人，故往還杜絕。至今思之，慼負無量。昨遠辱書問，便欲裁謝，而春夏以來，臥病幾百日，今尚苦目病。再枉手教，喜知尊體康勝，貴眷各佳安。罪廢屏居，交遊皆斷絕，縱復通問，不過相勞慰而已，孰能如公遠發藥石以振吾過者哉？已往者布出，不可復掩②，期於不復作而已。無緣一見，臨紙耿耿，萬萬以時自重。

## 與徐得之③

適辱手簡，且審起居佳勝。知當少留雪堂，所需字詩，欸曲為之。此興國書，可便遣也。

## 與何聖可

辱示朱先生所著書詩，詞義深矣，淺學曾不足以窺其萬一。結髮求

---

① 《東坡七集》此組書札共二首，此為其一。
② 《東坡七集》"掩"後有"矣"字。
③ 《東坡七集》此組書札共十首，此為其一。

道，篤老不衰，世間有幾人而匏繫於此，不得一望其履幕，慨歎不已。久廢筆硯，無以報此嘉貺，益增愧赧。

## 與陳季常

某局事雖清簡，而京輦之下，豈有閒人，不覺劫劫過日，勞而無補，顏髮蒼然，見必笑也。子由同省，日夕相對，此為厚幸。公小疾雖平，不可忽。"善言不離口，善藥不離手。"此古人之要言，可書之座右也。

# 蘇公寓黄集附録卷之三

陸志孝校　王同軌編

## 先生得謗謫黄時事

《宋史》：

蘇軾徙知湖州，上表以謝。又以事不便民者不敢言，以詩託諷，庶有補於國。御史李定、舒亶、何正言摭其表語，並媒蘖所為詩以為訕謗，逮赴臺獄，欲置之死，鍛鍊久之不決。神宗獨憐之，以黄州團練副使安置。軾與田父野老，相從溪山間，築室於東坡，自號“東坡居士”。五年，神宗數有意復之，輒為當路者沮。神宗嘗語宰相王珪、蔡確曰：“國史至重，可命蘇軾成之。”珪有難色。神宗曰：“軾不可，姑用曾鞏。”鞏進《太祖總論》，神宗意不允，遂手札移軾汝州，曰：“軾黜居思咎，閱歲滋深，人材實難，不忍終棄。”軾未至汝，上書自言饑寒，有田在常，願得居之。朝奏入，夕報可。

《烏臺詩案》曰：

元豐二年己未，先生四十四歲。七月，太子中允，權監察御史何大正、舒亶，諫議大夫李定，言公作詩文謗訕朝政及中外臣僚，無所畏憚。國子博士李宜之狀亦上。七月二日，奉聖旨，送御史臺根勘。二十八日，皇甫遵到湖州追之。過南京，文定張公移劄，范蜀公上書救之。八月十八日，赴臺獄。子由請以所賜爵贖罪，而上亦終憐之。促具獄。十二月二十四日，得旨，謫檢校尚書水部員外郎、黄州團練副，本州安置。

蘇子由《為兄上皇帝書》曰：

臣聞困急而呼天，疾痛而呼父母者，人之至情也。臣雖草芥之微，而有危迫之懇，惟天地父母哀而憐之。臣早失怙恃，惟兄軾一人相須為命。今者竊聞其得罪，逮捕赴獄，舉家驚號，憂在不測。臣竊思軾居家在官，無大過惡。惟是賦性愚直，好談古今得失。前後上章論事，其言不一。陛下聖德廣大，不加譴責。軾狂狷寡慮，竊恃天地包含之恩，不自抑畏。頃年通判杭州，及知密州日，每遇物託興，作為歌詩，語或輕發。向者曾經臣寮繳進，陛下置而不問。軾感荷恩貸，自此深自悔咎，不敢復為，但其舊詩已自傳播。臣誠哀軾愚於自信，不知文字輕易，迹涉不遜。雖改過自新，而已陷於刑辟，不可救止。軾之將就逮也，使謂臣曰：“軾早衰多病，必死於獄，死固分也。然所恨者，少抱有為之志，而遇不世出之主，雖齟齬於當年，終欲效尺寸於晚節。今遇此禍，雖欲改過自新，洗心以事明主，其道無由。況立朝最孤，左右親近，必無為言者。惟兄弟之親，試求哀於陛下而已。”臣竊哀其志，不勝手足之情，故為冒死一言。昔漢淳于公得罪，其女子緹縈請没為官婢，以贖其父，漢文因之遂罷肉刑。今臣螻蟻之誠，雖萬萬不及緹縈，而陛下聰明仁聖，過於漢文遠甚。臣欲乞納在身官以贖兄軾，非敢望末減其罪，但得免下獄死為幸。兄軾所犯，若顯有文字，必不敢拒抗不承，以重得罪。若蒙陛下哀憐，赦其萬死，使得出獄，則死而復生，宜何以報？臣願與兄軾洗心改過，粉骨報效，惟陛下所使，死而後已。孤危迫切，無所告訴，歸誠陛下。惟寬其狂妄，特許所乞。臣無任祈天請命激切隕越之至。

《元城語録》曰：

元豐二年，東坡下御史獄，天下之士痛之，環視而莫敢救。時張安道在南京，憤然上書，欲附南京遞，府官不敢受。乃遣其子恕持登聞鼓院。恕素愚懦，竟徘徊不敢投。後東坡出獄，見其疏，吐舌色動。子由亦見之，云："宜吾兄之吐舌也，此事正得張恕力。"或問其故，子由曰："獨不見鄭崇之救蓋寬饒乎？其疏有云：上無許史之屬，下無金張之托。此語正是激宣帝怒耳。夫東坡何罪，獨以名太高，與朝廷爭勝。今安道之疏，乃云其文學實天下奇才。獨不益激其怒乎？"僕曰："然則是時宜為何説？"曰："但言本朝未嘗殺士大夫，不宜自陛下始。神宗好名而畏義，疑可以止之。"

《宋史·李定》：

元豐初，召拜寶文閣待制、同知諫院，御史中丞。劾蘇軾《湖州謝表》侮慢怨謗，逮赴臺獄窮治。會赦，不得已，竄之黃州。方定自鞫軾獄，勢不可回。一日，於崇政殿門外語同列曰："蘇軾奇才也。"俱不敢對。

《王定國雜記》曰：

天下公論，雖仇怨不能奪。李承之嘗謂余曰："昨在從班，李資深鞫子瞻獄，雖同列，不敢問。一日，於崇政殿門，忽謂眾人曰：'蘇軾奇才也。'眾莫敢對。已而曰：'雖三十年，所作文字詩句，引證經傳，隨問即答，無一字差舛，真天下奇才也。'歎息不已。"

《聞見録》曰：

李定，介甫客也。定不持生母服，子瞻惡之。定以為恨。後遂劾子瞻謗訕云。

《文忠公奏議》曰：

今十八日，準本省送到詞頭一道，奉聖旨，李定備位侍從，終不言母為誰氏，強顏匿志，冒榮自欺，落龍圖閣學士，守本官分司南京，許於楊州居住者。右臣等詳，李定所犯，若初無人言，止是身負大惡。今既言者如此，朝廷勘會得實，而使無母不孝之人，猶得以分司南京，即是朝廷亦許此類得據高位，傷敗風教，為害不淺。兼勘會定乞侍養時，父年八十九歲，於禮自不當仕。定若不乞，必致人言，獲罪不輕。豈可便將侍養折當心喪。考之禮法，合勒令追所有誥命，臣等未敢撰詞。謹錄奏聞，伏候勅旨。

　　貼黃：準律，諸父母喪匿不舉哀者，流二千里。今定所犯，非獨匿而不舉，又因人言遂不認其所生。若舉輕明重，即定所坐，雜議於流二千里已下定斷。


　　《宋史·舒亶》：

　　同李定劾蘇軾。又言：“王詵輩公為朋比，及司馬光、張方平、范鎮、陈襄、劉摯，皆可誅。”帝覺其言過，但貶軾、詵，而光等罰金。


　　《孫公談圃》曰：

　　子瞻得罪時，有朝士購一詩册，内有使墨君事者，遂下獄，李定等劾其事，以指斥論，謂軾曰：“學士素有名節，何不招了？”子瞻曰：“軾為人臣，不敢萌此心。不知誰造此意。”一日，禁中遣馮宗道按獄，止貶黃州。


　　《李元綱厚德録》曰：

　　蘇子瞻在黃州，上數欲用之。王禹玉輒曰：“軾有‘此心惟有蟄龍知’之句。夫陛下飛龍，而軾比蟄龍乎？”章子厚曰：“龍，君臣皆可稱。不獨君上。”曰：“若荀氏八龍、孔明卧龍，豈君也？”及退，子厚詰之曰：“相公欲覆人家族乎？”禹玉曰：“舒亶言之。”子厚曰：“亶之唾亦可食乎？”


　　趙葵《行營雜録》曰：

　　東坡仁宗朝登進士科，復應制科，擢居異等。英宗朝判鳳翔，欲以唐故事召入翰林，宰相限以近例，且欲召試秘閣，上曰：“未知其能否，故試之，如軾豈不能邪？"宰相猶難之，及試，又入優等，遂直史館。神宗朝以議新法不合，補外。李定之徒媒蘖其詩文有訕上語，下詔獄，欲置之死，上獨庇之，得出，謫黃州。方在獄，宰相舉軾詩云："'根到九泉無曲處，世間惟有蟄龍知。'此不臣也。"上曰："詩人之詞，安可如此推求？"時相語塞。上一日與近臣論人才，因曰："軾與古人孰比？"近臣曰："頗似李白。"上曰："不然。白有軾之才，無軾之學。"屢有意復用，而言者力沮之。一日，忽出手札云云。因量移臨汝。

# 先生遺事

《臥遊録》曰：

僕以元豐三年二月一日至黃州，時家在南都，獨與兒子邁來郡中，無一人舊識在。時時策杖至江上，望雲濤渺然，亦不知有文甫兄弟在江南也。居十餘日，有長髯者，惠然見過，乃文甫之弟子辯。留語半日，云："迫寒食，且歸東湖。"僕送之江上，微風細雨，乘舟橫江而去。僕登夏澳尾高丘以望之，彷彿見舟及武昌，步乃還。今四歲，相過殆百遍，遂欲買田老焉，然竟不遂。近忽量移臨汝，念將去而後期未可必，感物愴望，有不勝懷者。

《則陽録》曰：

東坡在黃州，嘗書云："東坡居士自今以往，早晚飲食，不過一爵、一肉，有尊客盛饌，則三之，可損不可增。有召我者，預以此告之。主人不從而過是乃止。一曰安分以養福，二曰寬胃以養氣，三曰省費以養財。

《臥遊録》曰：

元豐六年十月二日夜，解衣欲睡。月色入户，欣然起行。念無與樂者，遂至承天寺，尋張懷民。懷民亦未寢，相與步於中庭。庭中如積水空明，水中藻荇交橫，皆竹栢影也。何夜無月，何處無竹栢，但少閑人如吾兩人耳。

《先生年譜》曰：

十二月十九日，東坡生辰，置酒赤壁磯上，蓋先生生於仁宗景祐三年丙子。日者謂：“十二月辛丑，十九日癸亥，水向東流，故才汗漫而澄清。子卯相刑，故晚年多難。”又先生自云：“退之以磨蝎為身宮，而僕以磨蝎為命，故多屯。”

《冷齋夜話》曰：

道潛作詩，追法淵明，其語逼真處：“數聲柔櫓蒼茫外，何處江村人夜歸。”又曰：“隔林彷彿聞機杼，知有人家住翠微。”時從東坡在黃州，京師士大夫以書抵坡曰：“聞公與詩僧相從，真東山勝遊也。”坡以書示潛，誦前句，笑曰：“此吾師十四字師號耳。”

《畢辜錄》曰：

蘇黃門《龍川志略》載其兄子瞻從事扶風時，嘗入開元寺觀畫壁。有僧邀入院，曰：“貧道有一方，能以砆砂化淡金為精金。”子瞻曰：“吾不好此，雖得之，不為。”僧曰：“公不為，正當傳矣。”是時陳希亮守扶風，嘗求方而僧不與。子瞻曰：“陳卿求而不與，吾不求而得，何也？”僧曰：“貧道畏其得方，不能不為耳。貧道昔嘗以方授人，有為之即死者，有遭喪者，有失官者，故不敢輕以授人，即出書曰：‘知公不為，但勿以授人也。’”子瞻許諾。後見陳卿，語及此，曰：“近得其方矣。”因具道僧不欲輕傳之意。陳固請不已，與之。子瞻悔曰：“某不惜此方，惜負此僧耳。公慎為之。”陳曰：“諾。”未幾，坐使酒以贓，敗去。子瞻疑其以金故，後謫居黃州，陳子愷在焉。子瞻問曰：“少卿昔竟嘗為此法否？”愷曰：“吾父失官，至洛陽，無以買宅，遂大作此。然竟病指癰而歿。

然則開元寺僧不欲輕傳之意，豈非睢陽生不應永德之求，所謂慮損君福故耶？"求金丹者當以此為鑑。

《孫公談圃》曰：

子瞻在黃州，術士多從之遊，有僧相見，數日不交一言。將去，懷中取藥兩貼，如蓮藥而黑色，曰："此燒煉藥也。有緩急服之。"子瞻在京師，為余言，至今收之。後謫海島，無恙，疑得此藥之力。

《龍川志略》曰：

高安丐者趙生，敝衣蓬髮，未嘗洗浴，好飲酒，醉輒毆罵其市人。雖有好事者時常與語，生亦慢罵，斥其過惡。故高安之人，皆謂之狂生。元豐三年，予謫高安，見之於途。亦畏其狂，不敢近。歲暮，生忽來見。矍然異其言，知非特挾術，亦知道者也。是時予兄子瞻謫居黃州，求書而往一見，喜其樂易，留半歲不去。及子瞻北歸，從至興國，知軍楊繪見而留之。生喜禽鳥六畜，嘗以一物自隨，寢食與之同。無何，為駿騾所傷而死。繪具棺葬之，年百三十七矣。元祐元年，予兄弟皆召還京師，蜀僧法震來見，曰："震泝江將謁公黃州，至雲安酒家，見一丐者曰：'吾姓趙，頃在黃州，識蘇公，為我謝之。'"予驚問其狀，良是。時知興國軍朱彥博在坐，歸發其葬，空無所有。惟一杖及兩脛在。予聞有道者，惡人知之，多以惡言穢行自晦，然亦不能自掩，故德順時見於外。古書："尸假之下者，留脚一骨。"生豈假者耶？

《道山清話》曰：

東坡在雪堂。一日，讀《阿房宮賦》，且讀且歎賞，至夜分不寐，給事者二老兵，皆陝人，甚苦之。一人操西音曰："知他有甚好處。"一人曰："也有兩句好。"其人大怒曰："你理會得甚底。"對曰："我愛他道天下人不敢言而敢怒。"東坡聞之，笑曰："不意斯人有此鑒識。"

《畢相録》曰：

東坡仕宦十九年，家日益貧。元豐被逮赴獄，黄州安置，寓居定惠寺，遷臨皋亭。故人馬正卿為請故營地，使躬耕其中，所謂東坡者也。就東坡築雪堂以居。紹聖中，惠州安置，就寺立思無邪齋。明年，遷合江之行館。又明年，得歸善後隙地數畝，營白鶴新居。未幾，謫瓊州，於昌化軍安置。初就官屋，為有司迫逐。乃買地城南，結茆數椽，鄰天慶觀，極湫隘，嘗偃息桄榔林中。在儋四年，食芋飲水。元符庚辰，得赦北歸。明年，為建中靖國辛巳，卒於毘陵。坡公涉世多難如此。徐、杭、汝、潁，牧守之樂。中書、翰林，侍從之榮。定州，方面之貴，所得幾何？而四十五年間，南北奔走，風波瘴癘之鄉，饑餓勞苦，曾不得托環堵為終老地也。東坡與人書，間及生事不濟，輒自解云："水到渠成，不須預慮。"在儋有詩云："海南萬里真吾鄉。"亦可謂善處窮者。

《聞見録》曰：

東坡既遷黄岡，京師盛傳白日僊去。神廟聞之，對左丞蒲宗孟歎息久之。故東坡謝表有云："疾病連年，人皆相傳其已死，饑寒併日，臣亦自厭其餘生。"

《郡志》曰：

先生移汝州去，以雪堂付潘大臨兄弟居之。崇寧壬午，黨禁既起，堂遂毀。其後邦人思之，屬神霄宮道士李斯立重建，何斯舉作上梁文，中云"前身化鶴，嘗陪赤壁之遊，故事博鵝，無復黄庭之字"云。蓋先生有手書"東坡雪堂"四字扁其堂，已為人盜去矣。

《總志》曰：

寒碧堂在州東門外，何氏兄弟作，以待蘇軾。軾為畫石竹賦詩。《郡志》曰：先生嘗於浠水題壁曰"擊空明"三字。今有空明亭。《興國志》亦曰：昔東坡自黄來訪李仲覽，因留其家。後仲覽登第，于所居富川堤上，瞰湖築室，而畫東坡像其中，曰懷坡閣。又大坡山與鷄籠山相對，傍有石樓，嶄然拔出。東坡常過此，因名，有掃壁歌刻於石，洞曰大坡洞。又銀山在州北十五里，泉流春夏不竭，有石壁，東坡過此，書"鐵壁"二字鐫之，大盈丈。

# 先生詩文本事及諸公品薦

《海録碎事》曰：

東坡《次韻張舜民》有云："樊口淒凉已陳迹，班心突兀見長身。"註謂："嘗與舜民遊于武昌樊口，而舜民自御史出倅黃也。"臺吏謂御史立處為班心，故云。

《道山清話》曰：

子瞻在黃州，《答朱康叔送酒帖》云："酒甚佳，必是故人特遣下廳也。"蓋俗謂主人自飲之酒為"不出庫"。

《侯鯖録》曰：

東坡在黃州，作《雪詩》云："凍合玉樓寒起粟，光摇銀海眩生花。"人不知其使事。後移汝海過金陵，見王荆公論詩及此，云："道家以兩眉為玉樓，以目為銀海。"坡聞笑謂葉致遠曰："荆公博學哉！"

《庚溪詩話》曰：

東坡居齊安，以文章遊戲三昧。齊安樂籍諸妓，往往得詩。而李宜者，色藝不下，語訥不能請，人多尤之。及移臨汝，始泣請。坡半醉，起題曰："東坡居士文名久，何事無言及李宜。恰似西川杜工部，海棠雖好不題詩。"

《竹坡老人詩話》曰：

東坡嘗言：“街談里語，皆可入詩，要在鎔化。”居黄時，嘗赴何秀才席，食油果甚酥，因問何名。主人對以無名。又問：“為甚酥?”坐客皆曰：“是可為名矣。”又潘長官以東坡不能飲，每為設醴，坡笑曰：“此必醋著水也。”他日忽思果，以句索之曰：“野飲花前百事無，青絲常絡一葫蘆。已傾潘子錯著水，更覓君家為甚酥。”

《古今辭話》曰：

東坡在黄州，中秋夜對月獨酌，作《西江月》辭曰：“世事一場大夢，人生幾度新涼。夜来風葉已鳴廊。看取眉間鬢上。　酒淺常愁客少，月明多被雲妨。中秋誰與共孤光。把盞悽然北望。”《聚蘭集》亦載此辭，注云：“寄子由。”

此詞《西江月》《詩録》曰：

先生“緑楊橋”詞曰：“照野瀰瀰淺浪，横空暖暖微霄。障泥未解玉驄驕。我欲醉眠芳草。　可惜一溪明月，莫教踏碎瓊瑶。解鞍欹枕緑楊橋。杜宇數聲春曉。”先生自叙曰：“春夜行蘄水，過酒家，飲醉乘月至一溪橋上，解鞍少休。及覺已曉，亂山葱籠，不謂人世也。書此詞于橋上。”

此词《卜算子》《诗餘録》曰：

先生“孤鴻”詞曰：“缺月挂疎桐，漏斷人初静。時見幽人獨往来，縹緲孤鴻影。　驚起却回頭，有恨無人省。揀盡寒枝不肯棲，楓落吳江冷。”山谷云：“東坡道人在黄州作此詞，語意高妙，無一點塵俗氣。”衡陽居士云：“與《考槃》詩相似。”

《冷齋夜話》曰：

舒王在鍾山，有客自黄州来。公曰：“東坡近日有何妙語?”客曰：

"東坡宿臨皋亭，醉夢而起，作《成都聖像藏記》千有餘言，點定才一兩字。有寫本，適留舟中。"公遣人取至。時月出東南，林影在地，公展讀于風簷，喜見鬚眉，曰："子瞻，人中龍也，然有一字未穩。"客曰："願聞之。"公曰："'日勝日負'，不若曰'如人善博，日勝日負'耳。"東坡聞之，拊手大笑，以公為知言。

《蒼雪齋劄記》曰：
東坡在黃州作詩曰："日日出東門，尋步東城遊。"又曰："我亦何所求，駕言寫我憂。"章子厚評之云："前步而後駕，何其上下紛紛也。"或以語東坡。坡曰："吾以尻為輪，以神為馬。何曾上下乎？"聞者絕倒。

謝疊山謂《赤壁賦》曰：
此賦學《莊》《騷》文法，無一句與《莊》《騷》相似。

俞文豹《清夜錄》曰：
東萊先生註《觀瀾文》謂："《後赤壁賦》結尾，用韓文公《石鼎》聯句，敘彌明意。"余謂不然，蓋彌明真異人，文公真紀實也，與此不同。《金剛經》曰："一切有為法，如夢幻泡影。"東坡先生貫通內典，深悟此理。嘗賦《西江月》云："休言萬事轉頭空，未轉頭時皆夢。"赤壁之遊樂則樂矣，轉眼之間，其樂安在？以是觀之，則我與二客，鶴與道士，皆一夢也。

欒城先生遺言曰：
子瞻諸文皆有奇氣，至《赤壁賦》，髣髴屈宋。

《石林詩話》曰：
東坡在黃州，題海棠長篇。平生喜為人寫。人間刻石者，自有五六本。云："吾平生最得意詩也。"

《許彥周詩話》曰：

畫山水詩，少陵數首耳。東坡《煙江疊嶂圖詩》，差近之。

《容齋隨筆》曰：

蘇公謫居黄州，稱東坡居士。考其意，盖慕白公樂天云。白公有《東坡種花》二詩云：“持錢買花樹，城東坡上栽。”又云：“東坡春向暮，樹木今何如？”又《步東坡》詩云：“朝上東坡步，愛此新成樹。”又《別東坡花樹》云：“何處殷勤重回首？東坡桃李種新成。”皆刺忠州時作也。蘇公在黄，正與忠州相似。因憶蘇詩，如《贈寫真李道士》云：“他時要指集賢人，知是香山老居士。”《贈善相程傑》云：“我似樂天君記取，華顛賞遍洛陽春。”《送程懿叔》云：“我甚似樂天，但無素與蠻。”《入侍邇英》云：“定似香山老居士，世緣終淺道根深。”而跋曰：“樂天自江州司馬除忠州刺史，旋以主客郎中知制誥，遂拜中書舍人。某雖不敢自比，然謫居黄州，起知文登，召為儀曹，遂忝侍從。出處老少，大略相似，庶幾復享晚節閑適之樂。”《去杭州》云：“出處依稀似樂天，敢將衰朽較前賢。”則公之所以景仰者，不止一再言之，非“東坡”之名偶因地稱也。

《鶴林玉露》曰：

東坡希慕樂天。其詩曰：“應是香山老居士，世緣終淺道根深。”然樂天醖藉，東坡超邁，正自不同。魏鶴山詩云：“澀浦猿啼杜宇悲，琵琶彈淚送人歸。誰言蘇白能相似，試看風騷赤壁磯。”此論得之矣。

《解頤新語》曰：

太白：“清風明月不用一錢買。”而東坡賦實用之，所謂：“江上清風，山間明月，耳得之成聲，目得之成色，此造化之無盡藏也。”

又曰：

李泌詩：“青青東門柳，歲晏復憔悴。”國忠以為譏己。明皇曰：“賦柳為譏卿，則賦李為譏朕，可乎？”使宋主知此，子瞻可以無貶矣。

# 諸公詩文

## 舟次慈湖，以風浪留二日，不得進。子瞻以詩見寄，作二篇答之。前篇自賦，後篇次韻

蘇子由　後倣此

慙愧江淮東北風，扁舟千里得相從。黃州不到六十里，白浪俄生百萬重。自笑一生渾類此，可憐萬事不由儂。夜深魂夢先飛去，風雨對床聞曉鍾。

## 其　二

西歸猶未有菟裘，擬就南遷買一丘。舟楫自能通蜀道，林泉真欲老黃州。魚多釣戶應容貰，酒熟鄰翁便可留。從此莫言身外事，功名畢竟不如休。

## 黃州陪子瞻遊武昌西山

千里到齊安，三夜語不足。勸我勿重陳，起遊西山麓。西山隔江水，輕舟亂鳧鷖。連峰多廻溪，盛夏富草木。策杖看萬松，流汗升九曲。蒼茫大江湧，浩蕩眾山蹙。上方寄雲端，中寺倚巖腹。清泉類牛乳，煩熱須一掬。縣令知客來，行庖映脩竹。黃鵝特新煮，白酒亦近熟。山行得一飽，看盡千山綠。幽懷苦不遂，滯念每煩促。歸舟浪花暝，落日金盤浴。妻孥寄九江，此會難再卜。君看孫討虜，百戰不搖目。猶憐江上臺，高會飲千斛。巾冠墮臺下，坐使張公哭。異時君再來，携被山中宿。

# 將還江州，子瞻相送至劉郎、洑王生家飲別

相從恨不多，送我三十里。車湖風雨交，松竹相披靡。繫舟枯木根，會面兩王子。嘉眉雖異郡，鷄犬猶相邇。相逢勿空過，一醉不須起。風濤未可涉，隔竹見奔駛。渡江買羔豚，收網得魴鯉。朝畦甘瓠熟，冬盎香醨美。烏菱不論價，白藕如泥耳。誰言百口活，仰給一湖水。奪官正無賴，生事應且爾。卜居請連屋，扣户容屣履。人生定何為，食足真已矣。愆尤未見雪，世俗多相鄙。買田信良計，蔬食期没齒。手持一竿竹，分子長湖尾。

# 赤壁懷古

新破荆州得水軍，鼓行夏口氣如雲。千艘已共長江險，百勝安知赤壁焚。觜距方強要一鬭，君臣已定勢三分。古来伐國須觀釁，意突成功所未聞。

# 自黄州還江州

身浮一葉返溢城，凌犯風濤日夜行。把酒獨斟從睡重，還家漸近覺身輕。岸回樊口依俙見，日出廬山紫翠橫。家在庾公樓下泊，舟人遥指岸如頹。

# 次韻子瞻臨皋新葺南堂五絶

江聲六月撼長堤，雪嶺千重過屋西。一葉軒昂方斷渡，南堂蕭散夢寒溪。

旅食三年已是家，堂成非陋亦非華。何方道士知人意，授與爐中一粒砂。

北牕清風正滿床，東坡野菜漫充腸。華池自有醍醐味，丈室仍聞薝蔔香。

隣人漸熟容賖酒，故客親留為種蔬。住穩不論歸有日，舡通何患出無車。

客去知公醉欲眠，酒醒寒月墮江煙。床頭復有三升蜜，貧困相資恐是天。

## 次韻子瞻感舊一首

還朝正三伏，一再趨未央。久從江海游，苦此劍佩長。夢中驚和璞，起坐憐老房。為我忝丞轄，實身願并涼。此心一自許，何暇憂陟岡。早歲發歸念，老來未嘗忘。淵明不久仕，黔婁足為康。家有二頃田，歲辦上口糧。教敕諸子弟，編排舊文章。辛勤養松竹，遲暮多風霜。常恐先著鞭，獨引社酒嘗。火急報君恩，會合心則降。

## 次韻石芝一首　有序

子瞻昔在黃州，夢遊人家，井間石上坐紫藤，枝葉如赤箭。主人言："此石芝也。"折而食之，味如雞蘇而甘。起賦八韻記之。元祐八年，予與子瞻皆在京師，客有至自登州者，言海上諸島，石向日者多生耳，海人謂之"石芝"。食之味如茶，久而益甘。海上幽人或取服之，言甚益人。客以一籃遺子瞻。遂次前韻。

雞鳴東海朝日新，光蒙洲島霧雨勻。一晞石上遍生耳，幽子自食無來賓。寄書乞取久未許，箸籠蕉囊海神戶。一掬誰令墮我前，無為知我超諸數。此身不願清廟瑚,但願歸去隨樵蘇。龜龍百歲豈知道,養氣千息存其胡。塵中學仙定難脫,夢裏食芝空酷烈。中山軍府得安閑,更試朝霞磨鏡鐵。

## 武昌九曲亭記

子瞻遷於齊安,廬於江上。齊安無名山,而江之南武昌諸山,坡陁蔓延,澗谷深密,中有浮圖精舍。西曰西山,東曰寒谿。依山臨壑,隱蔽松櫪,蕭然絕俗,車馬之迹不至。每風止日出,江水伏息,子瞻杖策載酒,乘漁舟亂流。而南山中有二三子好客而喜游,聞子瞻至,幅巾迎笑,相携徜徉而上,窮山之深,力極而息,掃葉席草,酌酒相勞,意適忘反,往往留宿于山上。以此居齊安三年,不知其久也。然將適西山,行於松柏之間,羊腸九曲而獲小平,遊者至此必息,倚怪石,蔭茂木,俯視大江,仰瞻陵阜,旁矚溪谷。風雲變化,林麓向背,皆效於左右。有廢亭焉,其遺址甚狹,不足以席眾客。其旁古木數十,其大皆百圍千尺,不可加以斤斧。子瞻每至其下,輒睥睨終日。一旦,大風雷雨拔去其一,斥其所據,亭得以廣。子瞻與客入山,視之,笑曰:"茲欲以成吾亭耶?"遂相與營之。亭成而西山之勝始具,子瞻於是最樂。昔予少年從子瞻遊,有山可登,有水可浮,子瞻未始不褰裳先之。有不得至,為之悵然移日。至其翩然獨往,逍遙泉石之上,攬林卉,拾澗實,酌水而飲之,見者以為仙也。蓋天下之樂無窮,而以適意為悅。方其得意,萬物無以易之,及其既厭,未有不灑然自笑者也。譬之飲食,雜陳於前,要之一飽而同委於臭腐。夫孰知得失之所在?惟其無愧於中,無責于外,而姑寓焉。此子瞻之所以有樂於是也。

## 黃州快哉亭記

江出西陵,始得平地。其流奔放肆大,南合沅湘,北合漢沔,其勢益張。至於赤壁之下，波流浸灌，與海相若。清河張君夢得謫居齊安，即其廬之西南為亭，以覽觀江流之勝，而予兄子瞻名之曰“快哉”。蓋亭之所見，南北百里，東西一舍，濤瀾洶湧，風雲開闔。晝則舟楫出沒於其前，夜則魚龍悲嘯於其下。變化倏忽，動心駭目，不可久視。今乃得玩之几席之上，舉目而足。西望武昌諸山，岡陵起伏，草木行列，煙消日出，漁夫樵父之舍，皆可指數，此其所以為“快哉”者也。至於長洲之濱，故城之墟，曹孟德、孫仲謀之所睥睨，周瑜、陸遜之所騁騖。其流風遺迹，亦足以稱快世俗。昔楚襄王從宋玉、景差于蘭臺之宮，有風颯然至者，王披襟當之曰：“快哉此風，寡人所與庶人共者耶？”宋玉曰：“此獨大王之雄風耳，庶人安得共之？”玉之言蓋有諷焉。夫風無雌雄之異，而人有遇不遇之變。楚王之所以為樂，與庶人之所以為憂，此則人之變也，而風何與焉？士生於世，使其中不自得，將何往而非病？使其中坦然，不以物傷性，將何適而非快？今張君不以謫為患，竊會計之餘功，而自放山水之間，此其中宜有以過人者。將蓬戶甕牖無所不快，而況乎濯長江之清流，挹西山之白雲，窮耳目之勝以自適也哉？不然，連山絕壑，長林古木，振之以清風，照之以明月，此皆騷人思士之所以悲傷憔悴而不能自勝者，烏覩其為快也哉？

元豐六年十一月朔日記

## 黄州師中庵記

師中姓任氏，諱伋，世家眉山，吾先君子之友人也。故予知其為人。嘗通守齊安，去而其人思之不忘，故齊安之人知其為吏。師中平生好讀書，通達大義而不治章句，性任俠喜事。故其為吏通而不流，猛而不暴。所至吏民畏而安之，不能欺也。始為新息令，知其民之愛之，買田而居。新息之人亦曰：“此吾故君也。”相與事之不替。及来齊安，常游於定惠院。既去，郡人名其亭曰“任公”。其後余兄子瞻以謫遷齊安，人知其與師中善也，復於任公亭之西為師中庵。曰：“師中必來訪子，將館於是。"明年三月，師中没於遂州，郡人聞之，相與哭于定惠者凡百餘人，飯僧於亭而祭師中於庵。蓋師中之去，於是十餘年矣。夫吏之於民，有取而無予，有罰而無恩，去而民忘之，不知所怨，蓋已為善吏矣。而師中獨能使民思之於十年之後，哭之皆失聲，此豈徒然者哉？朱仲卿為桐鄉嗇夫，有德於其民，死而告其子："必葬我桐鄉，後世子孫奉當我不如桐鄉民。"既而桐鄉祠之不絕。今師中生而家于新息，没而齊安之人為亭與庵以待之。使死而有知，師中其將往來於新息、齊安之間乎？余不得而知也。

元豐四年十二月日眉山蘇轍記

## 崇寧二年正月己丑，夢東坡先生於寒溪、西山之間，予誦寄元明"觴"次韻詩篇，東坡笑曰："公詩更進於曩時。"因和予一篇，語意清奇，予擊節賞歎，東坡亦自喜。於九曲嶺道中誦數過，遂得之

黃魯直　後倣此

天教兄弟各異方，不使新年對舉觴。作雲作雨手翻覆，得馬失馬心清凉。何處胡椒八百斛，誰家金釵十二行。一丘一壑可曳尾，三沐三釁取刲腸。

## 宿黃州觀音院鍾樓上

鍾鳴山川曉，露下星斗濕。老夫梳白頭，潘何塤箎集。

## 上蘇子瞻書

庭堅再拜。自往至今，不承顏色，如懷古人。頃不作書，且置是事，

即口不審何如？伏惟坐進此道，以聽浮雲之去來。客土不給伏臘，尚可堪忍否？夫忠、信、孝、友，不言而四時並行，晏然無負於幽明。而至於草衣木食，此子桑所以歌不任其聲，求貧我者而不得也。且聞燕坐東坡，心醉六經，滋味糟粕，而見存乎其人者，頗立訓傳，以俟後世子雲，安得一見之？昨傳得寄子由詩，恭儉而不迫，憂思而不怨，可願乎如南風報德之絃，讀之使人凜然增手足之愛。欽仰！公擇、莘老，頗嗣音否？師厚詩語氣益整嚴，極似鮑明遠，但因來不多復，未果錄寄耳。比以職事在山中食笋，得小詩，輒上寄一笑。旁州士大夫有佳句，要不自滿人意，莫如公待我厚。願為落筆，思得申紙疾讀，如老杜所謂"一洗萬古凡馬空"者。朝夕頃報，惟君子之四時，一致，神明相之。

## 東坡先生真贊

子瞻堂堂，出於峨眉，司馬班揚。金馬石渠，閱士如牆。上前論事，釋之馮唐。言語以為楷，而投諸雲夢之黃。東坡之酒，赤壁之笛，嬉笑怒罵，皆成文章。解羈而歸，紫微玉堂。子瞻之德，未變於初爾，而名之曰"元祐之黨"，放之珠厓儋耳。方其金馬石渠，不自知其東坡赤壁也。及其東坡赤壁，不自知其紫微玉堂也。及其紫微玉堂，不自知其珠厓儋耳也。九州四海，知有東坡。東坡歸矣，民笑且歌。一日不朝，其間容戈。至其一丘一壑，則無如此道人何。

## 哭東坡絕句二首　十二首今存其二

潘邠老大臨

元祐絲綸兩漢前，典刑意得寵光宣。裕陵聖德如天大，誰道微臣敢議天。

## 其　二

公與文忠總遇讒，讒人有口直須緘。聲名百世誰常在，忠義文章北斗南。

## 遊黄州東坡諸勝記

### 陸務觀游

自州門而東，崗壟高下，至東坡則地勢空曠開豁。東起一壟，頗高。有屋三間，一龜頭曰"居士亭"。亭下面南一堂，頗雄。四壁皆畫雪，堂中有蘇公像，烏帽紫裘，橫按筇杖，是為雪堂。堂東大柳，傳以為公手植。正南有橋，牓曰"小橋"，以"莫忘小橋流水"之句得名。其下初無渠澗，遇雨則涓流耳。舊止片石布其上，近輒增廣為木橋，覆以一屋，頗敗人意。東有一井，曰"暗井"，取蘇公詩中"走報暗井出"之句。泉寒熨齒，但不甚甘。又有四望亭，正與雪堂相值，在高阜上，覽觀江山，為一郡之最。亭名見蘇及張文潛集中。坡西竹林，古氏故物，號南坡，今已殘伐無幾，地亦不在古氏矣。出城五里，至安國寺，蘇公所嘗寓，兵火之餘，無復遺迹，惟遠寺茂林啼鳥，似猶有當時氣象也。郡集於棲霞樓。蘇公樂府云："小舟橫截春江上，卧看翠壁紅霞起。"正謂此樓也。下臨大江，煙樹微茫，遠山數點，亦佳處也。樓頗華潔，先是郡有慶瑞堂，謂一故相所生之地，後毁以新此樓。酒味殊惡，然文潛乃極稱黄州酒，以為自京師之外，無過者。豈文潛謫黄時，適有佳匠乎？循小徑，繚州宅之後，至竹樓，規模甚陋，不知當王元之時，亦止此耶？樓下稍東即赤壁磯，亦茅岡耳，略無草木。故韓子蒼待制詩："豈有危巢與栖鶻，亦無陳迹但飛鷗。"此磯，圖經及傳者皆以為周公瑾敗曹操之地。然江上多此名，不可考質。李太白《赤壁歌》云："烈火張天照雲海，周瑜如此敗曹公。"不指言在黄州，蘇公尤疑之，賦云："此非曹孟德之困於周郎者乎？"樂府云："故壘西邊，人道是、當日周郎赤壁。"蓋一字不輕下如此。至韓子蒼："此地能令阿瞞走。"則真指為公瑾赤壁矣。又黄人實謂赤壁曰"赤鼻"，尤可疑也。晚復移舟菜園步，又遠竹園三四里。蓋黄州臨大江，了無港灣可泊。或曰舊有灣，郡官厭過客，故塞之。

# 先生年譜節録

**元豐二年己未**　是歲，言事者以先生《湖州謝表》為謗。七月二十八日，中使黄甫遵追攝至湖。《子立墓誌》云："予得罪於吳興，親戚故人皆驚散，獨兩王子不去，送予出郊，曰：'死生禍福，天也。'返取予家，致之南都。"又按，先生《上文潞公書》云："某始就逮赴獄，有一子稍長，徒步相隨，其餘守舍，皆婦女幼稚。至宿州，御史符下就家取書，州郡望風，遣吏發卒，圍艘搜取，長幼幾怖死。既去，婦女恚罵曰：'是好著書，書成何所得？而怖我如此。'悉取焚之。"八月十八日，赴臺獄。又有《十二月二十日恭聞太皇太后升遐，吏以某罪人不許成服，欲哭不可，欲泣不敢，作挽詩二首》。已而獄具。十二月二十九日，責授黄州團練副使，本州安置。是年，子由上書，乞以見任官職贖先生罪，責筠州酒官。出獄，再寄子由二詩，有"百日歸期恰及春"之句。八月入獄，至是踰百日矣。

**三年庚申**　先生年四十五，謫黄州。自京師道出陳州，子由自南郡来陳相見，三日而別。先生古詩有"便為齊安民"之句。又與文逸民飲別，携手河堤上，作詩與子由別，乃正月十有四日也。至十八日，蔡州道上遇雪，有《次子由韻》古詩二首。過新息縣，有《示鄉人任師中》一首。任伋字師中，眉州人，嘗倅黄州，卜居新息，先生以詩示之。又有《過淮》詩、《游净居寺》詩。至岐亭訪故人陳季常，為留五日，賦詩一首而去。乃以二月一日至黄州，寓居定惠院，有《初到黄州》詩。五月，子由来齊安，先生有詩迎之。又有《曉至巴河迎子由》詩。乃與子由同遊武昌西山寒溪寺，有古詩一首。定惠顒師為先生竹下開嘯軒作記。又作《五禽言》。又有《定惠寺寓居月夜偶出》詩云："去年花落在徐州，對月酣歌美清夜。"盖懷在徐州與張師厚、王子立、子敏飲酒杏花下時也。定惠有海棠一株，先生作詩，有"也知造物有深意，故遣佳人在幽谷"之句。按，近日《黃州東坡圖》云："先生寓居定惠未久，以是春遷臨皋亭，乃舊日之回車院也。"又有《遷居臨皋亭》詩。先生就臨皋亭立南堂，有詩五絕，又有《讀戰國策》，及作《石芝》詩。先生是歲，又有《答秦太虛書》。借得本州天慶觀道士堂，冬至後坐四十九日。先生乳母任氏八月卒於臨皋亭。按，先生《上文潞公書》云："到黃州，無所用心，覃思《易》《論語》，若有所得。"由是言之，先生到黃定居之後，即作《易傳》九卷、《論語》五卷。

**四年辛酉** 先生年四十六，在黃州，寓居臨皋亭。正月，往岐亭訪陳季常。以《岐亭五首》考之，云："元豐三年正月，岐亭為留五日。明年正月，復往見之。過古黃州，獲一鑑，周尺有二寸。"有《鑑銘》云："元豐四年正月，余自齊安往岐亭，泛舟而還，過古黃州，獲一鑑，周尺有一寸。"是年，先生請故營地之東，名之以"東坡"。考《東坡八首》序云："余至黃二年，日以困匱。故人馬正卿哀予乏食，於郡請故營地，使躬耕其中。"盖先生庚申來黃，至辛酉為二年矣。以《東坡圖》考之，辛酉方營東坡，次年始築雪堂，以《贈孔毅甫》詩觀之："去年東坡拾瓦礫，今年刈草盖雪堂。"則雪堂作於壬戌歲明矣。又有《中秋日飲酒江亭上，有贈鄭君求字》，及《記游松江說》《聞捷說》。按，大全集《雜說》云："元豐辛酉冬至，僕在黃州，姪安節遠來，飲酒樂甚，以識一時盛事。"又有《冬至贈安節》詩云："平生幾冬至，少小如昨日。"又有《與安節夜坐賦"檠"字韻》詩三首。及正月過岐亭，作《應夢羅漢記》。

**五年壬戌** 先生年四十七，在黃州，寓居臨皋亭，就東坡築雪堂，自號"東坡居士"。以《東坡圖》考之，自黃州門南至雪堂，四百三十步。

《雪堂問》云："蘇子得廢圃於東坡之脅,號其正曰'雪堂'。以大雪中為之,因繪雪於四壁之間,無容隙。"其名盖起於此,先生自書"東坡雪堂"四字以榜之。試以《東坡圖》考雪堂之景,堂前有細柳浚井,西有微泉。堂下有大冶長者槐花茶、巢元脩菜、何氏叢橘,種秔、秫、棗、栗,有松期為可斷,種麥以為奇事。作陂塘,植黃桑。皆以供先生歲計,為雪堂勝景云。又作長短句擬《斜川》云:"南挹四望亭後,西控北山之微泉,慨然而歎,此亦斜川之游也,作《江城子》詞。"是年三月,先生以事至蘄水,徐德占見訪。又有春夜行蘄水,過酒家飲酒,乘月至一橋上,曲肱少休,作《西江月》詞。又遊蘄水、清泉寺,作《浣溪沙》詞。又作《寒食雨》詩二首,云:"自我來黃州,已見三寒食。"先生庚申二月來黃,至是三寒食矣。太守徐君猷分新火,先生有詩謝之,有"臨皋亭中一危坐,三見清明改新火"之句。七月遊赤壁,有《赤壁賦》云:"壬戌之秋,七月既望,蘇子與客泛舟遊於赤壁之下。"十月又遊之,有《後赤壁賦》云:"十月既望,蘇子步自雪堂,將歸於臨皋。"則壬戌之冬未遷。而先生以甲子六月過汝,則居雪堂止年餘。由是推之,先生自臨皋遷雪堂,必在壬戌十月之後明矣。又有《和孔毅甫久旱已而甚雨》三首云:"去年太歲空在酉。"乃知指去年辛酉而言之也。又按長短句有"飲王文甫家集古句,作墨竹",及"夢扁舟""望棲霞",及記單驤、孫兆事迹,作《怪石供》,及《重九作醉蓬来,示徐君猷》有"羈旅三年"之句。先生庚申來黃,至是恰三年矣。

**六年癸亥** 先生年四十八,在黃州。為別駕孟亨之跋子由《君子泉銘》,及有《題唐林父筆文》。閏八月,有詩與武昌簿吳亮工。又有《記承天夜遊》云:"十月十二夜,至承天寺尋張懷民。"及作一絕《送曹煥往筠州》。又《夢中作祭春牛文》云:"元豐六年十二月一十七日,天欲明,夢數吏人持紙,請祭春牛文。予取筆疾書其上。"

**七月甲子** 先生年四十九,在黃州。二月,與徐得之、參寥子步自雪堂。至乾明寺，有《師中庵題名》，又有《記定惠寺海棠說》。四月，乃有量移汝州之命。按，先生長短句《滿庭芳》序云："四月一日，余將自黃移汝，留別雪堂鄰里二三君子。"中有"坐見黃州再閏"之句。按，《東坡圖》云："郡人潘邠老及弟大觀，俱以詩知名，從先生遊。先生去，以雪堂付之居焉。"四月六日，又作《安國寺記》，有《別黃州》詩，有《過江夜行武昌山上聞黃州鼓角》詩。黃州送先生者，皆止於磁湖，陳季常獨至九江。

# 蘇公寓黄集跋[①]

　　東坡先生在黄，諸所遊處，赤壁最。顧其祠，弗稱，他亭軒亦就圮。嘉禾陸公，丰神才品，高亮獨邁，小軋於時，左拜倅黄，神交先生，夢已先之。因蠲貲大為繕構，而錫山鄒公先後所以治之，益甚備固。宜其堅完鞏煥，足為石畫。其亦熙朝尚忠右文之一斑歟？夫政平民和，脩舉廢墜，良牧之責。而揚摧今古，以俗掌故，里人之事。予無似，因搜摭先生諸在黄詩文，緝為二帙。又以旁聞逸事，載在簡編者，別成附錄。第廡下敝簏，枵然向人，不無面壁之歎。而其太率易，似當時削藁者。及在昔，他論之駁類者，皆棄弗錄。又今名人論著，頗繁，不悉，不敢偏錄。公且以登之文棗，庶馮毫穎，共識景仰。自是故蹟遺言，交相輝映，足夸里中矣。王生曰：“先生之来，以安置五斗亦絕，可謂阨窮之極。”乃先生托缽佛廬，浮沉玩世，方取贏於江風山月，以為至樂。大慈煽眉，形可立槁，而直以氣相勝，所謂塞乎天地之間，揆厥襟度，騎龍鞭鳳，嬉遊雲表，可以刺促腐鼠嚇之乎？莊子曰：“至人入水不濡，入火不熱。”非真能不濡熱也，以心不可動也。先生之謂矣。其身所至，遍為其地借名，而靈爽亦若不泯於世，有由哉！有由哉！

郡人王同軌識

---

　　① 底本無此標題，由整理者補入。

# 歐陽修夷陵集

〔宋〕歐陽修 著

歐陽運森 編

# 前　言

一

　　歐陽修(1007—1072)，字永叔，號醉翁，晚年更號六一居士。江西永豐縣沙溪人。北宋著名的政治家、文學家、史學家、金石學家、目録學家、經學家，其文學成就最高，是唐代古文運動之後北宋文壇的盟主。歐陽修家境清貧，四歲喪父，母以“荻畫地教子”。他借書抄讀，十歲左右所作文賦，老如成人，二十四歲中進士，步入仕途。二十九歲因論救范仲淹，貽書譴責司諫高若訥，景祐三年(1036)十月被貶爲夷陵縣令，景祐五年(1038)三月赴任乾德縣令。他四十餘年仕途，歷任知縣、知州、館閣校勘、翰林學士、樞密副使、參知政事(副宰相)等職，熙寧四年(1071)致仕，次年卒於潁州(安徽阜陽)，享年六十六歲。死後諡“文忠”。

　　歐陽修是文學上的唐宋八大散文家之一，除唐代韓愈、柳宗元外，宋代六人中的另五人，即王安石、曾鞏、蘇洵、蘇軾、蘇轍，皆爲歐陽修提挈舉薦之弟子。歐陽修生前被封爲“開國公”，六十六歲去世後諡曰“文忠”。他政績顯赫，著述極豐，有《新唐書》《新五代史》《六一詩話》等諸種專著傳世。其中《六一詩話》開啓了歷代“詩話”之先河。

　　歐陽修少年好學，十歲時，他從李家得唐《昌黎先生文集》六卷，閲文甚愛，手不釋卷，後來成爲北宋詩文革新運動的領袖。歐陽修繼承了中唐古文運動的傳統，吸收了北宋初期詩文革新的成果，把詩文革新運動推向了高潮。他强調道對文的決定作用，但也不輕視文，把文章與“百事”聯繫，反映現實。這種理論散見於《答吳充秀才書》《送徐無黨南歸序》《與張秀才第二書》等，爲詩文革新提供了良好的範例。

　　歐陽修在我國文學史上有着重要的地位。他繼承了韓愈古文運動的精髓，開創了北宋詩文新風，對當代與後世有着很大的影響，後人給予了極高的評價。蘇軾評價歐陽修曰：“論大道似韓愈，論事似陸贄，記事似司馬遷，詩賦似李白。”①

　　歐陽修一生著述豐厚，僅散文就達五百餘篇，其中的政論，如《與高司諫書》《朋黨論》《五代史伶官傳序》等，充分闡發了儒家的民本思想，爲治國理政服務。他狀物寫景及敘事的散文搖曳生姿、從容委婉，《釋秘演詩集序》《醉翁亭記》《瀧岡阡表》等都是這方面的佳作。

　　歐陽修對賦進行大膽改革，採取散文句法，變唐以來的律體爲散體，如《秋聲賦》，在賦的發展上有着重要的意義。歐陽修博古通今，治學嚴謹。他與宋祁(998—1061)一起重編《唐書》，自著《五代史》，後人稱之爲《新唐書》和《新五代史》。歐陽修繼承了韓愈“文從字順”的風格，又避免了韓愈尚奇好異的作風，散文内容充實，敘事簡括有法，議論紆徐有致，章法曲折變化而又嚴密，語句輕快圓融而不滯澀。這種平實的文風推動了當時的革新。

## 二

　　景祐三年(1036)五月，范仲淹由於直言諫事被貶，身爲宣德郎的歐陽修爲之鳴不平，因此也被貶爲夷陵縣令。自有夷陵建置以來，地方長官如流水不斷，英才不少，但首屈一指的當屬歐陽修。因爲在衆多的官吏中，唯歐陽修在夷陵的事迹流傳得最多最廣，既名噪當時，更影響後世。直到今天，人們仍念念不忘，津津樂道，並引以爲豪。這不僅是因爲歐陽修是中國宋代文化史上的一代宗師，還因他在夷陵留下的文化遺存，遠比其他任何歷史人物都要豐富，他是夷陵歷史文化名城的一座豐碑。因此，夷陵人民在中心城區建立起宋代風格的建築物——夷陵樓，

① 　(元)脱脱等：《宋史·歐陽修傳》。

以紀念這位偉大的文化先賢。

　　在夷陵歷史文化名人中，歐陽修最具大家風範。他於 1036 年被貶至夷陵任縣令，至 1038 年三月底離去，跨越三個年頭，共一年零十個月。時間雖短，但影響延及千年。他在治理夷陵的過程中表現出來的敬業精神，爲後世官吏樹立了典範；他關心百姓疾苦的人文情懷，深刻地影響了夷陵的士風和民風；他在夷陵寫下的表現夷陵的詩文，爲夷陵山水注入了靈氣。

　　歷代夷陵人敬重歐陽修，是因爲歐陽修對夷陵社會、經濟、文化的發展産生了積極而深遠的影響。一是他對夷陵的社會發展作出了積極貢獻。歐陽修是宜昌發展史上的一位早期開發者，他認爲縣令的地位雖卑，但負有守土安民之責，因此，他到職之後，體察民情，有序地處理公務，做了大量的開拓性工作：親手制定章程，整頓吏治；嚴明法紀，昭雪冤案，懲治不法之徒；“始樹木，增城柵，甓南北之街，作市門市區”；“又教民爲瓦屋，別竈廩，異人畜，以變其俗”；① 發展農業生産，虔誠爲民祈雨；教民禮讓，宣導文明開化。由於他的辛勤努力，夷陵很快就出現了風移俗易、時和政清的局面。二是他留下了大量描繪夷陵的膾炙人口的詩文。歐陽修爲政之暇，與好友遍遊夷陵山水，唱和吟詠，寫景抒情，留下了不朽的佳篇。如《夷陵九詠》②《黄楊樹子賦》《夷陵縣至喜堂記》《峽州至喜亭記》等作品，是對夷陵歷史的真實記載。散文《峽州至喜亭記》，使至喜亭因文而名，成爲宋代峽州三大名勝之一。三是他開啓了夷陵人崇文讀書的風氣。歐陽修在夷陵的時間雖然不長，但他憂國憂民的仁人情懷、以文化人的治理方式、工文善詩的傑出才華，深深滋潤了夷陵這方土地，開啓了夷陵人好德崇文的風氣。後人在夷陵城內爲紀念他而修建的“六一書院”，歷來是夷陵最重要的文化符號，也是歷代夷陵莘莘學子的心儀之地。明清時期，夷陵一帶出現了趙勉、王篆、雷思霈、劉一儒、文安之、顧嘉蘅、王定安等一批政治和文化大家。他們

---

① （宋）歐陽修：《夷陵縣至喜堂記》。
② 含《三遊洞》《下牢溪》《蝦蟆碚》《黄牛峽祠》《松門》《下牢津》《龍溪》《勞停驛》《黄溪夜泊》。

的成功，得益於歐陽修在夷陵種植的文化基因；他們的品格和學問，無不體現出歐陽修文化精神的傳承。

歐陽修在後半生中，雖然政績顯赫，詩文蓋世，但一直對夷陵念念不忘。他對坐貶夷陵前文章的評價是："三十年(歲)前，尚好文華，嗜酒縱歌，知以爲樂，而不知其非也。"①歐陽修認爲，自己後來之所以能得錦文華章之美，正是由於在夷陵從逆境中受到了鍛煉。難怪後來清代著名詩人袁枚以翰林改官江南時，友人就曾援引歐陽修的事迹勸慰他："廬陵事業起夷陵，眼界原從閱歷增。"②

歐陽修當年在夷陵的遺迹，無論是至喜堂、甘泉寺，還是至喜亭等碑刻，早已片瓦無存。唯有三遊洞中尚存他於景祐四年(1037)的題名刻石，全文是："景祐四年七月十日，夷陵歐陽永叔和判官丁同行刻石。"這一刻石具有極其珍貴的歷史價值。

歐陽修愛夷陵的百姓，愛夷陵的山水，也珍愛夷陵的物産。北宋以前，峽州就開始生産紙和硯，歐陽修在京師任職時就早有所聞。那時，他與三司(鹽鐵、度支、户部)的官員交往密切。三司是掌管鹽鐵、税賦税租、户口田賦的部門，印發公文表格和户籍等同館閣一樣，都離不開紙張。但是那時所用的紙，全由河中府(蒲州，即山西永濟縣)供給。三司官吏孫文德，常常出入省試考場，見過許多試卷、賬籍和書册的用紙，唯獨峽州紙不易朽損，很耐用。在歐陽修離開京師時，孫文德曾勸他多收藏峽州紙。峽州竹木茂盛，水源豐富。宋初，夷陵城就有了幾家民間造紙作坊。歐陽修用過峽州紙後稱讚道："夷陵紙不甚精，然最耐久"，"天下賬籍，惟峽州不朽損"。③經過四年多的貶謫生活之後，歐陽修回到京師，遷升爲集賢校理，即監察任免京師一般官員和繕寫收藏各類文書等。於是，歐陽修利用此機會，下令"用峽州紙供公家及館閣爲官書"。

早在後周時期，夷陵城的工匠利用運輸方便，從峽州毗鄰的歸州

---

① (宋)歐陽修：《答孫正之第二書》。
② (清)袁枚：《隨園詩話·卷一》。
③ (宋)歐陽修：《峽州河中紙説》。

（秭歸）運來優質大沱石料製作硯臺。歐陽修在夷陵從事公務，不小心將一臺用了二十年之久的南唐歙州（江西婺源縣）硯折損一角，深感惋惜。惋惜之餘，又購回一臺大沱石硯使用，用後稱讚道："歸州大沱石，其色青黑斑斑，其文理微粗，亦頗發墨。歸峽人謂江水爲沱，蓋江水中石也。硯止用於川峽，人世未嘗有。"①

## 三

歐陽修於景祐三年（1036）五月二十五日從京都出發，十月二十六日到達峽州夷陵。時任峽州知州的朱慶基是歐陽修的舊友，便在州府東邊爲他建了一所新房。歐陽修把寓居夷陵的貶所命名爲"至喜堂"，意即至而後喜，並作《夷陵縣至喜堂記》，真實地記載了夷陵的歷史面貌：驛碼頭石級陡且曲，繞城江岸。除驛碼頭外，再無固定的泊舟地點。一些巴（四川）、湘（湖南）、楚（湖北）商船，到處零亂停泊。船上裝載的都是山貨土產，較多的是生漆、峽州紙、梗稻米、茶葉、柑橘之類。這個"縣樓朝見虎，官舍夜聞鴞"的荒邑小縣，四周無城牆，沒有成型的街道，道路又窄又髒，車馬不能通行。市面多是小攤小販，沒有百貨買賣，更無大户商賈。民衆生活艱苦，嗜好醃魚。住房窄小，一堂之中，樓上住人，樓下養豬，居舍單一，且厨房、天井、穀倉都擠在一起。屋宇全是竹子、木板、茅草構成。

歐陽修到任後，積極推崇州守朱慶基的宣導，在城區植樹，在山上造林。拆茅屋，建瓦房，使人畜分居，將厨房與穀倉分開，改變簡風陋習。他勤政爲民，經常深入百姓家調查研究。某年夏天，他到郊外訪察，發現旱情嚴重，老百姓祈雨心切。他本來不信鬼神，但爲了安慰群衆，曾兩次爲民求雨。他發現夷陵雖然是個小縣，但打官司的人很多，主要是由於田契不明。於是，他親自動手，一一重新整理。從此，大小冤案

---

① （宋）歐陽修：《硯譜》。

得以昭雪，縣内大小官員"遇事不敢忽也"。

夷陵的生活經歷，對歐陽修的思想體系、文學創作都產生了重要影響。在夷陵期間的磨煉與反思，使他多方面成熟起來，繼而成就了他後來的事業，故有"廬陵事業起夷陵"之說。歐陽修在夷陵寫的《易或問》《春秋論》等文，在闡釋《五經》的過程中，極力推崇經學之道，反對讖緯之説。他說的"道"，是遵循自然規律的變通之道，是在變通的過程中，"惟是之求"。這樣的哲學思想基礎，是其後來事業的基石。

在夷陵，他深切體驗到了人民生活的艱難，瞭解了人民的願望和要求，從而增强了政治使命感和責任感。夷陵的貶居，使他剛直不阿、爲國計民生不避刑戮的性格進一步養成。他回京作諫官後，能大膽言事；新政失敗後，敢同"不結朋黨"的詔書直接對抗，表現出非凡的膽量和氣魄。在夷陵，他的詩文獲得了清新的血液，他此後的許多作品，都流露出對下層人民的關注，即便像《醉翁亭記》這種寄情山水的文章，也透露出要擺脫世俗紛擾、與民同樂的理想。在夷陵，歐陽修對於作品内容與形式的關係有了新的認識，因而此後能就作家思想修養對文學創作的影響等問題提出見解，形成自己的古文理論。他的筆記文、古文、史學政論等一系列傑出文化成就，均奠基於貶至夷陵時期。夷陵經歷無疑爲歐陽修後來的發展積蓄了巨大的能量。"殘雪壓枝猶有橘，凍雷驚笋欲抽芽"，正是歐陽修在夷陵時期心態與品格的形象表達。

歐陽修到夷陵後，給好友——時在京師的古文家尹師魯(尹洙)一連寫了兩封信，在第二封信裏，他用大量篇幅與之商量編《五代史》之事。經過充分準備，他在夷陵工作之餘開始編寫《五代史》。他認爲，以前的《十國志》比較冗雜，若要編寫正史，需要大量删減。他與尹師魯商量，正史不再分"五史"，而都寫成紀傳，應該大量删減，"其他列傳約略，且將逐代功臣隨紀各自撰傳，待續次盡，將五代列傳姓名寫出，分而爲二"①。經過精心整理，終於使《五代史》成爲一部具有價值的史書，後世

---

① (宋)歐陽修:《與尹師魯第二書》。

爲區別於薛居正等官修的五代史，稱之爲《新五代史》。蘇軾在《六一居士集序》中説歐陽修"論大道似韓愈，論事似陸贄，記事似司馬遷"，評價甚高。清人趙翼在《二十四史劄記》中評價《新五代史》時説："不惟文筆潔浄，直追《史記》，而以《春秋》筆法，寓褒貶於傳記之中，則雖《史記》亦不及也。"

## 四

歐陽修的文集，版本繁雜。其晚年自編的《居士集》五十卷是其中最早的。南宋時期，周必大在孫謙益、丁朝佐等人的協助下，於紹熙二年（1191）至慶元二年（1196），對此前歐陽修的集子進行了全面的整理和校勘，編纂刊行了歐陽修的全集《歐陽文忠公集》，共一百五十三卷，附録五卷。此本校勘精良，對後世影響很大，被一再翻刻。清嘉慶二十四年（1819），歐陽修二十七世孫歐陽衡以乾隆十一年（1746）歐陽安世刻本爲底本，重新編校了《歐陽文忠公全集》。此本收文全、流傳廣，且錯訛較少，是清代諸刻中的善本。

本書收録的詩文，皆出自此本，按體裁分爲二編，上編爲散文，下編爲詩賦，另附録收有宋人胡柯編撰的《廬陵歐陽文忠公年譜》，"二十四史"之《宋史》中的《歐陽修傳》，以及歐陽修在夷陵活動時間表。

本書收録的詩文，爲歐陽修寫夷陵或寫於夷陵的作品中具有代表性的作品，文四十六篇，詩賦四十九首，共計九十五篇（首）。上編前三篇《與高司諫書》《回丁判官書》《讀李翱文》，雖非直接寫夷陵或寫於夷陵，但交代了作者被貶夷陵的緣由及當時的心境，故收録並置於本書開頭；最後一篇《于役志》爲旅行日記，記録了歐陽修自開封赴夷陵之任時的行程，爲我們了解其當時活動的第一手資料，也特予收録。這些作品是夷陵乃至中華民族文學寶庫中的一筆珍貴的遺産。

歐陽修第三十八代孫　**歐陽運森**

# 目　　録

上編 散 文

## 與高司諫書景祐三年

修頓首再拜白司諫足下。某年十七時，家隨州，見天聖二年進士及第牓，始識足下姓名。是時予年少，未與人接，又居遠方，但聞今宋舍人兄弟與葉道卿、鄭天休數人者，以文學大有名，號稱得人。而足下廁其間，獨無卓卓可道說者，予固疑足下不知何如人也。其後更十一年，予再至京師，足下已爲御史裏行，然猶未暇一識足下之面，但時時於予友尹師魯問足下之賢否，而師魯說足下正直有學問，君子人也，予猶疑之。夫正直者，不可屈曲；有學問者，必能辨是非。以不可屈之節，有能辨是非之明，又爲言事之官，而俯仰默默，無異衆人，是果賢者邪？此不得使予之不疑也。自足下爲諫官來，始得相識。侃然正色，論前世事，歷歷可聽，褒貶是非，無一謬說。噫！持此辯以示人，孰不愛之？雖予亦疑足下真君子也。是予自聞足下之名及相識，凡十有四年而三疑之。今者推其實迹而較之，然後決知足下非君子也。

前日范希文貶官後，與足下相見於安道家，足下詆誚希文爲人。予始聞之，疑是戲言；及見師魯，亦說足下深非希文所爲，然後其疑遂決。希文平生剛正，好學通古今，其立朝有本末，天下所共知，今又以言事觸宰相得罪。足下既不能爲辨其非辜，又畏有識者之責己，遂隨而詆之，以爲當黜，是可怪也。夫人之性，剛果懦軟，稟之於天，不可勉強，雖聖人亦不以不能責人之必能。今足下家有老母，身惜官位，懼飢寒而顧利祿，不敢一忤宰相以近刑禍，此乃庸人之常情，不過作一不才諫官爾。雖朝廷君子，亦將閔足下之不能，而不責以必能也。今乃不然，反昂然自得，了無愧畏，便毀其賢，以爲當黜，庶乎飾己不言之過。夫力所不敢爲，乃愚者之不逮；以智文其過，此君子之賊也。

且希文果不賢邪？自三四年來，從大理寺丞至前行員外郎，作待制日，日備顧問，今班行中無與比者。是天子驟用不賢之人？夫使天子待不賢以爲賢，是聰明有所未盡。足下身爲司諫，乃耳目之官，當其驟用時，何不一爲天子辨其不賢，反默默無一語，待其自敗，然後隨而非之？若果賢邪，則今日天子與宰相以忤意逐賢人，足下不得不言。是則足下以希文爲賢，亦不免責；以爲不賢，亦不免責。大抵罪在默默爾。

昔漢殺蕭望之與王章，計其當時之議，必不肯明言殺賢者也。必以石顯、王鳳爲忠臣，望之與章爲不賢而被罪也。今足下視石顯、王鳳果忠邪，望之與章果不賢邪？當時亦有諫臣，必不肯自言畏禍而不諫，亦必曰當誅而不足諫也。今足下視之，果當誅邪？是直可欺當時之人，而不可欺後世也。今足下又欲欺今人，而不懼後世之不可欺邪？况今之人未可欺也。

伏以今皇帝即位已來，進用諫臣，容納言論。如曹修古、劉越雖歿，猶被褒稱，今希文與孔道輔，皆自諫諍擢用。足下幸生此時，遇納諫之聖主如此，猶不敢一言，何也？前日又聞御史臺榜朝堂，戒百官不得越職言事，是可言者惟諫臣爾。若足下又遂不言，是天下無得言者也。足下在其位而不言，便當去之，無妨他人之堪其任者也。昨日安道貶官，師魯待罪，足下猶能以面目見士大夫，出入朝中稱諫官，是足下不復知人間有羞恥事爾。所可惜者，聖朝有事，諫官不言，而使他人言之。書在史册，他日爲朝廷羞者，足下也。

《春秋》之法，責賢者備。今某區區猶望足下之能一言者，不忍便絕足下，而不以賢者責也。若猶以謂希文不賢而當逐，則予今所言如此，乃是朋邪之人爾。願足下直攜此書於朝，使正予罪而誅之，使天下皆釋然知希文之當逐，亦諫臣之一效也。

前日足下在安道家，召予往論希文之事，時坐有他客，不能盡所懷，故輒布區區，伏惟幸察。不宣。修再拜。

（《居士外集》卷十八）

## 回丁判官書<sub>景祐三年</sub>

九月十四日，宣德郎、守峽州夷陵縣令歐陽修，謹頓首復書于判官秘校足下。修之得夷陵也，天子以有罪而不忍即誅，與之一邑，而告以訓曰："往字吾民，而無重前悔。"故其受命也，始懼而後喜，自謂曰幸，而謂夷陵之不幸也。

夫有罪而猶得邑，又撫安之曰"無重前悔"，是以自幸也。昔春秋時，鄭詹自齊逃來，傳者曰："其佞人來，佞人來矣！"此不欲佞人入其邦，而惡其來甚之之辭也。修之是行也，以謂夷陵之官相與語於府，吏相與語於家，民相與語於道，皆曰罪人來矣。凡夷陵之人莫不惡之，而不欲入其邦，若魯國之惡鄭詹來者，故曰夷陵不幸也。及舟次江陵之建寧縣，人來自夷陵，首蒙示書一通，言文意勤，不徒不惡之，而又加以厚禮，出其意料之外，不勝甚喜，而且有不自遂之心焉。夫人有厚己而自如者，恃其中有所以當之而不愧也。如修之愚，少無師傅，而學出己見，未一發其蘊，忽發焉，果輒得罪，是其學不本實，而其中空虛無有而然也。今猶未獲一見君子，而先辱以書待之厚意，以空虛之質當甚厚之意，竊懼既見而不若所待，徒重愧爾！

且爲政者之懲有罪也，若不鞭膚刑肉以痛切其身，則必擇惡地而斥之，使其奔走顛躓窘苦，左山右壑，前虓虎而後蒺藜，動不逢偶吉而輒奇凶，其狀可爲閔笑。所以深困辱之者，欲其知自悔而改爲善也，此亦爲政者之仁也。故修得罪也，與之一邑，使載其老母寡妹，浮五千五百之江湖，冒大熱而履深險，一有風波之危，則叫號神明，以乞須臾之命。幸至其所，則折身下首以事上官，吏人連呼姓名，喝出使拜，起則趨而走，設有大會，則坐之壁下，使與州校役人爲等伍，得一食，未徹俎而先走出。上官遇之，喜怒訶詰，常歛手慄股以伺顏色，冀一語之溫和不可得。所以困辱之如此者，亦欲其能自悔咎而改爲善也。

故修之來也，惟困辱之是期。今乃不然，獨蒙加以厚禮，而不以有罪困辱之，使不窮厄而得其所爲，以無重悔如前訓，可謂幸矣，然懼其頑心而不知自改也。夫士窮莫不欲人之閔己，然非有深仁厚義君子之閔己，則又懼且漸焉。謹因弓手還，敢布所懷，不勝區區，伏惟幸察。

（《居士外集》卷十八）

## 讀李翱文 景祐三年

予始讀翱《復性書》三篇，曰此《中庸》之義疏爾。智者誠其性，當讀《中庸》。愚者雖讀此，不曉也，不作可焉。又讀《與韓侍郎薦賢書》，以謂翱特窮時，憤世無薦己者，故丁寧如此，使其得志，亦未必然。以韓爲秦漢間好俠行義之一豪雋，亦善論人者也。最後讀《幽懷賦》，然後置書而歎，歎已復讀，不自休。恨翱不生於今，不得與之交；又恨予不得生翱時，與翱上下其論也。

凡昔翱一時人，有道而能文者，莫若韓愈。愈嘗有賦矣，不過羨二鳥之光榮，歎一飽之無時爾。此其心使光榮而飽，則不復云矣。若翱獨不然，其賦曰：「衆囂囂而雜處兮，咸歎老而嗟卑。視予心之不然兮，慮行道之猶非。」又怪神堯以一旅取天下，後世子孫不能以天下取河北，以爲憂。嗚呼！使當時君子皆易其歎老嗟卑之心，爲翱所憂之心，則唐之天下豈有亂與亡哉！

然翱幸不生今時，見今之事，則其憂又甚矣。奈何今之人不憂也？余行天下，見人多矣，脫有一人能如翱憂者，又皆賤遠，與翱無異。其餘光榮而飽者，一聞憂世之言，不以爲狂人，則以爲病癡。予不怒則笑之矣。嗚呼！在位而不肯自憂，又禁他人使皆不得憂，可歎也夫！

景祐三年十月十七日，歐陽修書

（《居士外集》卷二十二）

## 與尹師魯第一書 景祐三年

某頓首師魯十二兄書記。前在京師相別時，約使人如河上，既受命，便遣白頭奴出城，而還言不見舟矣。其夕，及得師魯手簡，乃知留船以待，怪不如約，方悟此奴懶去而見紿。

臨行，臺吏催苛百端，不比催師魯人長者有禮，使人惶迫不知所爲。

是以又不留下書在京師，但深託君貺因書道修意以西。始謀陸赴夷陵，以大暑，又無馬，乃作此行。沿汴絕淮，泛大江，凡五千里，用一百一十程，纔至荊南。在路無附書處，不知君貺曾作書道修意否？及來此，問荊人，云去郢止兩程，方喜得作書以奉問。又見家兄，言有人見師魯過襄州，計今在郢久矣。師魯歡戚不問可知，所渴欲問者，別後安否？及家人處之如何，莫苦相尤否？六郎舊疾平否？

　　修行雖久，然江湖皆昔所游，往往有親舊留連，又不遇惡風水，老母用術者言，果以此行爲幸。又聞夷陵有米、麵、魚，如京洛，又有梨、栗、橘、柚、大筍、茶荈，皆可飲食，益相喜賀。昨日因參轉運，作庭趨，始覺身是縣令矣，其餘皆如昔時。

　　師魯簡中言，疑修有自疑之意者，非他，蓋懼責人太深以取直爾，今而思之，自決不復疑也。然師魯又云暗於朋友，此似未知修心。當與高書時，蓋已知其非君子，發於極憤而切責之，非以朋友待之也，其所爲何足驚駭？路中來，頗有人以罪出不測見弔者，此皆不知修心也。師魯又云非忘親，此又非也。得罪雖死，不爲忘親，此事須相見，可盡其說也。五六十年來，天生此輩，沈默畏慎，布在世間，相師成風。忽見吾輩作此事，下至竈間老婢，亦相驚怪，交口議之。不知此事古人日日有也，但問所言當否而已。又有深相賞歎者，此亦是不慣見事人也。可嗟世人不見如往時事久矣！往時砧斧鼎鑊，皆是烹斬人之物，然士有死不失義，則趨而就之，與几席枕藉之無異。有義君子在傍，見有就死，知其當然，亦不甚歎賞也。史册所以書之者，蓋特欲警後世愚懦者，使知事有當然而不得避爾，非以爲奇事而詫人也。幸今世用刑至仁慈，無此物，使有而一人就之，不知作何等怪駭也。然吾輩亦自當絕口，不可及前事也。居閒僻處，日知進道而已，此事不須言，然師魯以修有自疑之言，要知修處之如何，故略道也。

　　安道與予在楚州，談禍福事甚詳，安道亦以爲然。俟到夷陵寫去，然後得知修所以處之之心也。又常與安道言，每見前世有名人，當論事時，感激不避誅死，真若知義者，及到貶所，則戚戚怨嗟，有不堪之窮愁形於文字，其心歡戚無異庸人，雖韓文公不免此累，用此戒安道愼勿作感感之文。師魯察修此語，則處之之心又可知矣。近世人因言事亦有被貶者，然或傲逸狂醉，自言我爲大不爲小。故師魯相別，自言益愼職，無飲酒，此事修今亦遵此語。咽喉自出京愈矣，至今不曾飲酒，到縣後勤官，以懲洛中時懶慢矣。夷陵有一路，祇數日可至郢，白頭奴足以往來。秋寒矣，千萬保重。不宣。修頓首。

（《居士外集》卷十九）

## 與尹師魯第二書<small>景祐三年</small>

　　某頓首。自荊州得吾兄書後，尋便西上，十月二十六日到縣。倏茲新年，已三月矣，所幸者，老幼無恙。老母舊不飲酒，到此來，日能飲五七杯，隨時甘脆足以盡歡。修之舊疾，漸以失去，亦能飲酒矣。不知師魯爲況如何？到此便欲遣任進去，又爲少事，且遣伊入京師，於今未回。前者於朱駕部處見手書，略知動靜。

　　夷陵雖小縣，然爭訟甚多，而田契不明。僻遠之地，縣吏朴鯁，官書無簿籍，吏曹不識文字，凡百制度，非如官府一一自新齊整，無不躬親。又朱公以故人日相勞慰，時時頗有宴集。加以乍到，閨門內事亦須自營。

　　開正以來，始似無事，治舊史。前歲所作《十國志》，蓋是進本，務要卷多。今若便爲正史，盡宜刪削，存其大要，至如細小之事，雖有可紀，非干大體，自可存之小說，不足以累正史。數日檢舊本，因盡刪去矣，十亦去其三四。師魯所撰，在京師時不曾細看，路中昨來細讀，乃大好。師魯素以史筆自負，果然。河東一傳大妙，修本所取法此傳，爲此外亦有繁簡未中，願師魯亦刪之，則盡妙也。正史更不分五史，而通爲紀傳，今欲將《梁紀》並漢、周，修且試撰次，唐、晉師魯爲之，如前歲之議。其他列傳約略，且將逐代功臣隨紀各自撰傳，待續次盡，將五代列傳姓名寫出，分而爲二，分手作傳，不知如此於師魯意如何？吾等棄於時，聊欲因此粗申其心，少希後世之名。如修者幸與師魯相依，若成此書，亦是榮事。今特告朱公□介，馳此奉咨，且希一報，如可以，便各下手。只候任進歸，便令齎《國志》草本去次。春寒，保重。

（《居士外集》卷十九）

## 與樂秀才第一書<sub>景祐三年</sub>

某白秀才樂君足下。昨者舟行往來，皆辱見過，又蒙以所業一册，先之啓事，宛然如後進之見先達之儀。某年始三十矣，其不從鄉進士之後者於今纔七年，而官僅得一縣令，又爲有罪之人，其德、爵、齒三者，皆不足以稱足下之所待，此其所以爲慚。自冬涉春，陰洩不止，夷陵水土之氣，比頻作疾，又苦多事，是以闕然。

聞古人之於學也，講之深而言之篤，其充於中者足，而後發乎外者大以光。譬夫金玉之有英華，非由磨飾染濯之所爲，而由其質性堅實，而光輝之發自然也。《易》之《大畜》曰：“剛健篤實，輝光日新。”謂夫畜於其內者實，而後發爲光輝者日益新而不竭也。故其文曰“君子多識前言往行，以畜其德”，此之謂也。古人之學者非一家，其爲道雖同，言語文章未嘗相似。孔子之繫《易》，周公之作《書》，奚斯之作《頌》，其辭皆不同，而各自以爲經。子游、子夏、子張與顏回同一師，其爲人皆不同，各由其性而就於道耳。今之學者或不然，不務深講而篤信之，徒巧其詞以爲華，張其言以爲大。夫強爲則用力艱，用力艱則有限，有限則易竭。又其爲辭不規模於前人，則必屈曲變態以隨時俗之所好，鮮克自立。此其充於中者不足，而莫自知其所守也。

竊讀足下之所爲高健，志甚壯而力有餘。譬夫良駿之馬，有其質矣，使駕大輅而王良馭之，節以和鑾而行大道，不難也。夫欲充其中，由講之深，至其深，然後知自守。能如是矣，言出其口而皆文。修見惡於時，棄身此邑，不敢自齒於人。人所共棄而足下過禮之，以賢明方正見待，雖不敢當，是以盡所懷爲報，以塞其慚。某頓首。

（《居士外集》卷二十）

## 夷陵上運使啟景祐三年

修近以狂言，當蒙大譴，荷乾坤之厚施，全螻蟻之微生。得一邑以庇身，使之思過；竊三鐘而就養，猶足為榮。獲在公麻，是為天幸。

伏以運使郎中，懿猷經遠，茂業康時，當一面之利權，竦百城之威譽。凡居屬部，皆仰餘輝。顧此孤生，最為沉迹，時蒙眄睞，曲賜拊存，安其惶懼之心，慰乃危疑之慮。敢不銘之肌骨，佩恩紀以無忘；策其筋骸，盡疲駑而為報？將謀就道，即遂公趨，瞻企門閌，欣愉罔既。

（《表奏書啟四六集》卷六）

## 謝朱推官啟

某啟。伏念某出自寒鄉，本非茂器。束髮州里，絕無一日之評；影纓王畿，竊階羣俊之後。加以識非遠到，才不及中。惟至治之方隆，顧上官之並恪。蘋、蘩之不失職，咸盡其能；庖、祝之各有司，悉共爾位。豈伊下列，遂敢奸官？因忿躁之使然，奮狂愚而不顧。惡訐為直，仲尼之所深譏；盡言招人，武子之猶不免。在於庸妄，宜抵譴訶。尚賴至仁，特加寬議，投之遐僻，使自省思，猶寸祿以事親，守一同而庇邑。有民與社，足為政以效勤；退食自公，敢忘心於補過？是惟天幸，徒自睹覥顏。

伏遇某官，式佐郡符，屈臨賓席。烜赫天下，方想於風猷；從容幕中，暫為於府望。是惟孱昧，得庇光華。然而從事有便宜之權，縣吏本徒勞之迹。負弩而隨伍伯，當備前驅；折腰以揖上官，敢羞斂板？況茲巽懦，素本孤危，犯忌於時，竄身無所。棄芻道上，過者踐之；搖尾穽中，人誰憐爾？豈謂某官哀其戇朴，賜以存憐，削去常儀，自敦高誼。猥因介使，先辱長緘，過形溢美之辭，曲盡至勤之意。片言之辱，榮於尼父之褒；一顧所臨，增其大呂之律。徒益撝謙之盛美，豈宜鄙陋之敢當？歲律已殘，寒威方蕭，更祈珍攝，以副傾依。

（《表奏書啓四六集》卷六）

## 與薛少卿公期二十通（選其一、二）

### 一 景祐三年

某頓首再啓。東園一別，自夏涉秋，今條冬矣。泝汴絶淮，泛大江，凡五千里，一百一十程，纔至荆南。見家兄，言出京時有公期書。渴得一見，要知别後事，然數日尋之不見，遂已。某自南行，所幸老幼皆無病恙，風波不甚惡，凡舟行人所懼處，皆坦然而過。今至此，嚮夷陵江水極善，亦不越三四日可到。又聞好水土，出粳米、大魚、梨、栗、甘橘、茶、笋，而縣民一二千户，絶無事。罪人得此，爲至幸矣。祇是沿路多故舊相識，所至牽率，又少便人作書入京。公期始約今冬赴絳州，必非久行矣。每憶君謨家會，頗如夢中。未知相見何時，惟自愛而已。因人便，附書在君貺處，乃可達。今因遣白頭奴入京，謹附狀。不宣。

### 二 景祐四年

某頓首。自公期東門之别，忽已踰年。南北之殊，相去萬里，音信疏絶，於理固然。昨至許州，蒙訊問，備審官下爲况甚佳。邇來諒惟自公之餘，與閫内貴屬各保清休。某居此，爲况皆如常。親老，幸甚安。室中驟過僻陋，便能同休戚，甘淡薄，此吾徒之所難，亦鄙夫之幸也。多荷多荷。公期遊宦故鄉，其樂可量。思昔月中琴、弈、尊酒之會，何可得邪？某久處窮僻，習成枯淡，頓無曩時情悰，惟覺病態漸侵爾。敝性懶於作書，區區思慕之心非有怠也，惟仁者察之。讒謗未解，相見何由？惟慎疾加愛。因人至京，頻示三兩字爲禱。其如方寸莫能盡也。不宣。

（《書簡》卷九）

## 與荆南樂秀才書景祐四年

修頓首白秀才足下。前者舟行往來，屢辱見過。又辱以所業一編，先之啓事，及門而贄。田秀才西來，辱書；其後予家奴自府還縣，比又辱書。僕有罪之人，人所共棄，而足下見禮如此，何以當之？當之未暇答，宜遂絶，而再辱書；再而未答，益宜絶，而又辱之。何其勤之甚也！如修者，天下窮賤之人爾，安能使足下之切切如是邪？蓋足下力學好問，急於自爲謀而然也。然蒙索僕所爲文字者，此似有所過聽也。僕少從進士舉於有司，學爲詩賦，以備程試，凡三舉而得第。與士君子相識者多，故往往能道僕名字，而又以游從相愛之私，或過稱其文字。故使足下聞僕虚名，而欲見其所爲者，由此也。僕少孤貧，貪禄仕以養親，不暇就師窮經，以學聖人之遺業。而涉獵書史，姑隨世俗作所謂時文者，皆穿蠹經傳，移此儷彼，以爲浮薄，惟恐不悦於時人，非有卓然自立之言如古人者。然有司過採，屢以先多士。及得第已來，自以前所爲不足以稱有司之舉而當長者之知，始大改其爲，庶幾有立。然言出而罪至，學成而身辱，爲彼則獲譽，爲此則受禍，此明效也。夫時文雖曰浮巧，然其爲功，亦不易也。僕天姿不好而强爲之，故比時人之爲者尤不工，然已足以取禄仕而竊名譽者，順時故也。先輩少年志盛，方欲取榮譽於世，則莫若順時。天聖中，天子下詔書，敕學者去浮華，其後風俗大變。今時之士大夫所爲，彬彬有兩漢之風矣。先輩往學之，非徒足以順時取譽而已，如其至之，是直齊肩於兩漢之士也。若僕者，其前所爲既不足學，其後所爲慎不可學，是以徘徊不敢出其所爲者，爲此也。在《易》之《困》曰："有言不信。"謂夫人方困時，其言不爲人所信也。今可謂困矣，安足爲足下所取信哉？辱書既多且切，不敢不答。幸察。

（《居士集》卷四十七）

## 與谢景山書景祐四年

修頓首再拜景山十二兄法曹。昨送馬人還，得所示書並《古瓦硯歌》一軸、近著詩文又三軸，不勝欣喜。景山留滯州縣，行年四十，獨能異其少時雋逸之氣，就於法度，根蒂前古，作爲文章，一下其筆，遂高於人。乃知駑駿之馬奔星覆駕，及節之鑾和以駕五輅，而行於大道，則非常馬之所及也。古人久困不得其志，則多躁憤佯狂，失其常節，接輿、屈原之輩是也。景山愈困愈刻意，又能恬然習於聖人之道，賢於古人遠矣。某常自負平生不妄許人之交，而所交必得天下之賢才，今景山若此，於吾之交有光，所以某益得自負也，幸甚幸甚。

與君謨往還書，不如此何以發明？然何必懼人之多見也？若欲衒長而恥短，則是有爭心於其中，有爭心則意不在於謀道也。荀卿曰"有爭氣者，不可與辯"，此之謂也。然君謨既規景山之短，不當以示人，彼以示人，景山不當責之而欲自蔽也，願試思之。此縣常有人入京，頻得書信往還，今者茲人入京，作書多，未能子細。夏熱，千萬自愛。

（《居士外集》卷十九）

## 回王舍人堯臣啓景祐四年

伏審某官光膺寵擢，入掌命書。竊以三代之興，兩漢之治，蔚聲名之爲盛，何前後之相望！蓋以高文大册之所傳，遺風餘烈之盡在。是以代言之任，難乎命世之才。至於雷動風行，金相玉振。至意難諭，必盡於丁寧；盛德有容，兼資於粉澤。適當休運，允屬鉅賢。

伏惟某官識際天人，學通今古。而自親膺聖擢，第中甲科。聞乎風采，而天下悚然；論之人物，而時無先者。若乃從容禁署，潤色皇猷，使德澤之流下淪於民髓，文章之盛交映於國華，遂階榮塗，以致公輔。斯皆雅度之素蘊，考於羣議而猶稽，豈惟愚蒙，私獨稱讚。

某迹居遐邑，名在罪人，忽以踰時，未能補過。省孤危之已甚，惟藏縮以爲宜。豈望龍光之末輝，希咳唾之餘潤？匪期齒論，猶録疏頑，先以珍函，越於常禮。遺簪已棄，尚以舊物而見憐；窮谷久寒，忽如温律之來煦。幽憂並釋，榮感兼深。瞻望門閣，無任飛越。

（《表奏書啓四六集》卷六）

## 送田畫秀才寧親萬州序<sub>景祐四年</sub>

五代之初，天下分爲十三四。及建隆之際，或滅或微，其在者猶七國，而蜀與江南地最大。以周世宗之雄，三至淮上，不能舉李氏。而蜀亦恃險爲阻，秦隴、山南皆被侵奪，而荆人縮手歸、峽，不敢西窺以争故地。及太祖受天命，用兵不過萬人，舉兩國如一郡縣吏，何其偉歟！當此時，文初之祖從諸將西平成都及南攻金陵，功最多，於時語名將者，稱田氏。田氏功書史官，禄世于家，至今而不絶。及天下已定，將率無所用其武，士君子争以文儒進，故文初將家子，反衣白衣從鄉進士舉於有司。彼此一時，亦各遭其勢而然也。

文初辭業通敏，爲人敦潔可喜，歲之仲春，自荆南西拜其親於萬州，維舟夷陵。予與之登高以遠望，遂遊東山，窺緑蘿溪，坐磐石，文初愛之，數日乃去。夷陵者，其《地志》云北有夷山以爲名；或曰巴峽之險，至此地始平夷。蓋今文初所見，尚未爲山川之勝者。由此而上，溯江湍，入三峽，險怪奇絶，乃可愛也。當王師伐蜀時，兵出兩道，一自鳳州以入，一自歸州以取忠、萬以西。今之所經，皆王師嚮所用武處，覽其山川，可以慨然而賦矣。

（《居士集》卷四十四）

## 謝氏詩序<sub>景祐四年</sub>

天聖七年，予始遊京師，得吾友謝景山。景山少以進士中甲科，以善歌詩知名。其後，予於他所，又得今舍人宋公所爲景山母夫人之墓銘，言夫人好學通經，自教其子。乃知景山出於甌閩數千里之外，負其藝於大衆之中，一賈而售，遂以名知於人者，繫其母之賢也。今年，予自夷陵至許昌，景山出其女弟希孟所爲詩百餘篇。然後又知景山之母不獨成其子之名，而又以其餘遺其女也。

　　景山嘗學杜甫、杜牧之文，以雄健高逸自喜。希孟之言尤隱約深厚，守禮而不自放，有古幽閒淑女之風，非特婦人之能言者也。然景山嘗從今世賢豪者遊，故得聞於當時；而希孟不幸爲女子，莫自章顯於世。昔衛莊姜、許穆夫人，録於仲尼而列之《國風》。今有傑然巨人能輕重時人而取信後世者，一爲希孟重之，其不泯没矣。予固力不足者，復何爲哉，復何爲哉！希孟嫁進士陳安國，卒時年二十四。

景祐四年八月一日，守峽州夷陵縣令歐陽修序

（《居士集》卷四十三）

## 書春秋繁露後<sub>景祐四年</sub>

　　《漢書・董仲舒傳》載仲舒所著書百餘篇，第云《清明》《竹林》《玉杯》《繁露》之書，蓋略舉其篇名。今其書纔四十篇，又總名《春秋繁露》者，失其真也。予在館中校勘羣書，見有八十餘篇，然多錯亂重複。又有民間應募獻書者，獻三十餘篇，其間數篇在八十篇外。乃知董生之書流散而不全矣。方俟校勘，而予得罪夷陵，秀才田文初以此本示予，不暇讀。明年春，得假之許州，以舟下南郡，獨卧閲此，遂誌之。董生儒者，其論深極《春秋》之旨。然惑於改正朔而云王者大一元者，牽於其師之説，不能高其論以明聖人之道，惜哉惜哉！

景祐四年四月四日書

（《居士外集》卷二十二）

## 祭桓侯文 景祐四年

謹以毼肩厄酒之奠，告于桓侯張將軍之靈：農之爲事亦勞矣，盡筋力，勤歲時，數年之耕，不過一歲之稔。稔，則租賦科斂之不暇，有餘而食，其得幾何？不幸則水旱，相枕爲餓殍。夫豐歲常少，而凶歲常多。今夏麥已登，粟與稻之早者，民皆食之矣。秋又大熟，則庶幾可以支一二歲之凶荒。歲功將成，曷忍敗之？今晚田秋稼將實而少雨，雨之降者，頻在近郊，山田僻遠，欲雨之方，皆未及也。惟神降休，宜均其惠，而終成歲功。神生以忠勇事人，威名震於荆楚；殁食其土，民之所宜告也。尚饗！

（《居士集》卷四十九）

## 易或問三首 景祐四年

或問："大衍之數，《易》之緼乎？學者莫不盡心焉。"曰："大衍，《易》之末也，何必盡心焉也。《易》者，文王之作也，其書則六經也，其文則聖人之言也，其事則天地萬物、君臣父子夫婦人倫之大端也。大衍，筮占之一法耳，非文王之事也。""然則不足學乎？"曰："得其大者可以兼其小，未有學其小而能至其大者也，知此然後知學《易》矣。六十四卦，自古用焉。夏、商之世，筮占之説略見於書。文王遭紂之亂，有憂天下之心，有慮萬世之志，而無所發，以謂卦爻起於奇耦之數，陰陽變易，交錯而成文，有君子、小人、進退、動静、剛柔之象，而治亂、盛衰、得失、吉凶之理具焉，因假取以寓其言，而名之曰'易'。至其後世，用以占筮。孔子出於周末，懼文王之志不見於後世，而《易》專爲筮占用也，乃作《彖》《象》，發明卦義，必稱聖人、君子、王后以當其事，而常以四方萬國、天地萬物之大以爲言，蓋明非止於卜筮也，所以推原本意而矯世失，然後文王之志大明，而《易》始列乎六經矣。《易》之淪於卜筮，非止今世也，微孔子，則文王之志没而不見矣。夫六爻之文，占辭也，大衍之數，占法也，自古所用也。文王更其辭而不改其法，故曰大衍非文王之事也。所謂辭者，有君子、小人、進退、動靜、剛柔之象，治亂、盛衰、得失、吉凶之理，學者專其辭於筮占，猶見非於孔子，況遺其辭而執其占法，欲以見文王作《易》之意，不亦遠乎！凡欲爲君子者，學聖人之言；欲爲占者，學大衍之數，惟所擇之焉耳。”

或問：“《繫辭》果非聖人之作，前世之大儒君子不論，何也？”曰：“何止乎《繫辭》。舜之塗廩、浚井，不載於六經，不道於孔子之徒，蓋俚巷人之語也。及其傳也久，孟子之徒道之。事固有出於繆妄之説。其初也，大儒君子以世莫之信，置而不論。及其傳之久也，後世反以謂更大儒君子而不非，是實不誣矣。由是曲學之士，溺焉者多矣。自孔子殁，周益衰，王道喪而學廢，接乎戰國，百家之異端起。十翼之説，不知起於何人，自秦、漢以來，大儒君子不論也。”或者曰：“然則何以知非聖人之作也？”曰：“大儒君子之於學也，理遠而已矣。中人已下，指其迹、提其耳而譬之，猶有惑焉者，溺於習聞之久，曲學之士喜爲奇説以取勝也。何謂‘子曰’者？講師之言也，吾嘗以譬學者矣。‘元者，善之長；亨者，嘉之會；利者，義之和；貞者，事之幹’，此所謂《文言》也。方魯穆姜之道此言也，在襄公之九年，後十有五年而孔子生。左氏之傳《春秋》也，固多浮誕之辭，然其用心，亦必欲其書之信後世也。使左氏知《文言》爲孔子作也，必不以追附穆姜之説而疑後世，蓋左氏者，不意後世以《文言》爲孔子作也。孟子曰：‘盡信書，不如無書。’孟子豈好非六經者，黜其雜亂之説，所以尊經也。”

或問：“大衍，筮占之事也，其於筮占之説，無所非乎？”曰：“其法是也，其言非也。用蓍四十有九，分而爲二，掛一，揲四，歸奇，再扐，其法是也。象兩，象三，至于乾坤之策，以當萬物之數者，其言皆非也。《傳》曰‘知者創物’，又曰‘百工之事，皆聖人之作也’。筮者，上古聖人之法也。其爲數也，出於自然而不測，四十有九是也；其爲用也，通於變而無窮，七八九六是也。惟不測與無窮，故謂之神，惟神，故可以占。今爲大衍者，取物合數以配蓍，是可測也，以九六定乾坤之策，是有限而可窮也，矧占之而不效乎！夫奇耦，陰陽之數也；陰陽，天地之正氣也。二氣升降，有進退而無老少。且聖人未嘗言，故雖《繫辭》之厖雜，亦不道也。"問者曰："然則九六何爲而變？"曰："夫蓍四十有九，無不用也。昔之言大衍者，取四揲之策，而舍掛扐之數，兼知掛扐之多少，則九六之變可知矣。蓍數無所配合，陰陽無老少，乾坤無定策，知此，然後知筮占矣。嗚呼！文王無孔子，《易》其淪於卜筮乎！《易》無王弼，其淪於異端之説乎！因孔子而求文王之用心，因弼而求孔子之意，因予言而求弼之得失，可也。"

（《居士集》卷十八）

# 明　　用<sub>景祐四年</sub>

《乾》之六爻曰："初九，潛龍勿用。九二，見龍在田。九三，君子終日乾乾，夕惕若厲，无咎。九四，或躍在淵。九五，飛龍在天。上九，亢龍有悔。"又曰"用九，見羣龍无首，吉"者，何謂也？謂以九而名爻也。乾爻七九，九變而七無爲，《易》道占其變，故以其所占者名爻。不謂六爻皆常九也，曰"用九"者，釋所以不用七也。及其筮也，七常多而九常少，有無九者焉。此不可以不釋也。曰"羣龍無首，吉"者：首，先也，主也，陽極則變而之他，故曰"无首"也。凡物極而不變則弊，變則通，故曰"吉"也。物無不變，變無不通，此天理之自然也，故曰"天德不可爲首"，又曰"乃見天則"也。

《坤》之六爻曰："初六，履霜堅冰至。六二，直方大，不習无不利。六三，含章可貞，或從王事，無成有終。六四，括囊，無咎無譽。六五，黃裳元吉。上六，龍戰于野，其血玄黃。"又曰"用六，利永貞"者，何謂也？謂以六而名爻也。坤爻八六，六變而八無爲，亦以其占者名爻。不謂六爻皆常六也，曰"用六"者，釋所以不用八也。及其筮也，八常多而六常少，有無六者焉。此不可以不釋也。陰柔之動，或失於邪，故曰"利永貞"也。

陰陽反復，天地之常理也。聖人於陽，盡變通之道；於陰，則有所戒焉。六十四卦，陽爻皆七九，陰爻皆六八，於《乾》《坤》而見之，則其餘可知也。

(《居士集》卷十八)

## 易或問

或問曰："王弼所用卦、爻、《彖》、《象》，其説善乎？"曰："善矣，而未盡也。夫卦者，時也。時有治亂，卦有善惡。然以《彖》《象》而求卦義，則雖惡卦，聖人君子無不可爲之時。至其爻辭，則艱厲悔吝凶咎，雖善卦亦嘗不免。是一卦之體而異用也。卦、《彖》、《象》辭常易而明，爻辭常怪而隱。是一卦之言而異體也。知此，然後知《易》矣。夫卦者，時也；爻者，各居其一位者也。聖人君子道大而智周，故時無不可爲。凡卦及《彖》《象》，統言一卦之義，爲中人以上而設也。爻之爲位有得失，而居之者逆順六位，君子小人之雜居也。君子之失位，小人之得位，皆凶也。居其位而順其理者吉，逆其理者亦凶也。六爻所以言得失順逆，而告人以吉凶也。爻辭兼爲中人以下而設也。是以論卦多言吉，考爻多凶者，由此也。卦、《彖》、《象》辭，大義也。大義簡而要，故其辭易而明。爻辭，占辭也。占有剛柔進退之理，逆順失得吉凶之象，而變動之不可常者也，必究人物之狀以爲言，所以告人之詳也。是故窮極萬物以取象，至於臀腓鼠豕，皆不遺其及於怪者，窮物而取象者也。其多隱者，究物之深情也。所以盡萬物之理，而爲之萬事之占也。"

或曰："《易》曰：'君子順天休命。'又曰：'自天佑之，吉無不利。'其《繫辭》曰：'天垂象，見吉凶，聖人象之。'《易》之爲説一本於天乎？其兼於人事乎？"曰："止於人事而已矣，天不與也，在諸《否》《泰》。""然則天地鬼神之理可以無乎？曰有而不異也，在諸《謙》。知此，然後知《易》矣。《泰》之《彖》曰：'君子道長，小人道消。'《否》之《彖》曰：'小人道長，君子道消。'夫君子進，小人不得不退；小人進，君子不得不退。其勢然也。君子盛而小人衰，天下治於泰矣；小人盛而君子衰，天下亂於否矣。否、泰，君子小人進退之間爾，天何與焉？"問者曰："君子小人所以進退者，其不本於天乎？"曰："不也。上下交而其志同，故君子進以道；上下不交而其志不通，則小人進以巧。此人事也，天何與焉？"又曰："《泰》之《象》不云乎'天地交而萬物通'，《否》之《象》不云乎'天地不交而萬物不通'乎？"曰："所以云者，言天地也。其曰上下之交不交者，言人事也。嗚呼！聖人之於《易》也，其意深，其言謹。《謙》之《象》曰：'天道虧盈而益謙，地道變盈而流謙，鬼神害盈而福謙，人道惡盈而好謙'。聖人之於事，知之爲知之，不知爲不知，所以言出而萬世信也。夫日中則昃之，月缺則盈之，天吾不知其心，吾見其虧盈於物者矣。物之盛者變而衰落之，下者順而流行之，地吾不知其心，吾見其變流於物者矣。貪滿者多損，謙卑者多福，鬼神吾不知其心，吾見其禍福之被人者矣。若人則可知其情者也。故天地鬼神不可知其心，而見其迹之在物者，則據其迹曰虧盈，曰變流，曰害福。若人則可知者，故直言其情曰好惡。故曰其意深而言謹也。然會而通之，天地神人無以異也。使其不與於人乎，修吾人事而已；使其有與於人乎，與人之情無以異也，亦修吾人事而已。夫專人事，則天地鬼神之道廢；參焉，則人事惑。使人事修則不廢天地鬼神之道者，《謙》之《象》詳矣。治亂在人而天不與者，《否》《泰》之《象》詳矣。推是而之焉，《易》之道盡矣。"

　　或問曰："今之所謂《繫辭》者，果非聖人之書乎？"曰："是講師之傳，謂之《大傳》，其源蓋出於孔子，而相傳於易師也。其來也遠，其傳也多，其間轉失而增加者，不足怪也。故有聖人之言焉，有非聖人之言焉。其曰'《易》之興也，其於中古乎？作《易》者其有憂患乎？'，其'文王與紂之事歟？殷之末世周之盛德歟？'，若此者，聖人之言也，由之可以見《易》者也。'河出圖，洛出書'，'聖人幽贊神明而生蓍'，'兩儀生四象'，若此者，非聖人之言，凡學之不通者，惑此者也。知此，然後知《易》矣。"

（《居士外集》卷十一）

## 石鷁論

夫據天道，仍人事，筆則筆而削則削，此《春秋》之所作也。援他說，攻異端，是所是而非所非，此三《傳》之所殊也。若乃上揆之天意，下質諸人情，推至隱以探萬事之元，垂將來以立一王之法者，莫近於《春秋》矣。故杜預以謂經者不刊之書，範甯亦云義以必當爲理。然至一經之指，三《傳》殊說，是彼非此，學者疑焉。

魯僖之十六年：“隕石于宋五。六鷁退飛，過宋都。”《左氏》傳之曰：“石隕于宋，星也。六鷁退飛，風也。”《公羊》又曰：“聞其磌然，視之則石，察之則五，故先言石而後言五。視之則鷁，徐而視之則退飛，故先言六而後言鷁。”《穀梁》之意，又謂先後之數者，聚散之辭也，石、鷁猶盡其辭，而況於人乎？《左氏》則辨其物，《公》《穀》則鑒其意。噫！豈聖人之旨不一邪？將後之學者偏見邪？何紛紛而若是也。

且《春秋》載二百年之行事，陰陽之所變見，災異之所著聞，究其所終，各有條理。且《左氏》以石爲星者，莊公七年“星隕如雨”，若以所隕者是星，則當星隕而爲石，何得不言星而直曰隕石乎？夫大水、大雪，爲異必書。若以小風而鷁自退，非由風之力也。若大風而退之，則衆鳥皆退，豈獨退鷁乎？成王之風有拔木之力，亦未聞退飛鳥也。若風能退鷁，則是過成王之風矣，而獨經不書曰大風退鷁乎？以《公羊》之意，謂數石、視鷁而次其言。且孔子生定、哀之間，去僖公五世矣，當石隕、鷁飛之際，是宋人次於舊史，則又非仲尼之善志也。且仲尼隔數世修經，又焉及親數石而視鷁乎？《穀梁》以謂石後言五、鷁先言六者，石、鷁微物，聖人尚不差先後，以謹記其數，則於人之褒貶可知矣。若乃“西狩獲麟”不書幾麟，“鸜鵒來巢”不書幾鸜鵒，豈獨謹記於石、鷁，而忽於麟、鸜鵒乎？如此，則仲尼之志荒矣。殊不知聖人紀災異，著勸戒而已矣，又何區區於謹數乎？必曰謹物察數，人皆能之，非獨仲尼而後可也。

噫！三者之說，一無是矣。而周内史叔興又以謂陰陽之事，非吉凶所生。且天裂陽，地動陰，有陰陵陽則日蝕，陽勝陰則歲旱。陰陽之變，出爲灾祥，國之興亡，由是而作。既曰陰陽之事，孰謂非吉凶所生哉？其不亦又甚乎！

（《居士外集》卷十一）

# 辨左氏

左丘明作《春秋外傳》，以記諸國之語，其記柯陵之會曰："單襄公見晋厲公視遠而步高，且告魯成公以晋必有禍亂。成公問之曰：'天道乎？人事也？'單子曰：'吾非瞽史，焉知天道。吾見晋侯之容矣。'又曰："觀其容，知其心。'後卒如單子之言。"甚矣，丘明之好奇，而欲不信其書以傳後世也！若單子之言然，則夫單子者，未得爲篤論君子也，幸其言與事會而已。不然，丘明從後書之，就其言以合其事者乎？

何以論之？觀其容，雖聖人不能知人之心，知其必禍福也。夫禮之爲物也，聖人之所以飾人之情而閑其邪僻之具也。其文爲制度，皆因民以爲節，而爲之大防而已。人目好五色，爲制文物采章以昭之；耳樂和聲，爲制金石絲竹以道之；體安尊嚴，爲制冕弁衣裳以服之。又懼其佚而過制也，因爲之節。其登車也，有和鑾之節；其行步也，有佩玉之節；其環拜也，有鐘鼓之節。其升降周旋，莫不有節。是故有其服，必有其容。故曰正其衣冠，尊其瞻視，儼然人望而畏之，則外閑其邪，而使非僻之心不入而已。衣冠之不正，瞻視之不尊，升降周旋之不節，不過不中禮而已，天之禍福於人也，豈由是哉？人之心又能以是而知之乎？夫喜怒哀樂之動乎中，必見乎外，推是而言猶近之。單子則不然，乃以絕義棄德因其視瞻行步以觀之，又以謂不必天道止於是，而禍福於是皆可以必。此故所謂非篤論君子，而其言幸與事會者也。

《書》曰："象恭滔天。"又曰："巧言令色孔壬。"夫容之與心，其異如此。故曰觀其容，雖聖人不能知其心。堯、舜之無後，顏回之短命，雖聖人不可必。夫君子之修身也，內正其心，外正其容而已。若曰因容以知心，遂又知其禍敗，則其可乎？

（《居士外集》卷十一）

# 三年無改問

　　或問：“傳曰‘三年無改於父之道，可謂孝矣’，信乎？”曰：“是有孝子之志焉，蹈道則未也。凡子之事其親，莫不盡其心焉爾。君子之心正，正則公。盡正心而事其親，大舜之孝是也，蓋嘗不告而娶矣，豈曰不孝乎？至公之道也。惟至公，不敢私其所私，私則不正。以不正之心事其親者，孝乎？非孝也。故事親有三年無改者，有終身而不可改者，有不俟三年而改者，不敢私其所私也。衰麻之服，祭祀之禮，哭泣之節，哀思之心，所謂三年而無改也。世其世，奉其遺體，守其宗廟，遵其教詔，雖終身不可改也。國家之利，社稷之大計，有不俟三年而改者矣。禹承堯、舜之業，啓嗣之，無改焉可也。武王繼文之業，成王嗣之，無改焉可也。使舜行瞽之不善，禹行鯀之惡，曰俟三年而後改，可乎？不可也。凡爲人子者，幸而伯禹、武王爲其父，無改也，雖過三年，忍改之乎？不幸而瞽、鯀爲其父者，雖生焉猶將正之，死可以遂而不改乎？文王生而事紂，其死也，武王不待畢喪而伐之，敢曰不孝乎？至公之道也。魯隱讓桓，欲成父志，身終以弒，《春秋》譏之，可曰孝乎？私其私者也。故曰凡子之事其親者，盡其心焉爾。心貴正，正則不敢私，其所私者大孝之道也。”

　　曰：“然則言者非乎？”曰：“夫子死，門弟子記其言，門弟子死，而書寫出乎人家之壁中者，果盡夫子之言乎哉？”

（《居士外集》卷十一）

# 詩解統序

　　五經之書，世人號爲難通者，《易》與《春秋》。夫豈然乎？經皆聖人之言，固無難易，繫人之所得有深淺。今考于《詩》，其難亦不讓二經，然世人反不難而易之，用是通者亦罕。使其存心一，則人人皆明，而經無不通矣。

大抵謂《詩》爲不足通者有三：曰章句之書也，曰淫繁之辭也，曰猥細之記也。若然，孔子爲泛儒矣。非唯今人易而不習之，考于先儒亦無幾人。是果不足通歟？唐韓文公最爲知道之篤者，然亦不過議其序之是否，豈是明聖人本意乎！《易》《書》《禮》《樂》《春秋》，道所存也。《詩》關此五者，而明聖人之用焉。習其道不知其用之與奪，猶不辨其物之曲直而欲制其方圓，是果於其成乎！故二《南》牽於聖賢，《國風》惑於先後，《豳》居變《風》之末，惑者溺於私見而謂之兼上下，二《雅》混於小、大而不明，三《頌》昧於《商》《魯》而無辨，此一經大概之體，皆所未正者。先儒既無所取捨，後人因不得其詳，由是難易之説興焉。毛、鄭二學，其説熾辭辯固已廣博，然不合于經者亦不爲少，或失於疏略，或失於謬妄。蓋《詩》載《關雎》，上兼商世，下及武、成、平、桓之間，君臣得失、風俗善惡之事闊廣邃邈，有不失者鮮矣，是亦可疑也。予欲志鄭學之妄，益毛氏疏略而不至者，合之於經，故先明其統要十篇，庶不爲之蕪泥云爾。

（《居士外集》卷十一）

## 二南爲正風解

天子諸侯當大治之世，不得有《風》，《風》之生，天下無王矣。故曰諸侯無正《風》。然則《周》《召》可爲正乎？曰：可與不可，非聖人不能斷其疑。當文王與紂之時，可疑也。二《南》之詩，正、變之間可疑也。可疑之際，天下雖惡紂而主文王，然文王不得全有天下爾，亦曰服事於紂焉。則二《南》之詩作於事紂之時，號令征伐不止於受命之後爾，豈所謂周室衰而《關雎》始作乎？史氏之失也。推而別之，二十五篇之詩，在商不得爲正，在周不得爲變焉。上無明天子，號令由己出，其可謂之正乎？

二《南》起王業，文王正天下，其可謂之變乎？此不得不疑而輕其與奪也。學《詩》者多推於周而不辨於商，故正、變不分焉。以治亂本之二《南》之詩，在商爲變，而在周爲正乎。或曰：未諭。曰：推治亂而迹之，當不誣矣。

（《居士外集》卷十一）

## 周召分聖賢解

聖人之治無異也，一也。統天下而言之，有異焉者，非聖人之治然矣，由其民之所得有淺深焉。文王之化，出乎其心，施乎其民，豈異乎？然孔子以《周》《召》爲別者，蓋上下不得兼，而民之所化有淺深爾。文王之心則一也，無異也。而説者以爲由周、召聖賢之異而分之，何哉？大抵周南之民得之者深，故因周公之治而繫之，豈謂周公能行聖人之化乎？召南之民得之者淺，故因召公之治而繫之，豈謂召公能行聖人之化乎？殆不然矣。

或曰：“不繫於《雅》《頌》，何也？”曰：“謂其本諸侯之詩也。”又曰：“不統於變《風》何也？”曰：“謂其周迹之始也，列於《雅》《頌》，則終始之道混矣；雜於變《風》，則文王之迹殆矣。《雅》《頌》焉不可混周迹之始，其將略而不具乎，聖人所以慮之也，由是假周、召而分焉，非因周、召聖賢之異而別其稱號爾。蓋民之得者深，故其心厚；心之感者厚，故其詩切。感之薄者亦猶其深，故其心淺；心之淺者，故其詩略。是以有異焉。非聖人私於天下，而淺深厚薄殊矣。”

“二《南》之作，當紂之中世而文王之初，是文王受命之前也。世人多謂受命之前則太姒不得有后妃之號。夫后妃之號非詩人之言，先儒序之云爾。考於其詩，惑於其序，是以異同之論爭起，而聖人之意不明矣。”

（《居士外集》卷十一）

# 王國風解

六經之法，所以法不法，正不正。由不法與不正，然後聖人者出，而六經之書作焉。周之衰也，始之以夷、懿，終之以平、桓，平、桓而後，不復支矣。故《書》止《文侯之命》而不復録，《春秋》起周平之年而治其事，《詩》自《黍離》之什而降於《風》。絕於《文侯之命》，謂教令不足行也；起於周平之年，謂正朔不足加也；降於《黍離》之什，謂《雅》《頌》不足興也。教令不行，天下無王矣；正朔不加，禮樂徧出矣；《雅》《頌》不興，王者之迹息矣。

《詩》《書》貶其失，《春秋》憫其微，無異焉爾。然則詩處於《衛》後而不次於二《南》，惡其近於正而不明也；其體不加周姓而存王號，嫌其混於諸侯而無王也。近正則貶之不著矣，無王則絶之太邃矣。不著云者，《周》《召》二《南》至正之詩也，次於至正之詩，是不得貶其微弱而無異二《南》之詩爾。若然，豈降之乎！太邃云者，《春秋》之法書王以加正月，言王人雖微必尊於上，周室雖弱不絶其王。苟絶而不與，豈尊周乎！故曰：王號之存，黜諸侯也；次《衛》之下，別正、變也。桓王而後，雖欲其正風，不可得也。《詩》不降於厲、幽之年，亦猶《春秋》之作不在惠公之世爾。《春秋》之作，傷典、誥之絶也；《黍離》之降，憫《雅》《頌》之不復也。幽、平而後，有如宣王者出，則禮樂征伐不自諸侯，而《雅》《頌》未可知矣，奈何推波助瀾，縱風止燎乎！

（《居士外集》卷十一）

# 十五國次解

《國風》之號起《周》終《豳》，皆有所次，聖人豈徒云哉！而明《詩》者，多泥於疏説而不通。或者又以爲聖人之意，不在於先後之次。是皆不足爲訓法者。

　　大抵《國風》之次以兩而合之，分其次以爲比，則賢善者著而醜惡者明矣。或曰：“何如其謂之比乎？”曰：《周》《召》以淺深比也，《衞》《王》以世爵比也，《鄭》《齊》以族氏比也，《魏》《唐》以土地比也，《陳》《秦》以祖裔比也，《檜》《曹》以美惡比也。《豳》能終之以正，故居末焉。淺深云者，周得之深，故先於召。世爵云者，衞爲紂都，而紂不能有之。周幽東遷，無異是也。加衞於先，明幽、紂之惡同，而不得近於正焉。姓族云者，周法尊其同姓，而異姓者爲後。鄭先於齊，其理然也。土地云者，魏本舜地，唐爲堯封。以舜先堯，明晉之亂非魏褊儉之等也。祖裔云者，陳不能興舜，而襄公能大於秦，子孫之功，陳不如矣。

　　穆姜卜而遇《艮》之《隨》，乃引《文言》之辭以爲卦説。夫穆姜始筮時，去孔子之生尚十四年爾，是《文言》先於孔子而有乎。不然，左氏不爲誕妄也！推此以迹其怪，則季札觀樂之次，明白可驗而不足爲疑矣。夫《黍離》已下，皆平王東遷、桓王失信之詩，是以列於《國風》，言其不足正也。借使周天子至甚無道，則周之樂工敢以周王之詩降同諸侯乎？是皆不近人情不可爲法者。昔孔子大聖人，其作《春秋》也，既微其辭，然猶不公傳於人，第口受而已，況一樂工而敢明白彰顯其君之惡哉？此又可驗孔子分定爲信也。本其事而推之以著其妄，庶不爲無據云。

（《居士外集》卷十一）

## 定風雅頌解

　　《詩》之息久矣，天子諸侯莫得而自正也。古詩之作，有天下焉，有一國焉，有神明焉。觀天下而成者，人不得而私也；體一國而成者，衆不得而違也；會神明而成者，物不得而欺也。不私焉，《雅》著矣；不違焉，《風》一矣；不欺焉，《頌》明矣。然則《風》生於文王，而《雅》《頌》雜於武王之間。《風》之變，自夷、懿始；《雅》之變，自厲、幽始。霸者興，變《風》息焉；王道廢，《詩》不作焉。秦、漢而後，何其滅然也？王通謂“諸侯不貢詩，天子不采風，樂官不達雅、頌，國史不明變，非民之不作也。詩出於民之情性，情性其能無哉？職詩者之罪也"。通之言，其幾於聖人之心矣。或問："成王、周公之際，《風》有變乎？"曰：《豳》是矣。幸而成王悟也，不然，則變而不能復乎！《豳》之去《雅》，一息焉，蓋周公之心也，故能終之以正。

（《居士外集》卷十一）

## 魯頌解

或問："諸侯無正風，而魯有《頌》，何也？"曰："非《頌》也，不得已而名之也。四篇之體，不免變《風》之例爾，何《頌》乎！《頌》惟一章，而《魯頌》章句不等；《頌》無頌字之號，而今四篇皆有。其序曰'季孫行父請命于周而史克作之'，亦未離乎強也。《頌》之本，一人是之，未可作焉。訪於衆人，衆人可之，猶曰天下有非之者。又訪於天下，天下之人亦曰可，然後作之無疑矣。僖公之政，國人猶未全其惠，而《春秋》之貶尚不能逃，未知其《頌》何從而興乎！《頌》之美者不過文、武，文、武之《頌》，非當其存而作者也，皆追述也。僖公之德孰與文、武，而曰有《頌》乎！先儒謂名生於不足，宜矣。然聖人所以列爲《頌》者，其説有二：貶魯之強，一也；勸諸侯之不及，二也。請於天子，其非強乎？特取於魯，其非勸乎？"或曰："何謂勸？"曰："僖公之善不過復土宇、修宮室、大牧養之法爾，聖人猶不敢遺之，使當時諸侯有過於僖公之善者，聖人忍絕去而不存之乎？故曰勸爾。而鄭氏謂之備三《頌》，何哉？大抵不列於《風》而與其爲《頌》者，所謂憫周之失、貶魯之強是矣，豈鄭氏之云乎？"

（《居士外集》卷十一）

## 商頌解

古《詩》三百始終於周，而仲尼兼以《商頌》，豈多記而廣錄者哉？聖人之意，存一《頌》而有三益。大商祖之德，其益一也；予紂之不憾，其益二也；明武王、周公之心，其益三也。曷謂大商祖之德？曰：《頌》具矣。曷謂予紂之不憾？曰：憫廢矣。曷謂明武王、周公之心？曰：存商矣。按《周本紀》稱武王伐紂，下車而封武庚於宋，以爲商後。及武庚叛，周公又以微子繼之。是聖人之意，雖惡紂之暴，而不忘湯之德，故始終不絕其爲後焉。或曰：《商頌》之存，豈異是乎？曰：其然也，而人莫之知矣。非仲尼、武王、周公之心殆，而成湯之德微，毒紂之惡有不得其著矣。向所謂存一《頌》而有三益焉者，豈妄云哉！

（《居士外集》卷十一）

## 十月之交解

《小雅》無厲王之詩，著其惡之甚也。而鄭氏自《十月之交》已下，分其篇，以爲當刺厲王，又妄指毛公爲詁訓時移其篇第，因引前後之詩以爲據。其説有三：一曰《節》刺師尹不平，此不當譏皇父擅恣。予謂非大亂之世者必不容二人之專，不然李斯、趙高不同生於秦也。其二曰《正月》惡褒姒滅周，此不當疾。豔妻之説出於鄭氏，非史傳所聞。況褒姒之惡，天下萬世皆同疾而共醜者，二篇譏之，殆豈過哉？其三曰幽王時司徒乃鄭桓公友，此不當云番惟司徒。予謂《史記》所載，鄭桓公在幽王八年方爲司徒爾，豈止桓公哉？是三説皆不合於經，不可按法。爲鄭氏者獨不能自信，而欲指他人之非，斯亦惑矣。今考《雨無正》已下三篇之詩，又其亂説歸向，皆無刺厲王之文，不知鄭氏之説何從而爲據也？孟子曰："説《詩》者不以文害辭，不以辭害意。"非如是，其能通《詩》乎？

（《居士外集》卷十一）

## 春秋論上 景祐四年

事有不幸出於久遠而傳乎二説，則奚從？曰：從其一之可信者。然則安知可信者而從之？曰：從其人而信之，可也。衆人之説如彼，君子之説如此，則捨衆人而從君子。君子博學而多聞矣，然其傳不能無失也。君子之説如彼，聖人之説如此，則捨君子而從聖人。此舉世之人皆知其然，而學《春秋》者獨異乎是。

　　孔子，聖人也，萬世取信，一人而已。若公羊高、穀梁赤、左氏三子者，博學而多聞矣，其傳不能無失者也。孔子之於經，三子之於傳，有所不同，則學者寧捨經而從傳，不信孔子而信三子，甚哉其惑也！經於魯隱公之事，書曰“公及邾儀父盟於蔑”，其卒也，書曰“公薨”，孔子始終謂之公。三子者曰：非公也，是攝也。學者不從孔子謂之公，而從三子謂之攝。其於晉靈公之事，孔子書曰“趙盾弑其君夷臯”。三子者曰：非趙盾也，是趙穿也。學者不從孔子信爲趙盾，而從三子信爲趙穿。其於許悼公之事，孔子書曰“許世子止弑其君買”。三子者曰：非弑之也，買病死而止不嘗藥耳。學者不從孔子信爲弑君，而從三子信爲不嘗藥。其捨經而從傳者何哉？經簡而直，傳新而奇，簡直無悦耳之言，而新奇多可喜之論，是以學者樂聞而易惑也。予非敢曰不惑，然信於孔子而篤者也。經之所書，予所信也；經所不言，予不知也。

　　難者曰：“子之言有激而云爾。夫三子者，皆學乎聖人，而傳所以述經也。經文隱而意深，三子者從而發之，故經有不言，傳得而詳爾，非爲二説也。”予曰：“經所不書，三子者何從而知其然也？”曰：“推其前後而知之，且其有所傳而得也。國君必即位，而隱不書即位，此傳得知其攝也。弑君者不復見經，而盾復見經，此傳得知弑君非盾也。君弑賊不討，則不書葬，而許悼公書葬，此傳得知世子止之非實弑也。經文隱矣，傳曲而暢之。學者以謂三子之説，聖人之深意也，是以從之耳，非謂捨孔子而信三子也。”予曰：“然則妄意聖人而惑學者，三子之過而已。使學者必信乎三子，予不能奪也。使其惟是之求，則予不得不爲之辨。”

（《居士集》卷十八）

## 春秋論中

孔子何爲而修《春秋》？正名以定分，求情而責實，別是非，明善惡，此《春秋》之所以作也。自周衰以來，臣弒君，子弒父，諸侯之國相屠戮而爭爲君者，天下皆是也。當是之時，有一人焉，能好廉而知讓，立乎爭國之亂世，而懷讓國之高節，孔子得之，於經宜如何而別白之？宜如何而褒顯之？其肯没其攝位之實而雷同衆君誣以爲公乎？所謂攝者，臣行君事之名也。伊尹、周公、共和之臣嘗攝矣，不聞商、周之人謂之王也。使息姑實攝而稱號無異於正君，則名分不正而是非不別。夫攝者，心不欲爲君而身假行君事，雖行君事而其實非君也。今書曰公，則是息姑心不欲之，實不爲之，而孔子加之，失其本心，誣以虛名，而没其實善。夫不求其情，不責其實，而善惡不明如此，則孔子之意疏，而《春秋》繆矣。

《春秋》辭有同異，尤謹嚴而簡約，所以別嫌明微，慎重而取信，其於是非善惡難明之際，聖人所盡心也。息姑之攝也，會盟、征伐、賞刑、祭祀皆出於己，舉魯之人皆聽命於己，其不爲正君者幾何？惟不有其名爾。使其名實皆在己，則何從而知其攝也。故息姑之攝與不攝，惟在爲公與不爲公，別嫌明微，繫此而已。且其有讓桓之志，未及行而見殺。其生也，志不克伸；其死也，被虛名而違本意。則息姑之恨，何伸於後世乎！其甚高之節，難明之善，亦何望於《春秋》乎！今説《春秋》者，皆以名字、氏族、予奪爲輕重，故曰"一字爲褒貶"。且公之爲字，豈不重於名字、氏族乎？孔子於名字、氏族，不妄以加人，其肯以公妄加於人而没其善乎？以此而言，隱實爲攝，則孔子決不書曰公，孔子書爲公，則隱決非攝。

難者曰："然則何爲不書即位？"曰："惠公之終，不見其事，則隱之始立，亦不可知。孔子從二百年後，得其遺書而修之，闕其所不知，所以傳信也。"

難者又曰："謂之攝者，左氏耳。公羊、穀梁皆以爲假立以待桓也，故得以假稱公。"予曰："凡魯之事出於己，舉魯之人聽於己，生稱曰公，死書曰薨，何從而知其假？"

（《居士集》卷十八）

# 春秋論下

弑逆，大惡也！其爲罪也莫贖，其於人也不容，其在法也無赦。法施於人，雖小必慎，況舉大法而加大惡乎。既輒加之，又輒赦之，則自侮其法而人不畏。《春秋》用法，不如是之輕易也。

三子説《春秋》書趙盾以不討賊，故加之大惡，既而以盾非實弑，則又復見於經，以明盾之無罪。是輒加之而輒赦之爾。以盾爲無弑心乎？其可輕以大惡加之？以盾不討賊，情可責而宜加之乎？則其後頑然未嘗討賊，既不改過以自贖，何爲遽赦，使同無罪之人？其於進退皆不可，此非《春秋》意也。趙穿弑君，大惡也。盾不討賊，不能爲君復讎，而失刑於下。二者輕重，不較可知。就使盾爲可責，然穿焉得免也？今免首罪爲善人，使無辜者受大惡，此決知其不然也。《春秋》之法，使爲惡者不得幸免，疑似者有所辨明，所謂是非之公也。據三子之説：初，靈公欲殺盾，盾走而免。穿，盾族也，遂弑。而盾不討，其迹涉於與弑矣。此疑似難明之事，聖人尤當求情責實以明白之。使盾果有弑心乎？則自然罪在盾矣，不得曰爲法受惡而稱其賢也。使果無弑心乎？則當爲之辨明，必先正穿之惡，使罪有所歸，然後責盾縱賊，則穿之大惡不可幸而免，盾之疑似之迹獲辨，而不討之責亦不得辭。如此，則是非善惡明矣。今爲惡者獲免，而疑似之人陷於大惡，此決知其不然也。若曰盾不討賊，有幸弑之心，與自弑同，故寧捨穿而罪盾。此乃逆詐用情之吏矯激之爲爾，非孔子忠恕、《春秋》以王道治人之法也。孔子患舊史是非錯亂而善惡不明，所以修《春秋》，就令舊史如此，其肯從而不正之乎？其肯從而稱美，又教人以越境逃惡乎？此可知其繆傳也。

問者曰："然則夷皋孰弑之?"曰："孔子所書是矣，趙盾弑其君也。今有一人焉，父病，躬進藥而不嘗。又有一人焉，父病而不躬進藥。而二父皆死。又有一人焉，操刃而弑其父。使吏治之，是三人者，其罪同乎? 曰：雖庸吏猶知其不可同也。躬藥而不知嘗者，有愛父之孝心而不習於禮，是可哀也，無罪之人爾。不躬藥者，誠不孝矣，雖無愛親之心，然未有殺父之意，使善治獄者，猶當與操刃殊科。況以躬藥之孝，反與操刃同其罪乎? 此庸吏之不為也。然則許世子止實不嘗藥，則孔子決不書曰弑君，孔子書為弑君，則止決非不嘗藥。"

難者曰："聖人借止以垂教爾。"對曰："不然。夫所謂借止以垂教者，不過欲人之知嘗藥耳。聖人一言明以告人，則萬世法也，何必加孝子以大惡之名，而嘗藥之事卒不見於文，使後世但知止為弑君，而莫知藥之當嘗也。教未可垂而已陷人於大惡矣，聖人垂教，不如是之迂也。果曰責止，不如是之刻也。"

難者曰："然則盾曷為復見於經? 許悼公曷為書葬?"曰："弑君之臣不見經，此自三子說爾，果聖人法乎? 悼公之葬，且安知其不討賊而書葬也? 自止以弑見經，後四年，吳敗許師，又十有八年，當定公之四年，許男始見於經而不名。許之書於經者略矣，止之事迹，不可得而知也。"

難者曰："三子之說，非其臆出也，其得於所傳如此。然則所傳者皆不可信乎?"曰："傳聞何可盡信? 公羊、穀梁以尹氏卒為正卿，左氏以尹氏卒為隱母，一以為男子，一以為婦人。得於所傳者蓋如是，是可盡信乎?"

(《居士集》卷十八)

## 春秋或問<small>景祐四年</small>

或問："《春秋》何為始於隱公而終於獲麟?"曰："吾不知也。"問者曰："此學者之所盡心焉，不知何也?"曰："《春秋》起止，吾所知也。子所問者，始終之義，吾不知也，吾無所用心乎此。昔者，孔子仕於魯。

不用，去之諸侯。又不用，困而歸。且老，始著書。得《詩》自《關雎》至於《魯頌》，得《書》自《堯典》至於《費誓》，得魯《史記》自隱公至於獲麟，遂删修之。其前遠矣，聖人著書足以法世而已，不窮遠之難明也，故據其所得而修之。孔子非史官也，不常職乎史，故盡其所得修之而止耳。魯之《史記》，則未嘗止也，今左氏《經》可以見矣。"曰："然則始終無義乎？"曰："義在《春秋》，不在起止。《春秋》，謹一言而信萬世者也。予厭眾說之亂《春秋》者也。"

或問："子於隱攝，盾、止之弑，據經而廢傳。經簡矣，待傳而詳，可廢乎？"曰："吾豈盡廢之乎？夫傳之於經勤矣，其述經之事，時有賴其詳焉，至其失傳，則不勝其戾也。其述經之意，亦時有得焉，及其失也，欲大聖人而反小之，欲尊經而反卑之。取其詳而得者，廢其失者，可也；嘉其尊大之心，可也；信其卑小之說，不可也。"問者曰："傳有所廢，則經有所不通，奈何？"曰："經不待傳而通者十七八，因傳而惑者十五六。日月，萬物皆仰，然不爲盲者明，而有物蔽之者，亦不得見也。聖人之意皎然乎經，惟明者見之，不爲他說蔽者見之也。"

（《居士集》卷十八）

## 泰誓論景祐四年

《書》稱：商始咎周以乘黎。乘黎者，西伯也。西伯以征伐諸侯爲職事，其伐黎而勝也，商人已疑其難制而惡之。使西伯赫然見其不臣之狀，與商並立而稱王，如此十年，商人反晏然不以爲怪，其父師老臣如祖伊、微子之徒，亦默然相與熟視而無一言，此豈近於人情邪？由是言之，謂西伯受命稱王十年者，妄說也。

以紂之雄猜暴虐，嘗醢九侯而脯鄂侯矣，西伯聞之竊歎，遂執而囚之，幾不免死。至其叛己不臣而自王，乃反優容而不問者十年，此豈近於人情邪？由是言之，謂西伯受命稱王十年者，妄說也。

孔子曰："三分天下有其二，以服事商。"使西伯不稱臣而稱王，安能服事於商乎？且謂西伯稱王者，起於何説？而孔子之言，萬世之信也。由是言之，謂西伯受命稱王十年者，妄説也。

伯夷、叔齊，古之知義之士也，方其讓國而去，顧天下皆莫可歸，聞西伯之賢，共往歸之。當是時，紂雖無道，天子也。天子在上，諸侯不稱臣而稱王，是僭叛之國也。然二子不以爲非，依之久而不去。至武王伐紂，始以爲非而棄去。彼二子者，始顧天下莫可歸，卒依僭叛之國而不去，不非其父而非其子，此豈近於人情邪？由是言之，謂西伯受命稱王十年者，妄説也。

《書》之《泰誓》稱“十有一年”，説者因以謂自文王受命九年，及武王居喪二年，并數之爾。是以西伯聽虞、芮之訟，謂之受命，以爲元年。此又妄説也。古者人君即位，必稱元年，常事爾，不以爲重也。後世曲學之士説《春秋》，始以改元爲重事。然則果常事與？固不足道也。果重事與？西伯即位已改元矣，中間不宜改元而又改元。至武王即位，宜改元而反不改元，乃上冒先君之元年，并其居喪稱十一年。及其滅商而得天下，其事大於聽訟遠矣，又不改元。由是言之，謂西伯以受命之年爲元年者，妄説也。後之學者，知西伯生不稱王，而中間不再改元，則《詩》《書》所載文、武之事，粲然明白而不誣矣。

或曰：“然則武王畢喪伐紂，而《泰誓》曷爲稱十有一年？”對曰：“畢喪伐紂，出於諸家之小説，而《泰誓》，六經之明文也。昔者孔子當衰周之際，患衆説紛紜以惑亂當世，於是退而修六經，以爲後世法。及孔子既没，去聖稍遠，而衆説復興，與六經相亂。自漢以來，莫能辨正。今有卓然之士，一取信乎六經，則《泰誓》者，武王之事也，十有一年者，武王即位之十有一年爾，復何疑哉？司馬遷作《周本紀》，雖曰武王即位九年祭於文王之墓，然後治兵於孟津，至作《伯夷列傳》，則又載父死不葬之説，皆不可爲信。是以吾無取焉，取信於《書》可矣。”

（《居士集》卷十八）

## 峽州詩説

“春風疑不到天涯，二月山城未見花”，若無下句，則上句何堪？既見下句，則上句頗工。文意難評，蓋如此也。

（《筆説》）

## 峽州河中紙説

夷陵紙不甚精，然最耐久。余爲縣令時，有孫文德者，本三司人吏也。嘗勸余多藏峽紙，云其在省中見天下帳籍，惟峽州不朽損，信爲然也。今河中府紙，惟供公家及館閣寫官書爾。

（《筆説》）

## 硯　譜(一則)

歸州大沱石，其色青黑斑斑，其文理微粗，亦頗發墨。歸峽人謂江水爲沱，蓋江水中石也。硯止用於川峽，人世未嘗有。余爲夷陵縣令時，嘗得一枚，聊記以廣聞爾。

（《居士外集》卷二十五）

## 求雨祭漢景帝文寶元元年

維年月日，具官修告於漢孝景帝之神：縣有州帖，祈雨諸祠。縣令至愚，以謂雨澤頗時，民不至於不足，不敢以煩神之視聽。癸丑，出于近郊，見民稼之苗者荒在草間，問之，曰：“待雨而後耘籽。”又行見老父，曰：“此月無雨，歲將不成。”然後乃知前所謂雨澤頗時者，徒見於城郭之近，而縣境數百里山陂田畝之間，蓋未及也。修以有罪，爲令於此，宜勤民事神以塞其責。今既治民獄訟之不明，又不求民之所急，至去縣十餘里外，凡民之事皆不能知，頑然慢於事神，此修爲罪又甚於所以來爲令之罪。惟神爲漢明帝，生能惠澤其民，布義行剛，威靈之名，照臨後世，而尤信於此土之人。神其降休，以答此土之民之信。尚饗！

（《居士集》卷四十九）

## 瀧岡阡表 <sub>熙寧三年</sub>

　　嗚呼！惟我皇考崇公卜吉于瀧岡之六十年，其子修始克表於其阡。非敢緩也，蓋有待也。

　　修不幸，生四歲而孤。太夫人守節自誓，居窮，自力於衣食，以長以教俾至於成人。太夫人告之曰：“汝父爲吏廉，而好施與，喜賓客。其俸祿雖薄，常不使有餘，曰‘毋以是爲我累’。故其亡也，無一瓦之覆，一壠之植，以庇而爲生。吾何恃而能自守邪？吾於汝父，知其一二，以有待於汝也。自吾爲汝家婦，不及事吾姑，然知汝父之能養也。汝孤而幼，吾不能知汝之必有立，然知汝父之必將有後也。吾之始歸也，汝父免於母喪方逾年，歲時祭祀，則必涕泣，曰：‘祭而豐不如養之薄也。’間御酒食，則又涕泣曰：‘昔常不足而今有餘，其何及也！’吾始一二見之，以爲新免於喪適然耳。既而其後常然，至其終身未嘗不然。吾雖不及事姑，而以此知汝父之能養也。汝父爲吏，嘗夜燭治官書，屢廢而歎。吾問之，則曰：‘此死獄也，我求其生不得爾。’吾曰：‘生可求乎？’曰：‘求其生而不得，則死者與我皆無恨也，矧求而有得邪？以其有得，則知不求而死者有恨也。夫常求其生猶失之死，而世常求其死也。’回顧乳者劍汝而立于旁，因指而歎曰：‘術者謂我歲行在戌將死，使其言然，吾不及見兒之立也，後當以我語告之。’其平居教他子弟，常用此語，吾耳熟焉，故能詳也。其施於外事，吾不能知；其居於家無所矜飾，而所爲如此，是真發於中者邪。嗚呼！其心厚於仁者邪，此吾知汝父之必將有後也。汝其勉之！夫養不必豐，要於孝；利雖不得博於物，要其心之厚於仁。吾不能教汝，此汝父之志也。"修泣而志之，不敢忘。

先公少孤力學，咸平三年進士及第，爲道州判官，泗、綿二州推官，又爲泰州判官。享年五十有九，葬沙溪之瀧岡。太夫人姓鄭氏，考諱德儀，世爲江南名族。太夫人恭儉仁愛而有禮，初封福昌縣太君，進封樂安、安康、彭城三郡太君。自其家少微時，治其家以儉約，其後常不使過之，曰："吾兒不能苟合於世，儉薄所以居患難也。"其後修貶夷陵，太夫人言笑自若，曰："汝家故貧賤也，吾處之有素矣。汝能安之，吾亦安矣。"

自先公之亡二十年，修始得禄而養。又十有二年，列官于朝，始得贈封其親。又十年，修爲龍圖閣直學士、尚書吏部郎中，留守南京，太夫人以疾終于官舍，享年七十有二。又八年，修以非才入副樞密，遂參政事。又七年而罷。自登二府，天子推恩，褒其三世，故自嘉祐以來，逢國大慶，必加寵錫。皇曾祖府君累贈金紫光禄大夫、太師、中書令。曾祖妣累封楚國太夫人。皇祖府君累贈金紫光禄大夫、太師、中書令兼尚書令。祖妣累封吳國太夫人。皇考崇公累贈金紫光禄大夫、太師、中書令兼尚書令。皇妣累封越國太夫人。今上初郊，皇考賜爵爲崇國公，太夫人進號魏國。

於是小子修泣而言曰："嗚呼！爲善無不報，而遲速有時，此理之常也。惟我祖考，積善成德，宜享其隆，雖不克有於其躬，而賜爵受封，顯榮褒大，實有三朝之錫命。是足以表見於後世，而庇賴其子孫矣。"乃列其世譜，具刻于碑。既又載我皇考崇公之遺訓，太夫人之所以教而有待於修者，並揭於阡，俾知夫小子修之德薄能鮮，遭時竊位，而幸全大節，不辱其先者，其來有自。

熙寧三年歲次庚戌四月辛酉朔十有五日乙亥，男推誠保德崇仁翊戴功臣、觀文殿學士、特進、行兵部尚書、知青州軍州事、兼管内勸農使、充京東東路安撫使、上柱國、樂安郡開國公，食邑四千三百户，食實封一千二百户，修表。

（《居士集》卷二十五）

## 泗州先春亭記景祐三年

景祐三年秋，清河張侯以殿中丞來守泗上，既至，問民之所素病而治其尤暴者。曰："暴莫大於淮。"越明年春，作城之外堤，因其舊而廣之，度爲萬有九千二百尺，用人之力八萬五千。泗之民曰："此吾利也，而大役焉。然人力出於州兵，而石出於南山，作大役而己不知，是爲政者之私我也。不出一力而享大利，不可。"相與出米一千三百石，以食役者。堤成，高三十三尺，土實石堅，捍暴備灾可久而不壞。既曰："泗，四達之州也，賓客之至者有禮。"於是因前蔣侯堂之亭新之，爲勞餞之所，曰思邵亭，且推其美於前人，而志邦人之思也。又曰："泗，天下之水會也，歲漕必廩於此。"於是治常豐倉西門二夾室，一以視出納，曰某亭；一以爲舟者之寓舍，曰通漕。然後曰："吾亦有所休乎。"乃築州署之東城上爲先春亭，以臨淮水而望西山。

是歲秋，予貶夷陵，過泗上，於是知張侯之善爲政也。昔周單子聘楚而過陳，見其道穢，而川澤不陂梁，客至不授館，羈旅無所寓，遂知其必亡。蓋城郭道路，旅舍寄寓，皆三代爲政之法，而《周官》尤謹著之，以爲禦備。今張侯之作也，先民之備灾，而及於賓客往來，然後思自休焉。故曰善爲政也。

先時，歲大水，州幾溺，前司封員外郎張夏守是州，築堤以禦之，今所謂因其舊者是也。是役也，堤爲大，故予記其大者詳焉。

（《居士集》卷三十九）

## 夷陵縣至喜堂記景祐三年

峽州治夷陵，地濱大江，雖有椒、漆、紙以通商賈，而民俗儉陋，常自足，無所仰於四方。販夫所售不過鱐魚腐鮑，民所嗜而已，富商大賈皆無爲而至。地僻而貧，故夷陵爲下縣，而峽爲小州。州居無郭郛，通衢不能容車馬，市無百貨之列，而鮑魚之肆不可入，雖邦君之過市，必常下乘，掩鼻以疾趨。而民之列處，竈、廩、匽、井無異位，一室之間上父子而下畜豕。其覆皆用茅竹，故歲常火災，而俗信鬼神，其相傳曰作瓦屋者不利。夷陵者，楚之西境，昔《春秋》書荊以狄之，而詩人亦曰蠻荊，豈其陋俗自古然歟？

景祐二年，尚書駕部員外郎朱公治是州，始樹木，增城柵，甓南北之街，作市門市區。又教民爲瓦屋，別竈廩，異人畜，以變其俗。既又命夷陵令劉光裔治其縣，起敕書樓，飾廳事，新吏舍。三年夏，縣功畢。

某有罪來是邦，朱公與某有舊，且哀其以罪而來，爲至縣舍，擇其廳事之東以作斯堂，度爲疏豁高明，而日居之以休其心。堂成，又與賓客偕至而落之。夫罪戾之人，宜棄惡地，處窮險，使其憔悴憂思，而知自悔咎。今乃賴朱公而得善地，以偷宴安，頑然使忘其有罪之憂，是皆異其所以來之意。

然夷陵之僻，陸走荊門、襄陽至京師，二十有八驛；水道大江、絶淮抵汴東水門，五千五百有九十里。故爲吏者多不欲遠來，而居者往往不得代，至歲滿，或自罷去。然不知夷陵風俗朴野，少盜爭，而令之日食有稻與魚，又有橘、柚、茶、笋四時之味，江山美秀，而邑居繕完，無不可愛。是非惟有罪者之可以忘其憂，而凡爲吏者，莫不始來而不樂，既至而後喜也。作《至喜堂記》，藏其壁。

夫令雖卑而有土與民，宜志其風俗變化之善惡，使後來者有考焉爾。

（《居士集》卷三十九）

## 峽州至喜亭記 景祐四年

蜀於五代爲僭國，以險爲虞，以富自足，舟車之迹不通乎中國者五十有九年。宋受天命，一海內，四方次第平，太祖改元之三年，始平蜀。然後蜀之絲枲織文之富，衣被於天下，而貢輸商旅之往來者，陸輦秦、鳳，水道岷江，不絶於萬里之外。

岷江之來，合蜀衆水，出三峽爲荆江，傾折回直，捍怒鬭激，束之爲湍，觸之爲旋。順流之舟頃刻數百里，不及顧視，一失毫釐與崖石遇，則糜潰漂没不見蹤迹。故凡蜀之可以充内府、供京師而移用乎諸州者，皆陸出，而其羨餘不急之物，乃下于江，若棄之然，其爲險且不測如此。夷陵爲州，當峽口，江出峽始漫爲平流。故舟人至此者，必瀝酒再拜相賀，以爲更生。

尚書虞部郎中朱公再治是州之三月，作至喜亭於江津，以爲舟者之停留也。且誌夫天下之大險，至此而始平夷，以爲行人之喜幸。夷陵固爲下州，廩與俸皆薄，而僻且遠，雖有善政，不足爲名譽以資進取。朱公能不以陋而安之，其心又喜夫人之去憂患而就樂易，《詩》所謂"愷悌君子"者矣。自公之來，歲數大豐，因民之餘，然後有作，惠于往來，以館以勞，動不違時，而人有賴，是皆宜書。故凡公之佐吏，因相與謀，而屬筆於修焉。

（《居士集》卷三十九）

## 于役志

景祐三年丙子歲，五月九日丙戌，希文出知饒州。

戊子，送希文，飲于祥源之東園。

壬辰，安道貶筠州。

甲午，師魯貶郢州。

乙未，安道東行，不及送。余與君貺追之，不克。還，過君謨家，遂召穆之、公期、道滋、景純夜飲。

丁酉，與損之送師魯于固子橋西興教寺，余留宿。明日，道卿、損之、公期、君貺、君謨、武平、源叔、仲輝，皆來會飲，晚乃歸。余貶夷陵。

己亥，夜過邃卿家話別，邃卿病也。

庚子，夜飲君貺家，會者公期、君謨、武平、秀才範鎮。道滋飲婦家，不來。

辛丑，舟次宋門。夜至公期家飲，會者君謨、君貺、景純、穆之。道滋飲婦家，不來。

壬寅，出東水門，泊舟，不得岸，水激，舟橫于河，幾敗。家人驚走登岸而避，遂泊亭子下。損之來奕棋飲酒，暮乃歸。

癸卯，君貺、公期、道滋先來，登祥源東園之亭。公期烹茶，道滋鼓琴，余與君貺奕。已而，君謨來。景純、穆之、武平、源叔、仲輝、損之、壽昌、天休、道卿，皆來會飲。君謨、景純、穆之、壽昌遂留宿。明日，子野始來。君貺、公期、道滋復來，子野還家，餘皆留宿。君謨作詩，道滋擊方響，穆之彈琴。秀才韓傑居河上，亦來會宿。

乙巳，晨興，與宿者別。舟既行，武平來追，及至下鎖，見之，少頃乃去。午，次陳留，登庾廟。

丙午，在陳留。

丁未，次南京。明日，留守推官石介、應天推官謝郢、右軍巡判官趙袞、曹州觀察推官蔣安石來，小飲于河亭，余疾不飲，客皆醉以歸。

六月己酉，次柳子。

庚戌，過宿州，與張參約：泊靈壁鎮，遊損之園。會余有客住宿州，參先發，檥靈壁，待余不至，乃行。晚次靈壁，獨遊損之園，舟失水道，敗柂。

辛亥，次青陽。

壬子，至于泗州。晚，與國器小飲州廨中。

癸丑，始見春卿。

甲寅、乙卯、丙辰，獨在泗州，始食淮魚。

丁巳，次洪澤，與劉春卿、同年黃孝恭相遇。始識大理寺丞李惇裕。洪澤巡檢顏懷玉者，錢思公在洛時故吏。遂與四人者夜飲，五鼓罷。明日，食畢解舟，與飲者別，春卿復相送以前。晚入沙河，乘月夜行繒山陽，與春卿聯句。二鼓，宿閘下。黎明，元均來，遂至楚州，泊舟西倉，始見安道于舟中。安道會飲于倉亭，始食瓜，出倉北門看雨，與安道奕。

庚申，小飲舟中，會者元均、春卿、安道，余始飲酒。移舟樔城西門，門閉，泛月以歸。

辛酉，安道解舟，不果別。與春卿奕于倉亭，晚，別春卿。

壬戌，與元均小飲倉北門舟中，夜宿倉亭。

癸亥，夕與元均坐水次納涼，已而大風雨，震雹暴至。

乙丑，與隱甫及高繼隆、焦宗慶，小飲水陸院東亭，看雨，始見荷花。

丙寅，與元均、隱甫飲于西倉。

丁卯，隱甫來會，登倉北偃上亭納。遲客至，遂及元均小飲舟中，已而大風震雹，遂宿舟中。

戊辰，余生日，具酒爲壽于舟中。

己巳，與元均泛舟北辰，會隱甫，小飲，宿倉亭。

庚午，同年朱公綽來自京師。

辛未，子聰來自壽州。夜飲倉亭，留宿。

壬申，泛舟，飲于北辰。

癸酉，隱甫來飲別。夜，與元均小飲，宿倉亭。

甲戌，知州陳亞小飲魏公亭，看荷花，與者隱甫、朱公綽。晚，移舟楚望亭。陳從益來自京師，見余於舟中，始聞君謨動靜。秀才陳策來自京師，夜見余於楚望亭。作常州書。自泊西倉至于楚望，凡十有七日。

乙亥，次寶應。

丙子，至于高郵。

七月，丁丑，復見子聰，會飲弭節亭。

戊寅，遂與子聰同舟以前次邵伯。

己卯，至于揚州，遇秀才廖倚。夜，與倚及子聰飲觀風亭。明日，子聰之潤州，廖倚之楚州。伯起來，宿觀風亭。

辛巳，與伯起飲溯渚亭，會者集賢校理王君玉、大理寺丞許元、太常寺太祝唐詔、祠部員外郎蘇儀甫。

壬午，儀甫來，小飲觀風亭，會者許元、唐詔、君玉。伯起先歸。

癸未，與許元小飲溯渚亭，會者如壬午。伯起不來。

甲申，與君玉飲壽寧寺。寺本徐知誥故第，李氏建國，以爲孝先寺，太平興國改今名。寺甚宏壯，畫壁尤妙，問老僧，云周世宗入揚州時以爲行宮，盡朽漫之，惟經藏院畫玄奘取經一壁獨在，尤爲絕筆，歎息久之。

乙酉，小飲秀才呂有家，會者如壬午。伯起不來，余遂留宿。

丙戌，至於真州，大熱，無水。

辛卯，飲僧於資福寺。移舟溶溶亭，處士謝去華援琴，待凉，以入客舟。

戊戌，入客舟，泊涵虛亭。

庚子，次江口。

辛丑，次長蘆。

壬寅，夜，乘風次清凉寺。

癸卯，晨至江寧府。

八月，丙午，猶在江寧。

丁未，小飲君績家。

己酉，小飲於水閣。

庚戌，次采石。

辛亥，阻風，與侍禁陳宗顏飲。

壬子，過太平州，夜，乘風宿帶星口。

癸丑，過蕪湖繁昌，宿慈母磯。

甲寅，乘風晝夜行。

丙辰，禱小姑山神，至江州。

丁巳，在江州，約陳侍禁遊廬山。余病，呼醫者，不果往。遂行，次郭家洲。

己未，阻風郭家洲，與灃陽縣令趙師道飲村市，就村人市羊供膳不得。余疾，謀還江州，召廬山僧以醫，不果。

庚申，次盤唐港。

辛酉，至蘄陽。

壬戌，小飲瞿珣家，會丹稜知縣、著作佐郎范佑，蘄春主簿郭公美。

癸亥，次新冶。禱江神，得大魚。

甲子，至於磁湖。

乙丑，猶在磁湖。自丁巳余體不佳，至是小間。

丙寅，至於黃州。

丁卯，與知州夏屯田飲於竹樓。興國寺火，約余明日爲社飲，不果。夜登江澳，次漆磁。

戊辰，次雙柳夾。

己巳，次白楊夾。

庚午，至於鄂州，始與令狐修己相識。

辛未，遣人之黃陂，召家兄，大風雨，不克渡江而還。

壬申，小飲修己家，遂留宿。明日，家兄來見余於修己家。始中酒，睡兄家。

甲戌，飲於兄家。

乙亥，飲令狐家。夜過兄家會宿。

九月，丙子，次沌口。

丁丑，次昭化港。夜大風，舟不得泊，禱江神。

戊寅，次穿石磯。夜大風擊舟，不得寢。

己卯，至岳州。夷陵縣吏來接，泊城外。

庚辰，假舟於邵曖。

辛巳、壬午，入官舟。

癸未，入荊江，次李家洲。

甲申，次烏沙。

乙酉，次魯洑。

丙戌，次塔子口，觀魚，望五鵝、麈角、望夫諸山。

丁亥，次石首，夜大風。

戊子，阻風。

壬辰，次公安渡。

（《于役志》一卷）

下編　詩　賦

## 行次葉縣

朝渡汝河流，暮宿楚山曲。城陰日下寒，野氣春深綠。征車倦長道，故國有喬木。行行漸樂郊，東風滿平陸。

（《居士外集》卷二）

## 初出真州泛大江作景祐三年

孤舟日日去無窮，行色蒼茫杳靄中。山浦轉帆迷向背，夜江看斗辨西東。滮田漸下雲間雁，霜日初丹水上楓。蓴菜鱸魚方有味，遠來猶喜及秋風。

（《居士集》卷十）

## 江行贈雁景祐三年

雲間征雁水間棲，矰繳方多羽翼微。歲晚江湖同是客，莫辭伴我更南飛。

（《居士集》卷十）

## 春日西湖寄謝法曹歌

西湖春色歸，春水綠於染。羣芳爛不收，東風落如糝。西湖者，許昌勝地也。參軍春思亂如雲，白髮題詩愁送春。謝君有"多情未老已白髮，野思到春如亂雲"之句。遙知湖上一樽酒，能憶天涯萬里人。萬里思春尚有情，忽逢春至客心驚。雪消門外千山綠，花發江邊二月晴。少年把酒逢春色，今日逢春頭已白。異鄉物態與人殊，惟有東風舊相識。

（《居士外集》卷二）

## 將至淮安馬上早行學謝靈運體六韻

晴霞煦東浦，驚鳥動煙林。曙河兼斗沒，沓嶂隱雲深。寒雞隔樹起，曲塢留風吟。征夫倦行役，秋興感登臨。衡皋積涂迴，江蘺香露沈。行矣歲華晚，歸與勞歡音。

（《居士外集》卷二）

## 琵琶亭景祐三年

樂天曾謫此江邊，已嘆天涯涕泫然。今日始知予罪大，夷陵此去更三千。

（《居士外集》卷六）

## 惠泉亭

翠壁刻孱顏，煙霞跬步間。使君能愛客，朝夕弄山泉。春巖雨過春流長，置酒來聽山溜響。鑑中樓閣俯清池，雪裏峰巒開曉幌。須知清興無時已，酒美賓嘉自相對。席間誰伴謝公吟，日暮多逢山簡醉。淹留桂樹幾經春，野鳥巖花識使君。使君今是尊前客，誰與山泉作主人？

（《居士外集》卷二）

## 過張至秘校莊

田家何所樂，簑笠日相親。桑條起蠶事，菖葉候耕辰。望歲占風色，寬徭知政仁。樵漁逐晚浦，雞犬隔前村。泉溜塍間動，山田樹杪分。鳥聲梅店雨，野色柳橋春。有客問行路，呼童驚候門。焚魚酌白醴，但坐且歡欣。

（《居士外集》卷二）

# 自枝江山行至平陸驛五言二十四韻

　　枝江望平陸，百里千餘嶺。蕭條斷煙火，莽蒼無人境。峰巒互前後，南北失壬丙。天秋雲愈高，木落歲方冷。水涉愁蝛射，林行憂虎猛。萬刃懸巖崖，一彴履枯梗。緣危類猨猱，陷淖若黿鼉。腰輿懼傾撲，煩馬倦鞭警。攀躋誠畏塗，習俗羨蠻獷。度隘足雖踠，因高目還騁。九野畫荊衡，羣山亂巫郢。煙嵐互明滅，點綴成圖屏。時時度深谷，往往得佳景。翠樹鬱如蓋，飛泉湧垂綆。幽花亂黃紫，蒨粲弄光影。山鳥囀成歌，寒蜩嘒如哽。登臨雖云勞，巨細得周省。晨裝趁徒旅，夕宿訪閭井。村暗水茫茫，雞鳴星耿耿。登高近佳節，歸思時引領。溪菊薦山尊，田駕佑烹鼎。家近夢先歸，夜寒衾屢整。崎嶇念行役，昔宿已爲永。豈如江上舟，棹歌方酩酊。初泛舟荊江，棋酒甚歡，故有此句。

（《居士外集》卷二）

# 望州坡<sub>景祐三年</sub>

　　聞說夷陵人爲愁，共言遷客不堪遊。崎嶇幾日山行倦，却喜坡頭見峽州。

（《居士集》卷十）

# 初至夷陵答蘇子美見寄<sub>景祐三年</sub>

　　三峽倚岩嶤，同遷地最遙。物華雖可愛，鄉思獨無聊。江水流青嶂，猿聲在碧霄。野篁抽夏筍，叢橘長春條。未臘梅先發，經霜葉不凋。江雲愁蔽日，山霧晦連朝。斫谷爭收漆，梯林鬭摘椒。巴賓船賈集，蠻市酒旗招。時節同荊俗，民風載楚謠。俚歌成調笑，搔鬼聚喧囂。夷陵之俗多淫奔，又好祠祭。每遇祠時，里民數百共餕其餘，里語謂之搔鬼，因此多成鬭訟。得罪宜投裔，包羞分折腰。光陰催晏歲，牢落慘驚颷。白髮新年出，朱顏異域銷。縣樓朝見虎，官舍夜聞鴞。寄信無秋雁，思歸望斗杓。須知千里夢，長繞洛川橋。

（《居士集》卷十一）

## 答謝景山遺古瓦硯歌

　　火數四百炎靈銷，誰其代者當塗高。窮姦極酷不易取，始知文景基扃牢。坐揮長喙啄天下，豪傑競起如蝟毛。董呂催汜相繼死，紹術權備爭咆哮。力彊者勝怯者敗，豈較才德為功勞。然猶到手不敢取，而使螟蝗生蝮蛐。子丕當初不自恥，敢謂舜禹傳之堯。得之以此失亦此，誰知三馬食一槽。當其盛時爭意氣，叱咤雷電生風飆。干戈戰罷數功閥，周蔑方召堯無皋。英雄致酒奉高會，巍然銅雀高岧岧。圓歌宛轉激清徵，妙舞左右回纖腰。一朝西陵看拱木，寂寞綗帳空蕭蕭。當時凄凉已可歎，而況後世悲前朝。高臺已傾漸平地，此瓦一墜埋蓬蒿。苔文半滅荒土蝕，戰血曾經野火燒。敗皮弊網各有用，誰使鐫鑱成凸凹。景山筆力若牛弩，句遒語老能揮毫。嗟予奪得何所用，簿領朱墨徒紛淆。走官南北未嘗捨，緹襲三四勤緘包。有時屬思欲飛灑，意緒軋軋難抽繰。舟行屢備水神奪，往往冥晦遭風濤。質頑物久有精怪，常恐變化成靈妖。名都所至必傳玩，愛之不換魯寶刀。長歌送我怪且偉，欲報慚愧無瓊瑤。

（《居士外集》卷二）

## 古瓦硯

　　磚瓦賤微物，得厠筆墨間。於物用有宜，不計醜與妍。金非不為寶，玉豈不為堅。用之以發墨，不及瓦礫頑。乃知物雖賤，當用價難攀。豈惟瓦礫爾，用人從古難！

（《居士外集》卷二）

## 冬至後三日陪丁元珍遊東山寺 景祐三年

幕府文書日已希，清尊歲晏喜相攜。寒山帶郭穿松路，瘦馬尋春踏雪泥。翠蘚蒼崖森古木，緑蘿磐石暗深溪。爲貪賞物來猶早，迎臘梅花吐未齊。

（《居士集》卷十一）

## 送前巫山宰吳殿丞 景祐三年

俊域當年仰下風，天涯今日一尊同。高文落筆妙天下，清論揮犀服坐中。江上掛帆明月峽，雲間謁帝紫微宮。山城寂寞少嘉客，喜見瓊枝慰病翁。

（《居士集》卷十一）

## 龍興寺小飲呈表臣元珍 景祐三年

平日相從樂會文，博梟壺馬占朋分。罰籌多似昆陽矢，酒令嚴於細柳軍。蔽日雪雲猶靉靆，欲晴花氣漸氛氳。一尊萬事皆豪末，蜾蠃螟蛉豈足云。

（《居士集》卷十一）

## 初至虎牙灘見江山類龍門

曉鼓潭潭客夢驚，虎牙灘上作船行。山形酷似龍門秀，江色不如伊水清。平日兩京人少壯，今年三峽歲崢嶸。臥聞乳石淙流響，疑是香林八節聲。

（《居士外集》卷六）

## 霽後看雪走筆呈元珍判官二首

江上寒山秖對門，野花巖草共嶙峋。獨吟羣玉峰前景，閒憶紅蓮幕下人。

嘉景無人把酒看，縣樓終日獨凭闌。山城歲暮驚時節，已作春風料峭寒。

（《居士外集》卷六）

## 猛　　虎景祐三年

猛虎白日行，心閒貌揚揚。當路擇人肉，羆猪不形相。頭垂尾不掉，百獸自然降。暗禍發所忽，有機埋路傍。徐行自踏之，機翻矢穿腸。怒吼震林丘，瓦落兒墮牀。已死不敢近，目睛射餘光。虎勇恃其外，爪牙利鉤鋩。人形雖羸弱，智巧乃中藏。恃外可摧折，藏中難測量。英心多決烈，自信不猜防。老狐足姦計，安居穴垣墻。窮冬聽冰渡，思慮豈不長。引身入扱中，將死猶跳踉。狐姦固堪笑，虎猛誠可傷。

（《居士集》卷一）

## 夷陵歲暮書事呈元珍表臣景祐三年

蕭條雞犬亂山中，時節崢嶸忽已窮。遊女髻鬟風俗古，野巫歌舞歲年豐。夷陵俗樸陋，惟歲暮祭鬼，則男女數百相從而樂飲，婦女競爲野服以相遊嬉。平時都邑今爲陋，敵國江山昔最雄。三國時，吳蜀戰争於此。荆楚先賢多勝迹，不辭攜酒問鄰翁。處士何參居縣舍西，好學，多知荆楚故事。

（《居士集》卷十一）

## 夷陵書事寄謝三舍人 <sub></sub>景祐四年

春秋楚國西偏境，陸羽《茶經》第一州。紫籜青林長蔽日，綠叢紅橘最宜秋。道塗處險人多負，邑屋臨江俗善泅。獵市漁鹽朝暫合，淫祠簫鼓歲無休。風鳴燒入空城響，雨惡江崩斷岸流。月出行歌聞調笑，花開啼鳥亂鉤輈。黃牛峽口經新歲，白玉京中夢舊遊。曾是洛陽花下客，欲誇風物向君羞。

（《居士集》卷十一）

## 新開棋軒呈元珍表臣

竹樹日已滋，軒窗漸幽興。人閒與世遠，鳥語知境静。春光藹欲布，山色寒尚映。獨收萬慮心，於此一枰競。

（《居士外集》卷二）

## 戲贈丁判官 <sub></sub>景祐四年

西陵江口折寒梅，爭勸行人把一杯。須信春風無遠近，維舟處處有花開。

（《居士集》卷十一）

## 寄梅聖俞 <sub></sub>景祐四年

青山四顧亂無涯，雞犬蕭條數百家。楚俗歲時多雜鬼，蠻鄉言語不通華。繞城江急舟難泊，當縣山高日易斜。擊鼓踏歌成夜市，邀龜卜雨趁燒畬。叢林白晝飛妖鳥，庭砌非時見異花。惟有山川爲勝絶，寄人堪作畫圖誇。

（《居士集》卷十一）

## 代贈田文初<sub>景祐四年</sub>

感君一顧重千金，贈君白璧爲妾心。舟中繡被薰香夜，春雪江頭三尺深。西陵長官頭已白，憔悴窮愁愧相識。手持玉斝唱《陽春》，江上梅花落如積。津亭送別君未悲，夢闌酒解始相思。須知巫峽聞猿處，不似荆江夜雪時。

（《居士外集》卷二）

## 新營小齋鑿地爐輒成五言三十九韻

霜降百工休，居者皆入室。墐户畏初寒，開爐代溫律。規模不盈丈，廣狹足容膝。軒窗共幽窊，竹柏助蒙密。辛勤慚巧官，窮賤守卑秩。無術政奚爲，有年秋屢實。文書少期會，租訟省鞭抶。地僻與世疏，官閒得身佚。荆蠻苦卑陋，氣候常壹鬱。天日每陰翳，風飆多凜溧。衰顏慘時晚，病骨知寒疾。蠻牀倦晨興，籃輿厭朝出。南山近樵採，僮僕免呵叱。禦歲畜蹲鴟，饋客薦包橘。霜薪吹晶熒，石鼎沸啾唧。披方養丹砂，候節煎<sub>去聲</sub>秋朮。西鄰有高士，轗軻卧蓬蓽。鶴髮善高談，鮐背便炙熨。披裘屢相就，束緼亦時乞。傳經伏生老，愛酒揚雄吃。晨灰暖餘杯，夜火爆山栗。無言兩忘形，相對或終日。微生慕剛毅，勁強<sub>去聲</sub>早難屈。自從世俗牽，常恐天性失。仰兹微官禄，養此多病質。省躬由一言，無枉慕三黜。因知吏隱樂，漸使欲心窒。面壁或僧禪，倒冠聊酒逸。螟蠕輕二豪，一馬齊萬物。啓期爲樂三，叔夜不堪七。負薪幸有瘳，舊學頗思述。興亡閱今古，圖籍羅甲乙。魯册謹會盟，周公象凶吉。詳明左丘辯，馳騁馬遷筆。金石互鏗鏘，風雲生倏忽。豁爾一開卷，慨然時撟帙。浮沈恣其間，適若遂聲耳。吾居誰云陋，所得乃非一。五斗豈須慚，優游歲將畢。

（《居士外集》卷二）

## 至喜堂新開北軒手植楠木兩株走筆呈元珍表臣<sub>景祐四年</sub>

爲憐碧砌宜佳樹，自剗蒼苔選綠叢。不向芳菲趁開落，直須霜雪見青葱。披條泫轉清晨露，響葉蕭騷半夜風。時掃濃陰北窗下，一枰閑且伴衰翁。

（《居士集》卷十一）

## 縣舍不種花惟栽楠木冬青茶竹之類因戲書七言四韻<sub>景祐四年</sub>

結綬當年仕兩京，自憐年少體猶輕。伊川洛浦尋芳徧，魏紫姚黃照眼明。客思病來生白髮，山城春至少紅英。芳叢密葉聊須種，猶得蕭蕭聽雨聲。

（《居士集》卷十一）

## 戲答元珍<sub>景祐四年</sub>

春風疑不到天涯，二月山城未見花。殘雪壓枝猶有橘，凍雷驚笋欲抽芽。夜聞歸雁生鄉思，病入新年感物華。曾是洛陽花下客，野芳雖晚不須嗟。

（《居士集》卷十一）

## 初晴獨遊東山寺五言六韻<sub>景祐四年</sub>

日暖東山去，松門數里斜。山林隱者趣，鐘鼓梵王家。地僻遲春節，風晴變物華。雲光漸容與，鳥哢已交加。冰下泉初動，煙中茗未芽。自憐多病客，來探欲開花。

（《居士集》卷十一）

## 三遊洞<sub>景祐四年</sub>

漾檝泝清川，捨舟緣翠嶺。探奇冒層巇，因以窮人境。弄舟終日愛雲山，徒見青蒼杳靄間。誰知一室煙霞裏，乳竇雲腴凝石髓。蒼崖一徑橫查渡，翠壁千尋當户起。昔人心賞爲誰留，人去山阿迹更幽。青蘿綠桂何岑寂，山鳥嘐嘐不驚客。松鳴澗底自生風，月出林間來照席。仙境難尋復易迷，山回路轉幾人知。惟應洞口春花落，流出巖前百丈溪。

（《居士集》卷一）

## 下牢溪<sub>景祐四年</sub>

隔谷聞溪聲，尋溪度橫嶺。清流涵白石，静見千峰影。巖花無時歇，翠栢鬱何整。安能戀潺湲，俯仰弄雲景。

（《居士集》卷一）

## 蝦蟆碚<sub>景祐四年</sub>

石溜吐陰崖，泉聲滿空谷。能邀弄泉客，繫舸留巖腹。陰精分月窟，水味標《茶録》。共約試春芽，槍旗幾時綠？

（《居士集》卷一）

## 黃牛峽祠<sub>景祐四年</sub>

大川雖有神，淫祀亦其俗。石馬繫祠門，山鴉噪叢木。潭潭村鼓隔溪聞，楚巫歌舞送迎神。畫船百丈山前路，上灘下峽長來去。江水東流不暫停，黃牛千古長如故。峽山侵天起青嶂，崖崩路絶無由上。黃牛不下江頭飲，行人惟向舟中望。朝朝暮暮見黃牛，徒使行人過此愁。山高更遠望猶見，不是黃牛滯客舟。語曰：「朝見黃牛，暮見黃牛，三朝三暮，黃牛如故。」言江惡難行，久不能過也。

（《居士集》卷一）

## 千葉紅梨花<sub>景祐四年</sub>

紅梨千葉愛者誰，白髮郎官心好奇。徘徊繞樹不忍折，一日千匝看無時。夷陵寂寞千山裏，地遠氣偏時節異。愁煙苦霧少芳菲，野卉蠻花鬭紅紫。可憐此樹生此處，高枝絶艷無人顧。春風吹落復吹開，山鳥飛來自飛去。根盤樹老幾經春，真賞今纔遇使君。風輕絳雪罇前舞，日暖繁香露下聞。從來奇物産天涯，安得移根植帝家。猶勝張騫爲漢使，辛勤西域徙榴花。

（《居士集》卷一）

## 金雞五言十四韻<sub>景祐四年</sub>

蠻荊鮮人秀，厥美爲物怪。禽鳥得之多，山雞稟其粹。衆綵爛成文，真色不可繪。仙衣霓紛披，女錦花綷縩。輝華日光亂，眩轉目睛懀。高田啄秋粟，下澗飲寒瀨。清唳或相呼，舞影還自愛。豈知文章累，遂使網羅掛。及禍誠有媒，求友反遭賣。有身乃吾患，斷尾亦前戒。不羣世所驚，甚美衆之害。稻粱雖云厚，樊縶豈爲泰。山林歸無期，羽翮日已鎩。用晦有前言，書之可爲誡。

（《居士集》卷一）

## 和丁寶臣遊甘泉寺<sub>景祐四年</sub>

寺在臨江一山上，與縣廨相對。

江上孤峰蔽綠蘿，縣樓終日對嵯峨。叢林已廢姜祠在，事迹難尋楚語訛。寺有清泉一泓，俗傳爲姜詩泉，亦有姜詩祠。按：詩，廣漢人，疑泉不在此。空餘一派寒巖側，澄碧泓渟涵玉色。野僧豈解惜清泉，蠻俗那知爲勝迹。西陵老令好尋幽，時共登臨向此遊。欹危一逕穿林樾，盤石蒼苔留客歇。山深雲日變陰晴，澗柏巖松度歲青。谷裏花開知地暖，林間鳥語作春聲。依依渡口夕陽時，却望層巒在翠微。城頭暮鼓休催客，更待橫江弄月歸。

（《居士集》卷一）

## 松　　門<sub>景祐四年</sub>

島嶼松門數里長，懸崖對起碧峰雙。可憐勝境當窮塞，翻使留人戀此邦。亂石驚灘喧醉枕，淺沙明月入船窗。因遊始覺南來遠，行盡荊江見蜀江。

（《居士集》卷十）

## 下牢津<sub>景祐四年</sub>

依依下牢口，古戍鬱嵯峨。入峽江漸曲，轉灘山更多。白沙飛白鳥，青障合青蘿。遷客初經此，愁詞作楚歌。

（《居士集》卷十）

## 龍　　溪<sub>景祐四年</sub>

潺潺出亂峰，演漾綠蘿風。淺瀨寒難涉，危槎路不通。朝雲起潭側，飛雨遍江中。更欲尋源去，山深不可窮。

（《居士集》卷十）

## 勞停驛景祐四年

孤舟轉山曲，豁爾見平川。樹杪帆初落，峰頭月正圓。荒煙幾家聚，瘦野一刀田。行客愁明發，驚灘鳥道前。

（《居士集》卷十）

## 黃溪夜泊景祐四年

楚人自古登臨恨，暫到愁腸已九回。萬樹蒼煙三峽暗，滿川明月一猿哀。非鄉況復驚殘歲，慰客偏宜把酒杯。行見江山且吟詠，不因遷謫豈能來。

（《居士集》卷十）

## 送致政朱郎中

平生不省問田園，白首忘懷道更尊。已上印書辭北闕，稍留冠蓋餞東門。馮唐老有爲郎戀，疏廣終無任子恩。今日榮歸人所羨，兩兒腰綬擁高軒。

（《居士外集》卷六）

## 留題安州朱氏草堂

俯檻臨流蕙徑深，平泉花木繞陰森。蛙鳴鼓吹春喧耳，草暖池塘夢費吟。賭墅乞甥賓對弈，驚鴻送目手揮琴。嗟予遠捧從軍檄，不得披裘五月尋。

（《居士外集》卷六）

## 離峽州後回寄元珍表臣寶元元年

經年遷謫厭荊蠻，惟有江山興未闌。醉裏人歸青草渡，夢中船下武牙灘。野花零落風前亂，飛雨蕭條江上寒。荻笋時魚方有味，恨無佳客共杯盤。

（《居士集》卷十一）

## 寄聖俞

西陵山水天下佳，我昔謫官君所嗟。官閒憔悴一病叟，縣古瀟灑如山家。雪消深林自劚笋，人響空山隨摘茶。有時攜酒探幽絕，往往上下窮煙霞。崑蓀綠縟軟可藉，野卉青紅春自華。風餘落蕊飛回旋，日暖山鳥鳴交加。貪追時俗玩歲月，不覺萬里留天涯。今來寂寞西岡口，秋盡不見東籬花。市亭插旗鬪新酒，十千得斗不可賒。材非世用自當去，一舸聱牙揮釣車。君能先往勿自滯，行矣春洲生荻芽。

（《居士外集》卷三）

## 憶山示聖俞慶曆元年

吾思夷陵山，山亂不可究。東城一堢餘，高下漸岡阜。羣峰迤邐接，四顧無前後。憶嘗祇吏役，鉅細悉經覯。是時秋卉紅，嶺谷堆纈繡。林枯松鱗皴，山老石脊瘦。斷徑履頹崖，孤泉聽清溜。深行得平川，古俗見耕耨。澗荒驚麏奔，日出飛雉雊。盤石屢欹眠，綠巖堪解綬。幽尋歡獨往，清興思誰侑。其西乃三峽，嶮怪愈奇富。江如自天傾，岸立兩崖鬪。黔巫望西屬，越嶺通南奏。時時縣樓對，雲霧昏白晝。荒煙下牢戍，百仞寒溪漱。蝦蟆噴水簾，甘液勝飲酎。亦嘗到黃牛，泊舟聽猿狖。巉巉起絕壁，蒼翠非刻鏤。陰崑下攢叢，岫穴忽空透。遙岑聳孤出，可愛欣欲就。惟思得君詩，古健寫奇秀。今來會京師，車馬逐塵瞀。頹冠各白髮，舉酒無蒨袖。繁華不可慕，幽賞亦難遘。徒爲憶山吟，耳熱助嘲詬。

（《居士集》卷一）

## 黄楊樹子賦 并序　景祐三年

　　夷陵山谷間多黄楊樹子，江行過絶險處，時時從舟中望見之，鬱鬱山際，有可愛之色。獨念此樹生窮僻，不得依君子封殖備愛賞，而樵夫野老又不知甚惜，作小賦以歌之。

若夫漢武之宫，叢生五柞；景陽之井，對植雙桐。高秋羽獵之騎，半夜嚴妝之鐘，鳳蓋朝拂，銀牀暮空。固已葳蕤近日，的皪含風，婆娑萬户之側，生長深宫之中。

豈知緑蘚青苔，蒼崖翠壁，枝翁鬱以含霧，根屈盤而帶石。落落非松，亭亭似柏，上臨千仞之盤薄，下有驚湍之潰激。澗斷無路，林高暝色，偏依最險之處，獨立無人之迹。江已轉而猶見，峰漸回而稍隔。嗟乎！日薄雲昏，煙霏露滴，負勁節以誰賞，抱孤心而誰識？徒以竇穴風吹，陰崖雪積，呀山鳥之嘲哳，裊驚猿之寂歷。無遊女兮長攀，有行人兮暫息。節既晚而愈茂，歲已寒而不易。乃知張騫一見，須移海上之根；陸凱如逢，堪寄隴頭之客。

（《居士集》卷十五）

附　　录

# 廬陵歐陽文忠公年譜

（宋）胡柯 編

### 真宗景德四年丁未

是歲，皇考崇國公觀爲綿州軍事推官。六月二十一日寅時，公生。

### 大中祥符元年戊申

### 大中祥符二年己酉

### 大中祥符三年庚戌

是歲，崇公終於泰州軍事判官。公叔父曄，時任隨州推官，因卜居焉。公母夫人鄭氏，年方二十九，攜公往依之，遂家於隨。貧無資，以荻畫地，教公書字。稍長，多誦古人篇章，使學爲詩。叔父後歷閬州推官、江陵府掌書記，仕至二千石，終都官員外郎。

### 大中祥符四年辛亥

是歲，葬崇公於吉州吉水縣瀧岡。其後至和元年，析吉水縣之報恩鎮，置永豐縣，遂隸永豐。

### 大中祥符五年壬子

### 大中祥符六年癸丑

大中祥符七年甲寅

大中祥符八年乙卯

大中祥符九年丙辰

公年十歲，在隨。家益貧，借書抄誦。州南大姓李氏子好學，公多遊其家，於故書中得唐韓昌黎文六卷，乞以歸，讀而愛之。爲詩賦，下筆如成人。都官曰："奇童也，他日必有重名。"

天禧元年丁巳

天禧二年戊午

天禧三年己未

天禧四年庚申

天禧五年辛酉

乾興元年壬戌

二月，仁宗即位。

仁宗天聖元年癸亥

是歲，公應舉隨州，試左氏失之誣論。其略云：石言於晋，神降於莘，內蛇鬥而外蛇傷，新鬼大而故鬼小。人已傳誦。坐賦逸官韻，黜。

天聖二年甲子

## 天聖三年乙丑

## 天聖四年丙寅

公年二十，自隨州薦名禮部。

## 天聖五年丁卯公年二十一

是春試禮部，不中。

## 天聖六年戊辰公年二十二

是歲，公攜文謁胥學士偃於漢陽。胥公大奇之，留置門下。冬，攜公泛江，如京師。

## 天聖七年己巳公年二十三

是春，公從胥公在京師。試國子監爲第一，補廣文館生。秋，赴國學解試，又第一。

## 天聖八年庚午公年二十四

正月，試禮部，翰林學士晏公殊知貢舉，公復爲第一。三月，御試崇政殿，公甲科第十四名。五月，授將仕郎，試秘書省校書郎，充西京留守推官。〔制詞〕前鄉貢進士歐陽某：右可特授將仕郎、試秘書省校書郎、充西京留守推官，替仲簡。來年二月滿闕，候見任官月限滿日，即得赴任。敕前鄉貢進士邵景先等：咸以鄉舉，踐于貢闈。屬親校於藝文，俾各升於科級。特假讐書之秩，式增結綬之榮。郡縣佐僚，各分其任。宜思勗勵，無曠乃官。可依前件。〔知制誥陳從易行〕

## 天聖九年辛未公年二十五

三月，公至西京。錢文僖公惟演爲留守，幕府多名士。與尹洙師魯、梅堯臣聖俞尤善，日爲古文歌詩，遂以文章名冠天下。初，胥公許以女妻公，是歲，親迎於東武。

### 明道元年壬申公年二十六

是春及秋，兩遊嵩嶽。秋，蓋從通判謝絳奉御香告廟也，禮畢同遊五人，皆見峭壁大書神清之洞。詳見《附錄》後謝希深與梅聖俞書。公又嘗行縣，視旱蝗。

### 明道二年癸酉公年二十七

正月，以吏事如京師，因省叔父于漢東。三月，還洛，夫人胥氏卒，時生子未踰月。九月，莊獻劉后、莊懿李后祔葬定陵，公至鞏縣陪祭。十二月，進階承奉郎。

### 景祐元年甲戌公年二十八

三月，西京秩滿，歸襄城。五月，如京師，會前留守王文康公曙入樞府，薦召試學士院。閏六月乙酉，授宣德郎、試大理評事、兼監察御史、充鎮南軍節度掌書記、館閣校勘。〔制詞〕敕西京留守推官、承奉郎、試秘書省校書郎歐陽某：辭擅菁英，性推醇茂。早登名於仕版，遂從辟於賓筵。戀學逾惇，參籌有裕。眷吾樞近，嘗以薦論。逮課試之爰來，固辯麗之可獎。宜預屬書之列，仍遷管記之資。往服清階，善持素履。可特授宣德郎、試大理評事、兼監察御史、充鎮南軍節度掌書記、館閣校勘。〔李淑行〕三館秘閣所藏書多脫謬，七月甲辰，詔委官編定仿開元四部，著爲總目，公預焉。是歲，再娶諫議大夫楊公大雅女。

### 景祐二年乙亥公年二十九

是歲七月，公同產妹之夫張龜正死於襄城，謁告視之。九月，夫人楊氏卒。

### 景祐三年丙子公年三十

是歲，天章閣待制、權知開封府范仲淹言事忤宰相，落職，知饒州。公切責司諫高若訥，若訥以其書聞，五月戊戌，降爲峽州夷陵縣令。〔制詞〕敕鎮南軍節度掌書記、宣德郎、試大理評事、兼監察御史、館閣校勘歐陽某：畀以藝文，擢參讎校，固當宿業，以荷育材。近者范仲淹樹黨背公，鼓讒疑衆，自干典憲，爰示降懲。爾託附有私，詆欺罔畏，妄形書牘，移責諫臣。浗陳訕上之言，顯露朋姦之迹，致其奏述，備見狂邪。合置嚴科，用警偷俗。尚軫包荒之念，祇從貶秩之文。往字吾民，毋重前悔。可降授守峽州夷陵縣令，替劉光裔，今年七月成資闕，散官如故，仍放謝辭。〔柳植行〕公自京師沿汴絕淮，泝江，奉母夫人赴貶所，十月至夷陵。

### 景祐四年丁丑公年三十一

三月，謁告至許昌，娶薛簡肅公奎女。是夏，叔父都官卒。九月，還夷陵。十二月壬辰，移光化軍乾德縣令。〔制詞〕敕宣德郎、守峽州夷陵縣令歐陽某：以懿辭決科，以敏智從事。薦承俊選，參校秘文。偶弗慎於言階，乃自貽於官譴。遷沿遞牒，亦既逾年，宜遷通邑之良，且寄字人之劇。余方甄錄，爾尚勉勤。可特授守光化軍乾德縣令，替張宗尹，來年三月成資闕，散官如故。仍放謝辭。〔王堯臣行〕

### 寶元元年戊寅十一月改元公年三十二

三月，赴乾德。是歲，胥夫人所生子夭。

### 寶元二年己卯公年三十三

二月，知制誥謝希深絳出守鄧州，梅聖俞將宰襄城，與希深偕行。五月，公謁告往會，留旬日而還。六月甲申，復舊官，權武成軍節度判官廳公事。〔制詞〕降授宣德郎、守光化軍乾德縣令歐陽某：右可特授試大理評事、兼監察御史、充鎮南軍節度掌書記、權武成軍節度判官廳公事，替節度推官趙咸寧，來年二月滿闕，散官如故。仍放謝辭。敕前降授崇信軍節度掌書記、監鄆州酒稅務、朝奉郎、試大理評事、兼監察御史尹洙等：嚮者咸以儒才，籍於文館。旋坐朋游之累，自罹降謫之科。載軫淹沉，特推甄叙。或朝闈復秩，分寄於縣章；或府幕參謀，差冠於賓序。往虔予命，彌慎爾爲。可依前件。〔王舉正行〕公自乾德奉母夫人，待次於南陽。冬，暫如襄城。

### 康定元年庚辰二月改元公年三十四

是春，赴滑州，時范文正公起爲陝西經略招討安撫使，辟公掌書記，辭不就。六月辛亥，召還，復充館閣校勘，仍修《崇文總目》。十月，轉太子中允。〔制詞〕敕鎮南軍節度掌書記、宣德郎、試大理評事、兼監察御史、充館閣校勘歐陽某：朕意尚儒雅，博考辭藝，使優游並進，以光我太平之業，恩亦厚矣。爾往參典校，屬以事譴，會從薦引，復敘官榮，方思扴試而庸，寧限升遷之次。宮坊美秩，册府清塗，嘉乃雋才，尚昴來譽。可特授守太子中允，依舊館閣校勘，散官如故。〔聶冠卿行〕癸巳，同修《禮書》。是歲，子發生。

## 慶曆元年辛巳公年三十五

五月庚戌，權同知太常禮院，以見修《崇文總目》辭，許之。八月乙酉，許州對公事回，依舊供職。十一月丙寅，祀南郊，攝太常博士，引終獻。十二月，加騎都尉。〔制詞〕敕：夫三靈之交，莫盛乎大旅；四海以職，畢奉于嚴禋。還御端闈，均慶縣宇。矧待時髦之地，素清儒館之遊。宜被徽章，以甄英俊。宣德郎、守太子中允、充館閣校勘歐陽某：雅材毓秀，吉履敦方。副妙簡於石渠，紬秘文於天禄。列於後藪，光是珍羣。屬此推恩，遞增勳級。益屬夙秉，庸對寵嘉。可加騎都尉，餘如故。〔吳育行〕己丑，《崇文總目》成，改集賢校理。

## 慶曆二年壬午公年三十六

正月丁巳，考試別頭舉人。三月丙辰，御試進士《應天以實不以文》賦，公擬進一首，賜敕書獎諭。四月丙子，復差同知禮院。契丹遣泛使求關南地，宰相呂夷簡薦富弼報聘，人皆危之。公上書引顏真卿使李希烈事，乞留弼，不報。五月，復應詔上書，極陳弊事。八月，請外。九月，通判滑州，十月至。

## 慶曆三年癸未公年三十七

是歲，仁宗廣言路，修政事，人多薦公宜爲臺諫。三月，召還。癸巳，轉太常丞、知諫院。〔制詞〕宣德郎、守太子中允、充集賢校理、騎都尉歐陽某：右可特授守太常丞、依舊充集賢校理、知諫院事，散官、勳如故。敕：國家廣闢言路，崇設諫垣，擇方嚴之藎臣，登爭諫之清列。責任尤重，眷懷亦深。向非練達民彝，精詳國體，利權不能易所守，貴勢無以搖其心，則安可劼厥清芬，補予闕政？以爾朝奉郎、侍御史、判三司都理分司、輕車都尉、賜緋魚袋魚周詢等：風猷鯁亮，器範沖深。

並縣博古之文，皆擢烝髦之選。清心苨局，交負幹才；議事飛章，第揚風采。僉詢朝論，亟簡朕心。宜進官聯，往參諫列。爾其勤乃節行，屬於忠誠。姑務謦謦謁謁之辭，敷陳而亡撓；豈宜持庸庸之計，畏避以自安。勉膺寵光，式遲明效。可依前件。〔孫抃行〕四月，至京。九月戊辰，賜緋衣銀魚。己巳，同詳定國朝勳臣名次。丙戌，同修三朝典故。十月戊申，擢同修起居注。十二月己亥，召試知制誥，公辭。辛丑，有旨不試，直以右正言知制誥，仍供諫職。〔制詞〕敕：夫出納朕命，裁成典誥，號令風采，布爲法度，所以炳煥皇業，羽儀近著。匪我俊乂，曷膺是選？宣德郎、守太常丞、充集賢校理、同修起居注、知諫院事、騎都尉、賜緋魚袋歐陽某：高才敏識，照於當世，特立不倚，拔乎其倫，秉心粹中，履道夷坦。學探擊象之表，文窮述作之源。而自抱槧書林，簪筆螭陛，詞皆體達，慮不及私。俾之代言，必能復古。用進七人之列，遂參四禁之嚴，豈惟序升，斷自余志？其於發揮藻潤之業，坦明深厚之體，皆汝素蘊，不煩訓詞。可特授右正言、知制誥，依舊修起居注、知諫院事，散官、勳、賜如故。〔李育行〕丁未，同詳定編敕。是月立春，祭西太一宮，爲獻官，循例賜紫章服。

## 慶曆四年甲申公年三十八

三月庚午，兼判登聞檢院。四月乙未，押伴契丹賀生辰人使御筵於都亭驛。己亥，命公使河東，計度廢麟州及盜鑄鐵錢并礬課虧額利害。七月，還京師。八月甲午，保州軍叛。契丹聲言討西夏。癸卯，除公龍圖閣直學士、河北都轉運按察使。〔制詞〕宣德郎、行右正言、知制誥、騎都尉、賜紫金魚袋歐陽某：右可特授依前行右正言、充龍圖閣直學士、河北諸州水陸節度都轉運按察使，兼西路營田都大制置屯田、本路勸農使，替張昷之，散官、勳、賜如故。敕朝奉郎、守尚書禮部郎中、知制誥、知兗州、輕車都尉、賜紫金魚袋梁適等：四方有事，才者當爲國家馳騖矣。自夏人之不賓于廷，而王師外戍，天下共其勞。夫侍從近列，得無同我此憂者歟？爾等並以才名器略，爲時英俊。凡予所以擢爾清切之禁，延閣憲臺，蓋備艱虞以爲用也。三城，西路之津會；中山，北道之咽喉。河朔委輸，事任尤重。靈昌，河上，至於平陽，皆方面之要害，朝廷所屬意處也。各遷近職，于蕃于宣，王室之勤，以慰予望。可依前件。〔張方平行〕九月，《三朝典故》成書，以公嘗預編纂，賜詔獎諭。十一月，南郊恩，進階朝散大夫，封信都縣開國子、食邑五百户。〔制詞〕敕：三年而郊，所以答天地，尊祖考，懷柔于百神，福惠于庶邦，使生生之類罔不滋殖。則吾左右近著，宜乎首被凱澤者矣。以爾河北都轉運按察使、龍圖閣直學士、宣德郎、行右正言、騎都尉、賜紫金魚袋歐陽某：學有師法，言無畏避。輟辭翰於西掖，董賦興於北道。而能計國用，詳邊謀，摘吏姦，舒民困。才識參用，搢紳所推。今嚴禋成，百禮具，有司其申講舊典，導宣明命，峻之階品，增之封邑。以均禧祉，以對勤蓋，以永朝家之休。可特授朝散大夫，依前行右正言、充龍圖閣直學士、河北都轉運按察使，特封信都縣開國子、食邑五百户，勳、賜如故。仍放朝謝。〔孫抃行〕

### 慶曆五年乙酉公年三十九

是春，直定帥田況移秦州，公權府事者三月。時二府杜正獻、范文正、韓忠獻、富文中公，以黨論相繼去，公上書辨之。小人素已憾公，會公孤甥張氏犯法，諫官錢明逸因以財産事及公，下開封鞫治。府尹楊日嚴觀望傳會，上命户部判官蘇安世、入內供奉官王昭明監勘，得無他。八月甲戌，猶落龍圖閣直學士，罷都轉運按察使，降知制誥、知滁州。〔制詞〕敕：夫賞不遺功，罰不阿近，有邦之彝典也。河北都轉運按察使、龍圖閣直學士、朝散大夫、行右正言、騎都尉、信都縣開國子、食邑五百户、賜紫金魚袋歐陽某：博學通贍，衆所見稱；言事感激，朕嘗寵用。而乃不能淑慎以遠罪辜。知出非己族，而鞠于私門；知女有室歸，而納之羣從。繇以訟起晟家之獄，語連張氏之資，券既弗明，辯無所驗。朕以其久參近侍，免致深文，止除延閣之名，還序右垣之次。仍歸漕節，往布郡條。體予寬恩，思釋前咎。可落龍圖閣直學士，特授依前行右正言、知制誥，散官、勳、封賜如故。仍就差知滁州軍州，兼管內勸農使，替趙良規。仍放謝辭。〔楊察行〕十月甲戌，至郡。是歲，子奕生。

### 慶曆六年丙戌公年四十

公在滁，自號醉翁。

### 慶曆七年丁亥公年四十一

十二月，以南郊恩，加上騎都尉，進封開國伯，加食邑三百户。〔制詞〕敕：朕禮天事神，以祈生民之佑；尊祖親考，以席鴻基之隆。爰馨齋明，仰膺顧諟；乃眷近侍，宜均恩典。朝散大夫、行右正言、知制誥、騎都尉、信都縣開國子、食邑五百户、賜紫金魚袋歐陽某：詞藻敏麗，風韻俊豪。參列諫垣，蔚有敢言之節；褒升詞禁，茂昭華國之文。委任素煩，安靜攸處。屬修大祀，俾洽蕃休。特疏勳爵之儀，並厚邑封之數。中外之寄，待遇無殊，深體束求，勉敦素履。可特授依前行右正言、知制誥，加上騎都尉，進封開國伯、食邑三百户，散官、賜如故。仍放朝謝。〔稽穎行〕是歲，子棐生。

## 慶曆八年戊子公年四十二

閏正月乙卯，轉起居舍人，依舊知制誥，徙知揚州。〔制詞〕敕：勤求治道，優延近著。粵惟詞禁之彥，久布外邦之政，特推渥治，蓋示眷懷。朝散大夫、行右正言、知制誥、知滁州、上騎都尉、信都縣開國伯、食邑八百户、賜紫金魚袋歐陽某：智慮淹通，文藻敏麗，善談當世之務，旋登近侍之班。向直內閣之嚴，實分北道之寄。爰司方郡，屢易周星，軫予意之良深，俾官儀而敘進。記言動者，良史之筆，授之以清階；督淮海者，廣陵之區，委之以會府。仍司雅誥，尚遠法垣。當欽待遇之榮，益務端莊之節。遲聞美績，用對寵靈。可特授行起居舍人、知制誥、知揚州軍州事、兼管內堤堰橋道勸農使，替張奎，散官、勳、封賜如故。仍放謝辭。〔稽穎行〕二月庚寅，至郡。

## 皇祐元年己丑公年四十三

正月丙午，移知穎州。二月丙子，至郡，樂西湖之勝，將卜居焉。四月丙戌，轉禮部郎中。〔制詞〕敕：羣臣有常以善道益吾者，今雖在外，吾不忘也。事任有期，既未得即還左右，且進升其官秩，亦足表待遇之意焉。朝散大夫、行起居舍人、知制誥、知穎州、上騎都尉、信都縣開國伯、食邑八百户、賜紫金魚袋歐陽某：頃用文詞登朝，居諫諍之任，屢以謇諤之言陳闕失。朝奉郎、尚書工部員外郎、直龍圖閣、知亳州、上騎都尉、賜紫金魚袋王洙：往由經藝入侍，備顧問之職，嘗以博洽之學資見聞。間緣薄疵，並領外寄。嚴助守藩，久去承明之直；望之懷闕，應有本朝之思。吾嘉才猷，實用矜爾，爰各遷於品秩，俾仍頒於教條。行將召生，毋日留滯。《詩》曰："心乎愛矣，遐不謂矣。"其務淑慎，體茲睠懷。修可特授尚書禮部郎中，依前知制誥、知穎州，散官、勳、封賜如故。仍放朝謝。洙可特授尚書刑部員外郎，依前直龍圖閣、知許州軍州，兼管內堤堰橋道勸農事，及管勾開治溝洫河道事，替宋祁，散官、勳、賜如故。仍放謝辭。〔李絢行〕八月辛未，復龍圖閣直學士。〔制詞〕敕：思文先朝，游心往籍。因層構之建，設近職之華。所以寵名儒，訪治道。我圖俊舊之望，時惟鯁亮之姿。差進禁聯，胥協公議。翰林侍讀學士、朝散大夫、右諫議大夫、知揚州、騎都尉、岐山縣開國子、食邑五百戶、賜紫金魚袋楊察：精明博洽，端粹正方。擢在禁林，復典謨而歸厚；置之憲席，處論議而不阿。朝散大夫、尚書禮部郎中、知制誥、知穎州、上騎都尉、信都縣開國伯、食邑八百戶、賜紫金魚袋歐陽某：識遠才長，文高行潔。篤於信道，不讀非聖之書；忠於本朝，屢條當世之務。並膺左右之選，歷宣內外之勞。峻節弗渝，公議彌勝。用進秘圖之拜，且光舊物之還。旌乃名臣，敷于茂典。爾身在外，朕心弗忘。嘉竚來忠，切懲前事。察可特授依前右諫議大夫、充翰林侍讀學士、兼龍圖閣學士，依舊知揚州，散官、勳、封賜如故。仍放朝謝。修可特授依前尚書禮部郎中、充龍圖閣直學士，依舊知穎州，散官、勳、封賜如故。仍放朝謝。〔胡宿行〕是歲，子辯生。

## 皇祐二年庚寅公年四十四

七月丙戌，改知應天府，兼南京留守司事。己酉，至府。十月己未，明堂覃恩，轉吏部郎中，加輕車都尉。〔制詞〕敕：朕聞王者尊其考，欲以配天。緣考之意，故推而上於祖。朕奉若斯義，乃以季秋之選，肇禋于太寢。禮備法物，樂和八音。三后上帝，亦既顧饗；六服羣辟，罔不蒙麻。眷言秘近之列，方殿股肱之郡，天地之福，其可不均？以爾樞密直學士、朝散大夫、右諫議大夫、上騎都尉、京兆郡開國侯、食邑一千戶、賜紫金魚袋田況：懷誠秉彝，博見彊志。以爾龍圖閣直學士、朝散大夫、尚書禮部郎中、上騎都尉、信都縣開國伯、食邑八百戶、賜紫金魚袋歐陽某：議論據古，忠正無私。並爲當世之宗，精究百家之術。施之政事，罔干譽而從欲；立於朝廷，不阿尊而事貴。風動全蜀，潤流京師。古者因禘以發爵祿，所以尊廟而貴命，況合宮之事哉？左省瑣闈之嚴，中臺宰屬之重。懋爾述職，推吾新恩。往哉生生，承此褒愛。況可特授給事中，依前充樞密直學士，加輕車都尉，散官、封賜如故。仍放朝謝。修可特授尚書吏部郎中，依前充龍圖閣直學士，加輕車都尉，散官、封賜如故。仍放朝謝。〔呂泰行〕是歲，約梅聖俞買田於穎。

## 皇祐三年辛卯公年四十五

## 皇祐四年壬辰公年四十六

三月壬戌，丁母夫人憂，歸潁州。四月，起復舊官，公固辭。八月，許之。

## 皇祐五年癸巳公年四十七

八月，自潁州護母喪歸葬古州之瀧岡，胥、楊二夫人祔焉。是冬，復至潁。

## 至和元年甲午三月改元公年四十八

五月，服闋，除舊官職，赴闕。〔制詞〕敕：人臣之大節，曰忠與孝。然處之者，或過不及。故先王設禮以爲之制，喪者不呼其門，盡爲子之志也。服除而從政，即爲臣之道也。前龍圖閣直學士、朝散大夫、尚書吏部郎中、輕車都尉、信都縣開國伯、食邑八百戶、賜紫金魚袋歐陽某：以文章直亮，擢居近侍；以才略器幹，屢更劇任。自罷家艱，歸伏閭里。今祥禫甫畢，賁然斯來。文昌清曹，淵圖秘職，皆爾舊秩，往服新命，唯是移孝資忠之義，爾其懋哉。可特授尚書吏部郎中、充龍圖閣學士，散官、勳、封賜如故。〔蔡襄行〕六月癸巳，朝京師，乞郡，不許。七月甲戌，權判流內銓。會小人詐爲公奏請汰內侍，其徒怨怒，以胡宗堯不當改官事中公。戊子，出知同州。判吏部南曹吳充，爲公辨明，不報。知諫院范鎮一再極言，而參知政事劉沆方提舉修《唐書》，亦乞留公修書。八月丙午，沆拜相。戊申，詔公修《唐書》。九月辛酉，遷翰林學士。〔制詞〕敕：帝王之制，坦然明白，發號出令，一日萬幾。其代予言，必資才哲。龍圖閣直學士、朝散大夫、尚書吏部郎中、輕車都尉、信都縣開國伯、食邑八百戶、賜紫金魚袋歐陽某：言忠信，行篤恭、文參典謨，心固金石。頃在諫列，以直誠盡規，彌縫袞闕；遷登禁省，以深詔大冊，振起國風。出按朔垂，罷守列郡。免喪還朝，即蘄外補。朕嘉其難進易退，有賢者之節，又文學舊老，宜居禁中。是用延登玉堂，典司翰墨。僉謀四及，咸曰得人。當使班、馬之風，弗獨漢邇三代也。可特授依前尚書吏部郎中、知制誥、充翰林學士，散官、勳、封賜如故。〔王洙行〕壬戌，兼史館修撰。〔制詞〕敕：古者左史記動，右史記言，得失形於一朝，榮辱見於千載。今而墨筆操牘，總二職之美者，不在吾儒雅之臣乎？翰林學士、朝散大夫、尚書吏部郎中、知制誥、刊修《唐書》、輕車都尉、信都縣開國伯、食邑八百戶、賜紫金魚袋歐陽某：學概道真，文得天粹；凜然風節，足爲世範。休有議論，實惟王體。更中外之衆務，在夷險而一心。益知汝賢，擢司內命，豈特屬文章以煩爾，蓋將咨謀慮以弼予。復此兼榮，亦非貳事。夫一家之法，傳信於方來；萬世有辭，垂裕於不朽。尚賴良直，以永休明。往服茂恩，奚假多訓。可特授依前尚書吏部郎中、知制誥，充史館修撰，仍舊翰林學士，刊修《唐書》，散官、勳、封賜如故。〔韓絳行〕又差勾當三班院。十月乙巳，朝饗景靈宮天興殿，攝侍中，捧盤取水。十二月庚戌，臘饗孝惠、孝章、淑德、章懷皇后廟，攝太尉行事。

### 至和二年乙未公年四十九

三月，同孫抃考試諸司寺監人吏。六月己丑，上書論宰相陳執中，已而乞外，改翰林侍讀學士、集賢殿修撰，出知蔡州。侍御史趙抃、知制誥劉敞上疏留公。七月戊午，復領舊職。八月辛丑，假右諫議大夫充賀契丹國母生辰使，將持送仁宗御容，會虜主殂。癸丑，改充賀登位國信使。十二月庚戌，宿虜界松山。

### 嘉祐元年丙申九月改元公元五十

二月甲辰，使還，進《北使語錄》。閏三月丁亥，判太常寺兼禮儀事。孟夏薦饗，攝太尉行事。五月癸未，知通進銀臺司兼門下封駁事。乙未，免勾當三班院。六月甲子，奉敕祈晴醴泉觀。八月壬戌，知益州。張方平除三司使，甲子，詔公權發遣三司公事，以俟其至，而命李淑代知銀臺司。乙亥，車駕詣景靈宮，朝拜天興殿，充贊導禮儀使，又朝謁真宗及章懿太后神御殿，攝太常卿。九月辛卯，大慶殿行恭謝禮，為贊引太常卿。禮成，加上輕車都尉，進封樂安郡開國侯，加食邑五百戶。〔制詞〕敕：施厚而報豐，維人之常；誠至而禮簡，事天之宜。朕承先烈之丕基，祗畏勤紹，弗敢荒寧。亶勞維疚，於昭降康。四海萬靈，莫不底豫。念所以報，必竭其誠。乃即太寢之嚴，躬尚質之享，欽翼虔共，陶匏以薦。合法大神示，格於祖考，明靈降監，休應顯孚。膺受福釐，均自近始。翰林學士、朝散大夫、尚書吏部郎中、知制誥、充史館修撰、判太常寺兼禮儀事、輕車都尉、信都縣開國伯、食邑八百戶、賜紫金魚袋歐陽某：文字復於古雅，正直邁於倫類。辯論堅確，救時為心。在涅不淄，湜湜自信。倚其演潤，故置諸內署；藉其才識，故付之史筆；賴其謀用，故試之大計。沛有餘地，左右咸宜。熙事思成，相儀克允。峻其勳等，增厥賦封，尚體予衷，以孚邦家于休。可特授依前尚書吏部郎中、知制誥、史館修撰、充翰林學士，加上輕車都尉，進封樂安郡開國

侯，食邑五百户，散官、勳、封賜如故。差遣依舊。〔吳奎行〕十二月，被差押伴契
丹賀正旦人使御筵於都亭驛。

### 嘉祐二年丁酉公年五十一

正月癸未，權知禮部貢舉，賜御書文儒二字。乙巳，磨勘，轉右諫
議大夫。〔制詞〕敕：禁密之重，朝廷所優。率從四歲之常，俾進兩官之次。示異等於
流品，表殊恩於邇臣。推意之明，在予則至；顯忠之報，惟汝爲深。授受之間，善美良
盡。翰林學士、朝散大夫、尚書吏部郎中、知制誥、充史館修撰、判太常寺兼禮儀事、
上輕車都尉、樂安郡開國侯、食邑一千三百户、賜紫金魚袋歐陽某：風誼醇篤，謀猷浚
明。憂天下之心，物議許其懇到；徇國家之急，朕志知其勇爲。矧夫統體之文，綽有雅
健之氣。特立于世，能同于人。姑用歲勞，升爲諫長。未厭搢紳之望，徒收翰墨之長。
亦爲顯承，當益章大。可特授右諫議大夫，依前知制誥、史館修撰、充翰林學士、散官、
勳、封賜如故。差遣依舊。仍放朝謝。〔吳奎行〕三月癸卯，爲狄青發哀苑中，攝
太常卿。六月丙寅，福康公主進封兖國公主，七月壬午，命公攝禮部侍
郎，以印授册使。乙未，兼判尚書禮部。九月己卯，兼判秘閣秘書省。
十一月辛巳，權判史館。丙申，權知審刑院，候胡宿回依舊，辛丑免。
十二月辛亥，權判三班院。癸亥，權奉安明德、元德、章穆三后御容於
啓聖院，車駕行酌獻禮，充禮儀使。是月，被差押伴契丹賀正旦人使御
筵於都亭驛。

### 嘉祐三年戊戌公年五十二

正月壬午，上幸興國寺及啓聖院，朝謁太祖、太宗神御殿，攝太常
卿。二月癸卯，契丹遣使告其國母哀，差公館伴。三月辛未，兼侍讀學
士，以員多，固辭不拜。癸未，充宗正寺同修玉牒官。甲午，同陳旭考
試在京百司等人。六月庚戌，加龍圖閣學士，權知開封府。〔制詞〕敕："京
邑翼翼，四方是則"，《商頌》之明訓也。朕念夫神皋奧區，大衆所聚，俗有五方之異，
吏有百司之繁。貴近豪并，輕犯法禁，迫蹙則已苛細，寬縱則有放紛。尹正之才，不止
乎決事無留、當官有守而已。維其明智足以照物，厚重足以鎮浮，先事以銷其萌芽，臨
文以破其機械，俾夫下國有以依仿，則庶幾乎古之治矣。翰林學士、朝散大夫、右諫議

大夫、知制誥、充史館修撰、充宗正寺修玉牒官、刊修《唐書》、判太常寺兼禮儀事、兼判尚書禮部、兼判秘閣秘書省、上輕車都尉、樂安郡開國侯、食邑一千三百户、賜紫金魚袋歐陽某：道德仁義，固其深蘊；文學政事，知乃兼長。老於詞禁之中，未愜搢紳之望。今詳試以煩劇，命允釐於浩穰，寵以延閣之拜，優以京輔之授。爾其念古訓而用乂，毋曰時異，稍艱乎施設也。可特授依前右諫議大夫、知制誥、史館修撰，充翰林學士，兼龍圖閣學士、權知開封府，兼畿内勸農使，仍舊刊修《唐書》、兼判秘閣秘書省，散官、勳、封賜如故。〔吴奎行〕

### 嘉祐四年己亥公年五十三

二月戊辰，免開封，轉給事中，同提舉在京諸司庫務。〔制詞〕敕：漢制，給事中日上朝謁，平尚書奏事。近世所職雖異，而其親近左右，爲最要密，非得端士不以付焉。以爾翰林學士、兼龍圖閣學士、朝散大夫、右諫議大夫、知制誥、充史館修撰、刊修《唐書》、兼判秘閣秘書省、上輕車都尉、樂安郡開國侯、食邑一千三百户、賜紫金魚袋歐陽某：性資純良，識用明果。直道自奮，至忠不回。向自禁林，尹正京邑，摧抑權幸，崇獎善良，獄訟簡稀，幾至無事。方此眷賴，以圖靖嘉。而乃屢形奏封，求請便郡。朕惟亮正之益，不可使遠外；而煩劇之任，宜有以均勞。延登瑣闥，以備顧問。爾其祇服，體朕意焉。可特授給事中，依前知制誥、史館修撰、充翰林學士、兼龍圖閣學士，提舉在京諸司庫務，仍舊刊修《唐書》、兼判秘閣秘書省，散官、勳、封賜如故。〔范鎮行〕是月，充御試進士詳定官，賜御書善經二字。四月丁卯，奏告今冬太廟親行祫饗之禮。癸酉孟夏薦饗，並攝太尉行事。丙子，兼充羣牧使。六月甲申，刪定《景祐廣樂記》。九月丁酉，奉敕祈晴相國寺。十月壬申，車駕朝饗景靈宫；癸酉，祫饗太廟，並攝侍中行事。丁丑，加護軍，食實封二百户。〔制詞〕敕：王道之最盛者，莫如宗廟；宗廟之至重者，莫如大祫。朕祇率舊禮，親執祀事。神人以和，祖考來格。此皆辟公卿士肅雍顯相之效也。福祉之流，朕安敢專？翰林學士、兼龍圖閣學士、朝散大夫、給事中、知制誥、充史館修撰、刊修《唐書》、兼判秘閣秘書省、兼充羣牧使、上輕車都尉、樂安郡開國侯、食邑一千三百户、賜紫金魚袋歐陽某：清識宏議，搢紳之表；醇文懿行，名世之選。此所以增朝廷之光，參瑚璉之器。《詩》不云乎："左右奉璋，髦士攸宜。"夫熙事休成，惠澤廣被，則賢者宜先矣。叙升書勳之籍，真食加田之賦，於以均七廟之慶，尉萬夫之望，其庶幾乎。可特授依前給事中、知制誥、史館修撰、充翰林學士、兼龍圖閣學士，加護軍、食實封二百户，散官、封賜、差遣如故。〔劉敞行〕

### 嘉祐五年庚子公年五十四

四月丁卯孟夏薦饗太廟，攝太尉行事。七月戊戌，上新修《唐書》二百五十卷。庚子，推賞，轉禮部侍郎。〔制詞〕敕：古之爲國者法後王，爲其近於己，制度文物可觀故也。唐有天下且三百年，明君賢臣相與經營扶持之，其盛德顯功、美政善謀固已多矣，而史官非其人，記述失序，使興壞成敗之迹晦而不章。朕甚恨之，故擇廷臣筆削舊書，勒成一家。翰林學士、兼龍圖閣學士、朝散大夫、給事中、知制誥、充史館修撰、刊修《唐書》、兼判秘閣秘書省、兼充羣牧使、護軍、樂安郡開國侯、食邑一千三百户、食實封二百户、賜紫金魚袋歐陽某，端明殿學士、兼翰林侍讀學士、龍圖閣學士、朝請大夫、守尚書吏部侍郎、充集賢殿修撰、知鄭州、上柱國、常山郡開國公、食邑二千三百户、食實封六百户、賜紫金魚袋宋祁，創立統紀，裁成大體。朝散大夫、尚書禮部郎中、知制誥、充集賢殿修撰、糾察在京刑獄、兼權判尚書工部、充宗正寺修玉牒官、騎都尉、高平縣開國男、食邑三百户、賜紫金魚袋范鎮，朝奉郎、守尚書刑部郎中、知制誥、同勾當三班院、上輕車都尉、賜紫金魚袋王疇，三司度支判官、朝奉郎、太常博士、充集賢校理、編修《唐書》官、上騎都尉、賜緋魚袋宋敏求，罔羅遺逸，厥協異同。凡十有七年，大典乃立，閎富精覈，度越諸子矣，皆讐有功。朕將據古鑒今，以立時治。爲朕得法，其勞不可忘也，皆遷秩一等，布其書天下，使學者咸睹焉。修可特授守尚書禮部侍郎，依前知制誥、史館修撰、充翰林學士、散官、差遣、勳、封、食實封、賜如故。祁可特授守尚書右丞，依前集賢殿修撰、充端明殿學士、兼翰林侍讀學士、龍圖閣學士、散官、差遣、勳、封、食實封、賜如故。仍放朝謝。鎮可特授尚書吏部郎中、依前知制誥、充集賢殿修撰、散官、差遣、勳、封賜如故。疇可特授守尚書右司郎中，依前知制誥，散官、勳、賜、差遣如故。敏求可特授尚書工部員外郎，依前集賢校理、充三司度支判官，散官、勳、賜如故。〔劉敞行〕九月丁亥，兼翰林侍讀學士。〔制詞〕敕：夫堯舜稱治之至，莫重於稽古，蓋順考前繹以施有政。故其聖功大烈，後世無以逾焉。朕睎風於既往，求理於當世，留神典册，用資聰明，務延道德之老，以爲勸講之益，進讀左右，尤任賢碩。翰林學士、兼龍圖閣學士、朝散大夫、守尚書禮部侍郎、知制誥、充史館修撰、判秘閣秘書省、兼充羣牧使、護軍、樂安郡開國侯、食邑一千三百户、食實封二百户、賜紫金魚袋歐陽某：素履夷直，懷負忠亮，雄詞奧學，高視前哲，讜議精識，推爲國器。方且擢處禁近，以襄大猷，登預經閣，庶幾自輔。夫維善言古，必驗於今，援史傳經，爾其無讓。可特授依前守尚書禮部侍郎、知制誥、史館修撰、充翰林學士、兼侍讀學士，散官、差遣、勳、封、食實封、賜如故。〔王疇行〕十月庚午，下元節，車駕朝拜景靈宮天興殿，朝謁真宗及章懿太后神御殿，攝侍中。十一月辛丑，拜樞密副使，加食邑五百户，食實封二百户。〔制詞〕敕：夫《詩》美吉甫，以有文武。故賢特之士，無施不可。朕惟天下之重，兵本之寄，委於廊廟之臣，責其講畫之用。則待遇之意，付畀之際，敢不慎乎！苟非材英，豈易圖任？翰林學士、兼侍讀學士、朝散大夫、守尚書禮部侍郎、知制誥、充史館修撰、護軍、樂安郡開國侯、食邑一千三百户、食實封二百户、賜紫金魚袋歐陽某：學通古今之宜，性符履道之直，議論明正，懷負高爽。久居禁近之從，屢更中外之事，選所踐試，悉著聲實。今樞筦之地，籌勝是經，擢貳大猷，適竚休績，惟公忠可以成務，惟寅亮可以就功。往其慎哉，無廢朕命。可特授依前守尚書禮部侍郎、充樞密副使，加食邑五百户、食實封二百户，散官、勳、賜如故。〔王疇行〕甲寅，同修《樞密院時政記》。十二月，被差押伴契丹賀正旦人使御筵於都亭驛。

### 嘉祐六年辛丑公年五十五

三月戊申，侍上幸後苑，賞花華景亭，釣魚涵曦亭，遂宴太清樓。閏八月辛丑，轉户部侍郎，參知政事，進封開國公，加食邑五百户、食實封二百户，公辭轉官，許之。〔制詞〕敕：夫萬務之理，命令之出，謀謨於堂上，風行於天下，使來者可觀而興言無譏者，非吾二三相輔乎？本兵之所，號爲樞機，布政之方，實繫原抵，更踐大府，參持衡柄，向匪全德，疇副毗倚？樞密副使、朝散大夫、守尚書禮部侍郎、護軍、樂安郡開國侯、食邑一千八百户、食實封四百户、賜紫金魚袋歐陽某：識鑒明遠，才猷通劭，議論貫前儒之學，文章擅獨步之名。遍歷清華，迭居中外，自居重任，已試異能，忠言不私，直道無屈。是用易地，且俾遷官，讓節逾高，誠心可諒。若夫禮樂未具，制度未立，基業未固，賦用未節，昔人有作，後世奚艱？俾我有宋之治，如三代盛時者，亦惟吾相輔而已。力行王道，今也其時，無謂吾不能行，其同心以濟，勉之哉！可特授依前守尚書禮部侍郎、參知政事，進封開國公，加食邑五百户、食實封二百户，散官、勳、賜如故。〔張懷行〕九月庚申，同修《中書時政記》。十二月丙戌，臘享太廟，攝太尉行事。

### 嘉祐七年壬寅公年五十六

正月己酉朔，大慶殿朝賀，攝侍中，承旨宣制。三月乙卯，祈雨南郊，攝太尉行事。辛酉，提舉三館秘閣寫校書籍，同譯經潤文。四月壬午，上《嘉祐編敕》。七月庚戌，差充明堂鹵簿使。九月戊申，文德殿奏請致齋，攝侍中，奏中嚴外辦。己酉，朝饗景靈宮。庚戌，朝饗太廟，並攝司徒。辛亥，大饗明堂。己未，進階正奉大夫，加柱國，仍賜推忠佐理功臣。〔制詞〕敕：合宮大饗，明靈居歆，覭告神釐，蒙所勞矣。一二相事之老，宜均乃休。朝散大夫、守尚書禮部侍郎、參知政事、護軍、樂安郡開國公、食邑二千三百戶、食實封六百戶、賜紫金魚袋歐陽某：文章瑞時，議辯華國，進陪大政，時欲倚平。會資閎儀，贊成孝志，徹俎而命，宜先近班。功號崇階，副之勳等，往膺異數，是惟典常。可特授正奉大夫，依前尚書禮部侍郎、參知政事，加柱國，仍賜推忠佐理功臣，封、食實封、賜如故。〔張懷行〕十二月丙申，上幸龍圖、天章閣，召輔臣至待制、三司副使以上、臺諫官、皇子、宗室、駙馬都尉、管軍，觀三聖御書。又幸寶文閣，親飛白書，分賜羣臣。公得雙幅大書"歲"字，下有御押，加以御寶。王珪夾題八字云"嘉祐御札賜歐陽修"，仍於絹尾書"翰林學士臣王珪奉聖旨題賜名"。又出御製《觀書詩》一首，令羣臣屬和。公和篇在《外集》。遂宴羣玉殿。庚子，再召近臣及三館臣僚赴天章閣，觀三朝瑞物、太宗真宗御集。次赴寶文閣，觀御飛白書，賜公金花牋字。復燕羣玉殿。後數日，公以狀進詩謝。狀在《四六集》，詩在《居士集》。

　　按：兩宴皆有賜書，而《實錄》及范蜀公《東齋記事》止載丙申有賜，當時王岐公親奉詔為序，亦不及庚子再賜。而《實錄》及序又不及館職預召，惟《東齋記事》言之。公記陸子履家藏飛白字，明言羣玉殿所賜，時子履任集賢校理，與《東齋記事》合。但不知是日公得何字？其為金花牋則無疑。然陳無已《六一堂圖書詩》乃云黃絹兩大字，又何也？韓忠獻公謝詩云"鸞拂宮綃舞"，胡文恭公亦有《謝御飛白扇子詩》，得非預坐者眾，所賜或不同邪？《實錄》二十三日丙申、二十七日庚子，而岐公序乃作戊申壬子，不應差誤如此，殆傳寫訛耳。

　　是月，差押伴契丹賀正旦人使御筵於都亭驛。

### 嘉祐八年癸卯公年五十七

　　二月乙亥，奉敕充沈貴妃冊禮使。不及行禮。四月壬申，英宗即位。甲戌，奉敕書大行皇帝哀冊諡寶。甲申，覃恩轉戶部侍郎，進階金紫光

禄大夫，加食邑五百户、食實封二百户，仍賜推忠協謀佐理功臣。〔制詞〕
敕：朕受命先帝，付畀大寶。始初踐祚，居士民之上，與二三臣輔講求天下之理，恩意
之及，宜先老成。推忠佐理功臣、正奉大夫、尚書禮部侍郎、參知政事、柱國、樂安郡
開國公、食邑二千三百户、食實封六百户、賜紫金魚袋歐陽某：氣清神深，學足以飾經
治。推忠佐理功臣、正奉大夫、尚書禮部侍郎、參知政事、柱國、天水郡開國公、食邑
二千五百户、食實封六百户、賜紫金魚袋趙概，性和識遠，言足以濟成謀。皆杞梓良材，
廟堂重器，久弼亮於大本，方倚平於至公。尚書地官，機政所出，往踐厥服，思所以致
君堯舜之任，無俾專美於前人，朕所望焉。修可特授金紫光禄大夫、行尚書户部侍郎，
依前參知政事，加食邑五百户、食實封二百户，仍賜推忠協謀佐理功臣，勳、封如故。
概可特授金紫光禄大夫、行尚書户部侍郎，依前參知政事，加食邑五百户、食實封二百
户，仍賜推忠協謀佐理功臣，勳、封如故。〔張懷行〕乙酉，奉敕篆受命寶，其文
曰"皇帝恭膺天命之寶"。五月戊辰，爲皇帝祈福於南郊，攝太尉行事。
七月戊申，押伴契丹祭弔人使御筵於都亭驛。八月癸巳，奉敕篆大行皇
帝謚寶，其文曰"神文聖武明孝皇帝之寶"。十月乙酉，增修太廟成，命
告七室。十二月庚午，押伴契丹賀正旦人使御筵於都亭驛。

### 英宗治平元年甲辰公年五十八

四月甲午，奉敕祈雨社稷。閏五月戊辰，特轉吏部侍郎。〔制詞〕敕：
先皇帝遺大投艱于朕躬，俾守宗廟，期年于兹。惟是一二政事之臣，輔朕不逮，以底於
治。嘉乃勞止，是用疇庸。推忠協謀佐理功臣、金紫光禄大夫、行尚書户部侍郎、參知
政事、柱國、樂安郡開國公、食邑二千八百户、食實封八百户歐陽某：精識照於古今，
高明起於日月。文之以禮樂，濟之以公忠。頃在先朝，預聞大政。逮予嗣訓之始，繄爾
定策之先。屬哀毀之過差，感疾疹之甚戾。醫禱備至，氣體訖康。苟非與在之良，曷見
仰成之懿。宜峻天臺之秩，庸昭國棟之隆。褒德懋功，於是乎在。爾其夙夜茂勉，左右
弼諧，用乂我王家。爾亦有無窮之聞，豈不休哉。可特授行尚書吏部侍郎，依前參知政
事，功臣、散官、勳、封、食實封如故。〔宋敏求行〕八月辛丑，奉敕祈晴太社。
十二月壬子，差押伴契丹賀正旦人使御筵於都亭驛。

### 治平二年乙巳公年五十九

是春，上表乞外，不允。四月辛丑，景靈宮奉安仁宗御容，車駕行

酌獻之禮，攝侍中。八月，以大雨水，再乞避位，不允。九月辛酉，提舉編纂太常禮書百卷成，詔名《太常因革禮》，賜銀、絹。十一月庚午，車駕朝饗景靈宮。辛未，饗太廟。壬申，祀南郊，攝司空行事。進階光禄大夫，加上柱國、食邑五百户。〔制詞〕敕：朕薦鬯清廟，懷祖宗之威神；升禋紫壇，致天地之明察。靈心顧享，熙事休成。臨端闈而肆需中區，奉徽號而推尊父母。眷言賦政之重，宜首均釐之隆。推忠協謀佐理功臣、金紫光禄大夫、行尚書吏部侍郎、參知政事、柱國、樂安郡開國公、食邑二千八百户、食實封八百户歐陽某：道合誠明，學窮元本。被遇仁考，歛休禁塗。以經緯之文，施於典册；以直亮之節，顯於巖廊。荐更四近之聯，深暢萬機之會。邦禋肇議，朝務益繁。備公衮之華章，承祭除之盛禮。乃順神福，以甄爾勞。進文散之崇階，衍采田之多邑。仍推勳級，庸異弼臣。顧褒嘉而載優，當圖報而毋廢。我有明命，其懋承之。可特授光禄大夫，依前行尚書吏部侍郎、參知政事，加上柱國、食邑五百户，功臣、封、食實封如故。〔宋敏求行〕

### 治平三年丙午公年六十

三月三日，賜上巳宴。時初頒《明天曆》，適值丁巳。是月，以言者指濮議爲邪說，力求去，不允。七月癸酉，薦饗太廟，攝太尉行事。十二月癸未，奉敕篆皇帝尊號寶，其文曰"體乾膺歷文武廣孝皇帝之寶"。乙巳，押伴契丹賀正旦人使御筵於都亭驛。

### 治平四年丁未公年六十一

正月丁巳，神宗即位。戊辰，覃恩轉尚書左丞，進階特進，加食邑五百户、食實封二百户，仍賜推忠協謀同德佐理功臣。〔制詞〕敕：在昔成王有審訓，以屬於六卿。惟我先帝命冲人，實託於四輔。眷言蒞阼之始，宜首懋官之恩。推忠協謀佐理功臣、光禄大夫、行尚書吏部侍郎、參知政事、上柱國、樂安郡開國公、食邑三千三百户、食實封八百户歐陽某：鯁亮發中，誠明暴外。文蔚典謨之體，學通治亂之原。弼翼兩朝，燮熙萬務。肆朕纂服，載深仰成。爰升蕭於臺機，示疇庸於台佐。衍封增幹，賜號進階。祇式舊章，併推異數。憶，荷祖宗之垂佑，既嗣無疆之休；賴臣鄰而協恭，方求小毖之助。益宣賢業，茂對寵徽。可特授特進、行尚書左丞，依前參知政事，加食邑五百户、食實封二百户，仍賜推忠協謀同德佐理功臣，勳、封如故。〔宋敏求行〕二月，第三子棐登進士第。是月，御史彭思永、蔣之奇以飛語污公。上察其誣，斥之。公力求去。三月壬申，除觀文殿學士，轉刑部尚書、知亳州，改賜推誠保德崇仁翊戴功臣。〔制詞〕敕：朕惟國之大臣，毗倚於內，猶同體之股肱，凌雲之羽翼，責至重也。至於辭隆自潔，則必徇其雅志而尊顯之，蓋所以均其勞逸也。方朕守文之初，而一德舊老，以病自乞，章數上矣，其可留以佐我而戩進退之節乎？推忠協謀同德佐理功臣、特進、行尚書左丞、參知政事、上柱國、樂安郡開國公、食邑三千八百戶、食實封一千戶歐陽某：學通本原，邦之讜直；名重當世，士林師法。繇樞機之柄任，贊廊廟之全謨。兩受仍几之託，益堅事上之誠。踐更三朝，出入八載。濡頭瀝懇，守麾是蘄。雖詔批不可，而其請愈確。是用進職書殿，增秩秋官，授符于价藩，分憂于閫寄，褒渥備矣。書不云乎："雖爾身在外，乃心罔不在王室。"勉勤所報，詎假予訓。可特授行刑部尚書、充觀文殿學士、知亳州軍州事、兼管內河堤勸農使及管勾開治溝洫河道事，仍改賜推誠保德崇仁翊戴功臣，散官、勳、封、食實封如故。〔呂夏卿行〕閏三月辛巳，宣簽書駐泊公事，陛辭，乞便道過潁少留，許之。五月甲辰，至亳。六月戊申，視事。

## 神宗熙寧元年戊申公年六十二

是歲，連上表乞致仕，不允。八月乙巳，轉兵部尚書，改知青州，充京東東路安撫使。〔制詞〕敕：朕惟北海，九州之古郡，而東人之都也。近世兩府出入，為均逸之地，非耆德峻望，不為倚毗。推誠保德崇仁翊戴功臣、觀文殿學士、特進、刑部尚書、知亳州、上柱國、樂安郡開國公、食邑三千八百戶、食實封一千戶歐陽某：以文學自進，以器能自任，早領樞務，旋參大政。奏封屢上，誠請益堅。俾守藩方，已逾歲律。乃進夏官之秩，往臨海岱之區。一道兵農，惠綏是賴。肅予近服，無假訓言。可特授行兵部尚書、依前充觀文殿學士、知青州軍州事、兼管內勸農使，充京東東路安撫使，功臣、散官、勳、封、食實封如故。仍放謝辭。〔李大臨行〕九月丙申，至青。十一月丁亥，郊祀恩，加食邑五百戶、食實封二百戶。〔制詞〕敕：朕嗣位之初，祇見上帝祖考，九州四海，莫不來祭。惟二三元老，雖爾身在外，乃心罔不在王室。推恩行爵，必先及之。推誠保德崇仁翊戴功臣、觀文殿學士、特進、行兵部尚書、上柱國、樂安郡開國公、食邑三千八百戶、食實封一千戶歐陽某：文章宿望，左右三朝。艱難之時，實賴其力。進退之節，不累於位。股肱近鎮，玉帛勤王。茲朕所以推神休而疏朝寵也。乃眷舊德，奚煩訓辭。可特授依前行兵部尚書、充觀文殿學士、加食邑五百戶、食實封二百戶，功臣、散官、勳、封如故。〔吳充行〕是歲，築第於潁。

### 熙寧二年己酉公年六十三

三月，内侍王延慶便道傳宣撫問，仍賜香藥一銀合，又遞賜新校定《前漢書》，以公嘗預刊定也。冬，乞壽州便私計，不允。

### 熙寧三年庚戌公年六十四

四月壬申，除檢校太保、宣徽南院使，判太原府，河東路經略安撫監牧使，兼并、代、澤、潞、麟、府、嵐、石路兵馬都總管。〔制詞〕敕：國家規制裔邊，並建帥領。惟河汾之一道，搤獫狁之二垂，爰咨袞路之賢，往付并門之筦。仍遷近府，用壯奧藩。具官某：道德文章，爲時矜式。謀猷忠亮，預政累朝。自獲解於台司，已再更於郡寄。委遠時柄，爾雖樂於燕安；尊任賢能，朕豈忘於鑒採？眷言大鹵，方擇守臣，俾從表海之邦，就改近胡之鎮。班通四貴，所以褒寵於舊勳；節制諸戎，所以倚成於外閫。惟爾同寅之德，體予注意之隆，亟即新州，毋辭遠略。可特授檢校太保、宣徽南院使，判太原府，河東路經略安撫使，兼并、代、澤、潞、麟、府、嵐、石路兵馬都總管，功臣、散官、勳、封如故。〔蘇頌行〕公堅辭不受。七月辛卯，改知蔡州。九月甲寅，至蔡，是歲更號六一居士。

### 熙寧四年辛亥公年六十五

公在蔡，累章告老。六月甲子，以觀文殿學士、太子少師致仕。〔制詞〕敕：朕惟左右輔弼之臣，以道德自任者，其去就進退，莫不有義與命。而朝廷優寵遇待，不使之早告老以去者，非獨朕之恩典爲然，亦先王之禮意故也。以爾推誠保德崇仁翊戴功臣、觀文殿學士、特進、行兵部尚書、上柱國、樂安郡開國公、食邑四千三百户、食實封一千二百户歐陽某：文章學問，遠足以知先王；德義謀猷，近足以宜當世。陟降秘近，踐揚兹多。繑繇樞庭，參決大政，乃能熙天之命，克勤王家。均休外藩，年德方茂，而乃安於義命，以禮請去，至於勤懇。雖朕之睠遇有加，亦終不能易爾志。重以先帝顧命，輔朕眇躬，勳勞問望，顧可以無報稱哉？是用度越常典，以榮爾歸，俾進東宮之師，仍兼秘殿之職。尚惟率身善俗，以助成王德，惟良顯哉！可特授太子少師，依前充觀文殿學士致仕，功臣、散官、勳、封、食實封如故。仍放朝謝。〔張懷行〕七月，歸潁。八月，將祀明堂，詔赴闕陪位。公上章乞免，從之。禮成，賜衣帶、器幣、牲餼。

### 熙寧五年壬子公年六十六

閏七月庚午，公薨。八月丁亥，贈太子太師。〔制詞〕敕：大臣還官告老，以高秩尊爵歸第，固朝廷所禮異也，矧嘗參決大政，有兩朝定策援立之勳。德甚盛而弗居，年未至而辭位，遽茲長逝，宜厚追褒。故推誠保德崇仁翊戴功臣、觀文殿學士、特進、太子少師致仕、上柱國、樂安郡開國公、食邑四千三百戶、食實封一千二百戶歐陽某：以文章革浮靡之風，以道德鎮流競之俗，挺節強毅而不撓，當官明辯而莫奪，三世寵榮，一德端亮。朕方將圖任舊老，疇咨肅乂。而雅志沖邈，必期退休，未閱數歲，章踰十上。在大義難盡其力，茲勤請所以不違，謂其脱去人間之累，當享期頤之壽。天遽殲奪，曾靡愁遺，覽奏之日，爲之不能臨朝。儲坊六傅，師惟長首，舉以爲贈，用紓予哀。尚其有知，享此嘉命。可特贈太子太師。〔王益柔行〕

### 熙寧七年八月　諡文忠。

## 諡　　議

省司準敕定諡。據本家發到故推誠保德崇仁翊戴功臣、觀文殿學士、特進、太子少師致仕、上柱國、樂安郡開國公、食邑四千三百戶、食實封一千二百戶、贈太子太師歐陽某行狀，依例牒太常禮院擬諡，今準回牒連到議狀，諡曰"文忠"。宣德郎、守太常丞、充集賢校理、同知太常禮院李清臣。

公歸老於家，以疾不起。將葬，行狀上尚書省，移太常請諡。太常合議曰：公維聖宋賢臣，一世學者之所師法。明於道德，見於文章，究竟六經羣史、諸子百氏，馳騁貫穿，述作千百萬言，以傳先王之遺意。其文卓然，自成一家，比司馬遷、揚雄、韓愈無所不及而有過之者。方天下溺於末習，爲章句聲律之時，聞公之風，一變爲古文，咸知趨尚根本，使朝廷文明不愧於三代、漢、唐者。太師之功，於教化治道爲最多，如太師真可謂"文"矣。博士李清臣得其議，則閱讀行狀，考按諡法，曰：唐韓愈、李翱、權德輿、孫逖，本朝楊億，皆諡"文"，太師固宜以"文"諡。吏持眾議白太常官長，官長有曰："文"則信然，不復易也。然公平生好諫諍，當加"獻"爲"文獻"，無已，則加"忠"爲"文忠"。衆相視曰：其如何？則又合言曰："忠"亦太師之大節，太師嘗參天下政事，進言仁宗，乞早下詔立皇子，使有明名定分，以安人心。及英宗繼體，今上即皇帝位，兩預定策翊戴，有安社稷功，和裕内外，周旋兩宮闈，迄于英宗之視政。蓋太師天性正直，心誠洞達，明白無所欺隱，不肯曲意順俗，以自求便安。好論列是非，分別賢、不肖，不避人之怨誹狙嫉，忘身履危，以爲朝廷立事。按《謚法》，道德博聞曰"文"，廉方公正曰"忠"，今加"忠"以麗文，宜爲當。衆以狀授清臣，爲謚議。清臣曰：不改於"文"而傅之以"忠"，議者之盡也，清臣其敢不從。遂謚"文忠"。謹議。

朝奉郎、守尚書工部郎中、充秘閣校理、直舍人院、兼同修起居注、權判吏部流内銓、騎都尉、賜緋魚袋錢藻，宣德郎、守尚書刑部員外郎、充集賢校理、兼同修起居注、權同判吏部流内銓、騎都尉、賜緋魚袋竇卞，伏準太常禮院謚議如前。

天下文物繁盛之極，學士大夫競夫鎪刻組繪，日益靡靡，以汩没於卓詭魁殊之說，而不復知淳古之爲正也。於是時，天下曰是，太師曰非；天下以爲韙，太師以爲陋。學士大夫磨牙淬爪，爭相出力，以致之危害。太師不之顧曰：我道，堯、舜也，我言，孔子、孟軻也，而天下不我從，將焉往？然卒由太師而一歸於醇正。故仁義之言，其華燁然，獨輝灼乎一代之盛，遠出《二京》之上。嗚虖嫩哉！大丈夫束帶立夫人之朝，所以大過人者，大節立焉。不齗齗小節以求曲全，可也。怫衆慮，彊君以難，是爲大節。不徇世俗之論，而先識以制未形，是爲大節。太師當嘉祐之間，協議建儲正名，挈天下之疑而伸之，萬世因而若維太山而安不危，斯之謂大節。《謚法》：道德博聞曰"文"，廉方公正曰"忠"。生平論譔文章，務明堯舜、孔孟之教於已壞之後，可謂道德博聞矣。排左右持禄取容之慮，特建萬世無窮之策，而自不以爲功，可謂廉方公正矣。太常易名曰"文忠"，庶乎天下有以知公議之不能泯也。

省司準例於都亭驛集合省官同參詳，皆協令式，請有司準例施行，謹詳定訖，遂具狀中書門下取裁。奉宰臣判準申，謹具狀奏聞，伏候敕旨。

**熙寧八年九月乙酉**　葬開封府新鄭縣旌賢鄉。

**元豐三年十二月**　以子升朝，遇大禮，贈太尉。〔制詞〕敕：朕齋明以祀，得歆於神，維顯及幽，並受多祉。奉議郎、輕車都尉、賜緋魚袋歐陽發：父歷任觀文殿學士、太子少師致仕、贈太子太師某，以高文典策，冠絕譽髦；以重德令名，進參機要。踐更事任，奮發猷爲。諒直公忠，簡於朕志。逝日逾遠，賢聲不忘。垂裕後昆，序朝通籍。丁時賚，慇錫有加。尚其誉魂，膺此明命。可特贈太尉。〔王安禮行〕

**元豐八年十一月**　贈太師，追封康國公。

**紹聖三年五月**　追封兗國公。〔制詞〕敕：宗祖之澤，充塞穹壤，國之故老，褒叙有章。朝請郎、充秘閣校理、輕車都尉、賜緋魚袋歐陽棐，弟通直郎、飛騎尉辯：故父任觀文殿學士、太子少師致仕、贈太子太師、追封康國公某：名世之才，出應期運。明於輔弼事業，而以風節始終。餘慶嗣人，追命成國。亶惟不没，尚克享兹。可特贈太師，追封兗國公。〔中書舍人盛陶行〕

**崇寧三年**　追封秦國公。以子棐遇郊恩。

**政和三年**　追封楚國公。以子棐遇郊恩。

# 歐陽修傳

歐陽修，字永叔，廬陵人。四歲而孤，母鄭，守節自誓，親誨之學，家貧，至以荻畫地學書。幼敏悟過人，讀書輒成誦。及冠，嶷然有聲。

宋興且百年，而文章體裁，猶仍五季餘習。鎪刻駢偶，淟涊弗振，士因陋守舊，論卑氣弱。蘇舜元、舜欽、柳開、穆修輩，咸有意作而張之，而力不足。修遊隨，得唐韓愈遺稿於廢書簏中，讀而心慕焉。苦志探賾，至忘寢食，必欲並轡絕馳而追與之並。

舉進士，試南宮第一，擢甲科，調西京推官。始從尹洙遊，爲古文，議論當世事，迭相師友，與梅堯臣遊，爲歌詩相倡和，遂以文章名冠天下。入朝，爲館閣校勘。

范仲淹以言事貶，在廷多論救，司諫高若訥獨以爲當黜。修貽書責之，謂其不復知人間有羞恥事。若訥上其書，坐貶夷陵令，稍徙乾德令、武成節度判官。仲淹使陝西，辟掌書記。修笑而辭曰：“昔者之舉，豈以爲己利哉？同其退不同其進可也。”久之，復校勘，進集賢校理。慶曆三年，知諫院。時仁宗更用大臣，杜衍、富弼、韓琦、范仲淹皆在位，增諫官員，用天下名士，修首在選中。每進見，帝延問執政，咨所宜行。既多所張弛，小人翕翕不便。修慮善人必不勝，數爲帝分別言之。初，范仲淹之貶饒州也，修與尹洙、余靖皆以直仲淹見逐，目之曰“黨人”。自是，朋黨之論起，修乃爲《朋黨論》以進。其略曰：“君子以同道爲朋，小人以同利爲朋，此自然之理也。臣謂小人無朋，惟君子則有之。小人所好者利祿，所貪者財貨，當其同利之時，暫相黨引以爲朋者，僞也。及其見利而爭先，或利盡而反相賊害，雖兄弟親戚，不能相保，故曰小人無朋。君子則不然，所守者道義，所行者忠信，所惜者名節。以之修身，則同道而相益，以之事國，則同心而共濟，終始如一，故曰惟君子則有朋。紂有臣億萬，惟億萬心，可謂無朋矣，而紂用以亡。武王有臣三千，惟一心，可謂大朋矣，而周用以興。蓋君子之朋，雖多而不厭故也。故爲君但當退小人之僞朋，用君子之真朋，則天下治矣。"

修論事切直，人視之如讎，帝獨獎其敢言，面賜五品服。顧侍臣曰："如歐陽修者，何處得來？"同修起居注，遂知制誥。故事，必試而後命，帝知修，詔特除之。

奉使河東。自西方用兵，議者欲廢麟州以省饋餉。修曰："麟州，天險，不可廢；廢之，則河內郡縣，民皆不安居矣。不若分其兵，駐並河內諸堡，緩急得以應援，而平時可省轉輸，於策爲便。"由是州得存。又言："忻、代、岢嵐多禁地廢田，願令民得耕之，不然，將爲敵有。"朝廷下其議，久乃行，歲得粟數百萬斛。凡河東賦斂過重民所不堪者，奏罷十數事。使還，會保州兵亂，以爲龍圖閣直學士、河北都轉運使。陛辭，帝曰："勿爲久留計，有所欲言，言之。"對曰："臣在諫職得論事，今越職而言，罪也。"帝曰："第言之，毋以中外爲間。"賊平，大將李昭亮、通判馮博文私納婦女，修捕博文繫獄，昭亮懼，立出所納婦。兵之始亂也，招以不死，既而皆殺之，脅從二千人，分隸諸郡。富弼爲宣撫使，恐後生變，將使同日誅之，與修遇於內黃，夜半，屏人告之故。修曰："禍莫大於殺已降，況脅從乎？既非朝命，脫一郡不從，爲變不細。"弼悟而止。

方是時，杜衍等相繼以黨議罷去，修慨然上疏曰："杜衍、韓琦、范仲淹、富弼，天下皆知其有可用之賢，而不聞其有可罷之罪，自古小人讒害忠賢，其說不遠。欲廣陷良善，不過指爲朋黨，欲動搖大臣，必須誣以顓權，其故何也？去一善人，而眾善人尚在，則未爲小人之利；欲盡去之，則善人少過，難爲一一求瑕，唯指以爲黨，則可一時盡逐，至如自古大臣，已被主知而蒙信任，則難以他事動搖，唯有顓權是上之所惡，必須此說，方可傾之。正士在朝，羣邪所忌，謀臣不用，敵國之福也。今此四人一旦罷去，而使羣邪相賀於內，四夷相賀於外，臣爲朝廷惜之。"於是邪黨益忌修，因其孤甥張氏獄傅致以罪，左遷知制誥、知滁州。居二年，徙揚州、潁州。復學士，留守南京，以母憂去。服除，召判流内銓，時在外十二年矣。帝見其髮白，問勞甚至。小人畏修復用，有詐爲修奏，乞澄汰内侍爲奸利者。其羣皆怨怒，譖之，出知同州，帝納吳充言而止。遷翰林學士，俾修《唐書》。奉使契丹，其主命貴臣四人押宴，曰："此非常制，以卿名重故爾。"

知嘉祐二年貢舉。時士子尚爲險怪奇澀之文，號"太學體"，修痛排抑之，凡如是者輒黜。畢事，向之囂薄者伺修出，聚噪於馬首，街邏不能制；然場屋之習，從是遂變。

加龍圖閣學士、知開封府，承包拯威嚴之後，簡易循理，不求赫赫名，京師亦治。旬月，改羣牧使。《唐書》成，拜禮部侍郎兼翰林侍讀學士。修在翰林八年，知無不言。河決商胡，北京留守賈昌朝欲開橫壠故道，回河使東流。有李仲昌者，欲導入六塔河，議者莫知所從。修以爲："河水重濁，理無不淤，下流既淤，上流必決。以近事驗之，決河非不能力塞，故道非不能力復，但勢不能久耳。橫壠功大難成，雖成將復決。六塔狹小，而以全河注之，濱、棣、德、博必被其害。不若因水所趨，增堤峻防，疏其下流，縱使入海，此數十年之利也。"宰相陳執中主昌朝，文彦博主仲昌，竟爲河北患。

臺諫論執中過惡，而執中猶遷延固位。修上疏，以爲"陛下拒忠言，庇愚相，爲聖德之累"。未幾，執中罷。狄青爲樞密使，有威名，帝不豫，訛言籍籍，修請出之於外，以保其終，遂罷知陳州。修嘗因水災上疏曰："陛下臨御三紀，而儲宮未建。昔漢文帝初即位，以羣臣之言，即立太子，而享國長久，爲漢太宗。唐明宗惡人言儲嗣事，不肯早定，致秦王之亂，宗社遂覆。陛下何疑而久不定乎？"其後建立英宗，蓋原於此。

五年，拜樞密副使。六年，參知政事。修在兵府，與曾公亮考天下兵數及三路屯戍多少、地理遠近，更爲圖籍。凡邊防久缺屯戍者，必加蒐補。其在政府，與韓琦同心輔政。凡兵民、官吏、財利之要，中書所當知者，集爲總目，遇事不復求之有司。時東宮猶未定，與韓琦等協定大議，語在《琦傳》。英宗以疾未親政，皇太后垂簾，左右交構，幾成嫌隙。韓琦奏事，太后泣語之故。琦以帝疾爲解，太后意不釋，修進曰：
“太后事仁宗數十年，仁德著於天下。昔温成之寵，太后處之裕如；今
母子之間，反不能容邪?”太后意稍和，修復曰：“仁宗在位久，德澤在
人。故一日晏駕，天下奉戴嗣君，無一人敢異同者。今太后一婦人，臣
等五六書生耳，非仁宗遺意，天下誰肯聽從。”太后默然，久之而罷。

修平生與人盡言無所隱。及執政，士大夫有所干請，輒面諭可否，
雖臺諫官論事，亦必以是非詰之，以是怨誹益衆。帝將追崇濮王，命有
司議，皆謂當稱皇伯，改封大國。修引《喪服記》，以爲：“‘爲人後者，
爲其父母服。’降三年爲期，而不没父母之名，以見服可降而名不可没
也。若本生之親，改稱皇伯，曆考前世，皆無典據。進封大國，則又禮
無加爵之道。故中書之議，不與衆同。”太后出手書，許帝稱親，尊王爲
皇，王夫人爲后。帝不敢當。於是御史呂誨等詆修主此議，爭論不已，
皆被逐。惟蔣之奇之説合修意，修薦爲御史，衆目爲姦邪。之奇患之，
則思所以自解。修婦弟薛宗孺有憾於修，造帷簿不根之謗摧辱之，展轉
達於中丞彭思永，思永以告之奇，之奇即上章劾修。神宗初即位，欲深
護修。訪故宮臣孫思恭，思恭爲辨釋，修杜門請推治。帝使詰思永、之
奇，問所從來，辭窮，皆坐黜。修亦力求退，罷爲觀文殿學士、刑部尚
書、知亳州。明年，遷兵部尚書、知青州，改宣徽南院使、判太原府。
辭不拜，徙蔡州。

修以風節自持，既數被污衊，年六十，即連乞謝事，帝輒優詔弗許。
及守青州，又以請止散青苗錢，爲安石所詆，故求歸愈切。熙寧四年，
以太子少師致仕。五年，卒，贈太子太師，謚曰文忠。

修始在滁州，號醉翁，晚更號六一居士。天資剛勁，見義勇爲，雖
機穽在前，觸發之不顧。放逐流離，至於再三，志氣自若也。方貶夷陵
時，無以自遣，因取舊案反覆觀之，見其枉直乖錯不可勝數，於是仰天
歎曰：“以荒遠小邑，且如此，天下固可知。”自爾，遇事不敢忽也。學
者求見，所與言，未嘗及文章，惟談吏事，謂文章止於潤身，政事可以
及物。凡歷數郡，不見治跡，不求聲譽，寬簡而不擾，故所至民便之。

或問："爲政寬簡，而事不弛廢，何也？"曰："以縱爲寬，以略爲簡，則政事弛廢，而民受其弊。吾所謂寬者，不爲苛急；簡者，不爲繁碎耳。"修幼失父，母嘗謂曰："汝父爲吏，常夜燭治官書，屢廢而歎。吾問之，則曰：'死獄也，我求其生，不得爾。'吾曰：'生可求乎？'曰：'求其生而不得，則死者與我皆無恨。夫常求其生，猶失之死，而世常求其死也。'其平居教他子弟，常用此語，吾耳熟焉。"修聞而服之終身。

爲文天才自然，豐約中度。其言簡而明，信而通，引物連類，折之於至理，以服人心。超然獨騖，衆莫能及，故天下翕然師尊之。獎引後進，如恐不及，賞識之下，率爲聞人。曾鞏、王安石、蘇洵、洵子軾、轍，布衣屏處，未爲人知，修即遊其聲譽，謂必顯於世。篤於朋友，生則振掖之，死則調護其家。

好古嗜學，凡周、漢以降金石遺文、斷編殘簡，一切掇拾，研稽異同，立說於左，的的可表證，謂之《集古錄》。奉詔修《唐書》紀、志、表，自撰《五代史記》，法嚴詞約，多取《春秋》遺旨。蘇軾叙其文曰："論大道似韓愈，論事似陸贄，記事似司馬遷，詩賦似李白。"識者以爲知言。

子發字伯和，少好學，師事安定胡瑗，得古樂鍾律之説，不治科舉文詞，獨探古始立論議。自書契來，君臣世系，制度文物，旁及天文、地理，靡不悉究。以父恩，補將作監主簿，賜進士出身，累遷殿中丞。卒，年四十六。蘇軾哭之，以謂發得文忠公之學，漢伯喈、晉茂先之流也。

中子棐字叔弼，廣覽强記，能文辭，年十三時，見修著《鳴蟬賦》，侍側不去。修撫之曰："兒異日能爲吾此賦否？"因書以遺之。用蔭，爲秘書省正字，登進士乙科，調陳州判官，以親老不仕。修卒，代草遺表，神宗讀而愛之，意修自作也。服除，始爲審官主簿，累遷職方員外郎、知襄州。曾布執政，其婦兄魏泰倚聲勢來居襄，規占公私田園，强市民貨，郡縣莫敢誰何。至是，指州門東偏官邸廢址爲天荒，請之。吏具成牘至，棐曰："孰謂州門之東偏而有天荒乎？"卻之。衆共白曰："泰橫於

漢南久，今求地而緩與之，且不可，而又可卻耶？"裴竟持不與。泰怒，
譖於布，徙知潞州，旋又罷去。元符末，還朝。歷吏部、右司二郎中，
以直秘閣知蔡州。蔡地薄賦重，轉運使又爲覆折之令，多取於民，民不
堪命。會有詔禁止，而佐吏憚使者，不敢以詔旨從事。裴曰："州郡之
於民，詔令苟有未便，猶將建請。今天子詔意深厚，知覆折之病民，手
詔止之。若有憚而不行，何以爲長吏？"命即日行之。未幾，坐黨籍廢，
十餘年卒。

　　論曰："三代而降，薄乎秦、漢，文章雖與時盛衰，而藹如其言，
曄如其光，皦如其音，蓋均有先王之遺烈。涉晉、魏而弊，至唐韓愈氏
振起之。唐之文，涉五季而弊，至宋歐陽修又振起之。挽百川之頹波，
息千古之邪說，使斯文之正氣，可以羽翼大道，扶持人心，此兩人之力
也。愈不獲用，修用矣，亦弗克究其所爲，可爲世道惜也哉！"

　　　　　　　　　　　　（《宋史》卷三百一十九·列傳第七十八）

# 歐陽修在夷陵活動時間表

**景祐三年 ( 1036 )**

五月二十一日　貶峽州夷陵縣令。

五月二十五日　離開京都，由水路前往貶所夷陵。

九月己卯　至岳州，夷陵縣吏來接，泊舟城外。辛巳、壬午，入官船。

十月　抵荊南，停留十餘日，參拜轉運使。

十月十七日　舟中作《讀李翱文》。

十月　由枝江陸行經平陸驛達望州坡見峽州城。( 參見陸遊《入蜀記》卷三 )

十月二十六日　到達貶所夷陵城。

十一月　安居至喜堂。

冬至後三日臘月初四　陪峽州判官丁元珍遊東山寺。

臘月　作《夷陵歲暮書事呈元珍表臣》。

歲暮　作《霽後看雪走筆呈元珍判官》二首。

**景祐四年 ( 1037 )**

正月　作《與尹師魯第二書》，商討分撰《五代史》事。遊黃牛峽，見隻耳石馬，作《黃牛峽祠》詩。

初春　作《夷陵書事寄謝三舍人》。

春　接友人從許昌寄詩相慰，即作《春日西湖寄謝法曹歌》相答。

二月　寫《戲答元珍》"二月山城未見花"詩。新開棋軒，手植楠木兩株。

二月　陪田文初秀才窺視綠蘿溪，坐盤石，遊東山。

三月　作《千葉紅梨花》詩。

三月　告假往許昌娶薛奎之女。

四月四日　下南郡，獨臥舟中，讀董仲舒書，作《書春秋繁露後》。

四月　途經荆門，作《惠泉亭》詩。

四月　叔父歐陽曄卒，赴隨州奔喪。

臨夏　有人入京，作《與謝景山書》。

七月十日　偕峽州判官丁寶臣遊三遊洞，題壁刻石。

八月一日　爲許昌謝景山之妹希孟作《謝氏詩序》。

九月　還夷陵。

秋　作《祭桓候文》，爲民求雨。

十二月　制下，移光化軍乾德縣令。

### 景祐五年(1038)

春　奉命祈雨，作《求雨祭漢景帝文》。

三月　離開夷陵，赴乾德。

四月二日　赴乾德途中，作《遊儵亭記》。